COLLECTION SÉRIE NOIRE
Créée par Marcel Duhamel

Parutions du mois

2447. SUEURS CHAUDES
(SYLVIE GRANOTIER)

2448. LES CURIEUX
S'EN MORDENT LES DOIGTS
(JOHN STRALEY)

2449. LA CRÊTE DES FOUS
(JAMIE HARRISON)

2450. CET AMOUR QUI TUE
(RONALD LEVITSKY)

JOHN STRALEY

Les curieux s'en mordent les doigts

TRADUIT DE L'AMÉRICAIN
PAR JEAN ESCH

nrf

GALLIMARD

Titre original :

THE CURIOUS EAT THEMSELVES

UN

Je savais qu'il n'y avait aucun moyen d'échapper à ce qui se préparait. Une tempête venue du Pacifique nord, au large de l'île de Vancouver, allait bientôt noyer tout le sud-est de l'Alaska sous des trombes d'eau. J'avais envie d'imaginer une famille, quelque part loin d'ici, réunie autour de la table du petit déjeuner, devant des assiettes d'œufs brouillés mouchetés de poivre, et des baies bien mûres accompagnées de crème. Assis dans une cuisine inondée de soleil, tout près de la plage, ils respireraient l'odeur de l'océan chaud et du café frais. Une fillette impatiente d'avaler son jus d'orange pour aller jouer dehors importunerait son père en donnant des coups de genou sous la table, jusqu'à ce que celui-ci, dans sa bonté, la libère enfin sous le soleil. Mais tout cela était bien loin de cette matinée grise comme du ciment, où j'attendais que le corps d'une jeune femme sorte de l'eau, sous Creek Street.

Creek Street est en fait une rangée de maisons en bois bâties sur pilotis au-dessus d'un estuaire. Vers la fin de l'année, les saumons remontent la rivière par milliers pour aller frayer. Il y a cent ans, cette rue était le « quartier chaud » de Ketchikan, un endroit où l'on proposait aux mineurs, aux marins et aux curieux toutes sortes de divertissements : de l'alcool en provenance du Canada, de l'opium fourni par les ouvriers chinois de la conserverie, et des putes, principalement des femmes venues de Scandinavie ou des pays d'Europe de l'Est, et parfois une Négresse. Les gens racontent que régulièrement, une fois toutes les trois semaines, on retrouvait le corps d'un homme qui flottait dans la baie, emporté par le courant. Heureusement pour tout le monde, la police ne posait pas trop de questions. À l'époque du « quartier chaud », on disait que cette rivière était le seul cours d'eau que les hommes et les saumons remontaient dans le même but.

Toutes ces maisons sont vieilles et usées par les intempéries ; le bois semble humide, même quand il n'a pas plu depuis plusieurs jours. Un jeune type observait la scène d'une fenêtre du deuxième étage. Sans doute avait-il, rangé dans sa penderie, un blouson de catcheur. Torse nu, il se tenait contre le rebord et se frottait les yeux ; il se réveillait pour aller prendre son poste, de seize heures à minuit, là où il travaillait depuis quinze ans.

Hannah et moi regardions les bulles de l'Équipe de plongée tactique de la police montée de l'Alaska, à proximité des pilotis d'une pension où, deux semaines plus tôt, ils avaient retrouvé une pochette vide sur le ponton, devant la chambre 23. Ils cherchaient ma cliente, Louise Root.

L'eau avait la couleur du chocolat à cause de la pluie, et les saumons étincelaient comme des tranches d'argent sous la surface. De temps à autre, l'un d'eux jaillissait en frétillant, frappait la surface de l'eau, avant de disparaître dans la boue. Louise Root ne me paierait jamais ce qu'elle me devait, mais je ne lui en voulais pas pour ça, car de toute évidence, quelques jours seulement après m'avoir engagé, elle avait élu résidence sous l'eau.

J'attendais que le corps réapparaisse sous la jetée. Les saumons remontaient le courant, près des pilotis, et la femme qui m'avait aimé se tenait à mes côtés, pleurant comme une enfant perdue dans la forêt. J'avais pris mon petit déjeuner, pourtant j'avais encore faim.

Les pleurs de Hannah étaient faits de reniflements et de hoquets, mais elle se mordait violemment la lèvre. Ses yeux avaient cet aspect lointain et sauvage de la colère.

— Je voulais qu'on l'aide, Cecil. Bon sang, je te l'ai envoyée pour que tu l'aides.

J'étais incapable de penser. Mon esprit était une éponge sale qu'on pressait fortement, pour en faire sortir les dernières gouttes puantes.

Ils hissèrent le corps hors de l'eau, à l'aide d'une corde nouée autour de ses épaules. Elle était nue, et sa peau était lisse, d'une blancheur luisante, comme une statue de marbre qu'on extirpe de la boue. Ses cheveux châtains pendaient en petits épis mouillés sur son front, telle une couronne de fleurs de jeune mariée. On l'avait lestée avec des morceaux de ferraille entortillés dans un chalut attaché à ses poignets. Sa gorge avait été tranchée, si profondément que la trachée pendait à l'extérieur comme un bout de tuyau de radiateur en caoutchouc blanc.

Hannah se détourna d'un mouvement brusque, de

moi et du corps qu'on sortait de l'eau. Les bras croisés sur la poitrine, elle contemplait le port d'un œil noir. Les rides des voiliers tintaient contre les mâts en aluminium creux. Des yachts étaient amarrés le long du quai, là où les touristes faisaient une halte pour acheter des pellicules, du pop-corn, des caramels ou des totems fabriqués à Taïwan, ou des baleines en stéatite sculptées à la prison. La rivière était aspirée vers la crique.

— Bon Dieu, Cecil, qu'est-ce que tu fous ? Elle avait besoin de ton aide. Tu n'arrives jamais à temps nulle part ?

Elle avait raison. Je mène des enquêtes pour la défense. Je suis engagé par des gens emprisonnés pour aider leurs avocats à contrer l'accusation. Personne ne m'engage véritablement pour découvrir la vérité. Les gens m'engagent pour imaginer leur innocence, et affronter ensuite le monde extérieur pour tenter de lui donner vie. Cela arrive assez souvent pour que le jeu en vaille la chandelle, mais en définitive, je ne suis qu'un raconteur d'histoires sans aucune autorité, sans insigne, et sans gyrophare.

— Encore un client satisfait, Younger ?

George Doggy se tenait près de moi, de l'autre côté, devant le parapet, et il contemplait la surface de l'eau. Il portait une veste de survêtement des Seattle Mariners, ouverte jusqu'à la taille, à l'exception, curieusement, du bouton du haut. Son insigne de la police montée était glissé dans sa poche de chemise, et cela formait une bosse insolite sous sa veste.

— Satisfait..., répétai-je, laissant ma phrase en suspens, tandis que, d'une pichenette, je chassais sur mon col un bout de petit pain à la cannelle qui tomba dans l'eau. Un saumon remonta paresseusement à la surface, puis repartit. Les saumons ne voulaient plus mordre à l'appât ; ils n'avaient qu'une seule idée en tête sur la route qui les conduisait vers les lits de gravillons en amont, là où ils pourraient accomplir leur tâche reproductive, avant de mourir.

Une petite touriste vêtue d'un imperméable en plastique, nullement démontée, s'était approchée de la bande jaune pour prendre une photo. Après quoi, elle jeta un regard attristé à Doggy.

— J'espère que vous arrêterez celui qui a fait ça, monsieur l'agent. Comment peut-on faire une chose pareille à une pauvre fille innocente ?

Doggy continuait à regarder la surface de l'eau ; il grimaça comme quelqu'un qui tente d'atteindre un endroit particulièrement difficile à gratter. Il se tourna enfin vers moi, le coude appuyé sur le parapet, murmura le mot « innocente », et sourit. Puis il s'en prit violemment à un flic qui avait des problème avec sa caméra sous-marine.

Les jeunes flics portaient des combinaisons noires et des casquettes de baseball ; ils couraient en tous sens, en échangeant des directives d'une voix sèche : « Isolez la zone de recherches » et « Tout de suite ! ». Il y avait du matériel partout : des caméras, des moniteurs vidéo, des radios, des kits de prélèvements, des scaphandres de plongée, et même un mini-sous-marin à deux places. À l'exception du sous-marin, tout le matériel était rangé dans des valises très coûteuses, soigneusement empilées, comme des cubes, à l'extrémité de la promenade en planches. C'étaient les jouets de luxe achetés par les forces de l'ordre de l'Alaska grâce à l'argent du pétrole. Toute cette scène rendait Doggy un peu triste, comme un défilé médiocre dans une petite ville où les armes sont plus nombreuses que les instruments de musique.

Évidemment, c'était le Pétrole qui payait presque tout en Alaska ; rien n'avait pu changer cela au cours des ans. Quand l'*Exxon Valdez* s'était échoué dans la baie du prince William au mois de mars 1989, des gens affirmèrent que quelque chose s'était brisé dans le Nord, qui ne pourrait jamais être réparé. Bien sûr, certains disaient que le pétrole s'enfoncerait simplement dans la terre, d'où il venait, mais les autres pensaient que si vous creusiez un trou assez profond et si vous attendiez... tôt ou tard, la matière noire finirait par remonter à la surface.

— Bon sang, Younger, ça me fait mal de penser ça, mais peut-être que ma femme a raison.

— À quel sujet ?

— Le fait de tout plaquer. C'est plus aussi amusant, tout simplement. Je me surprends même à raconter des histoires de guerre à ces gosses. Elle dit que je commence à devenir un vieux grincheux et un raseur.

— C'est rasoir tout ça ?

— Elle pense que oui. Son truc à elle, c'est les brocantes. Les brocantes et les braderies de fruits au marché. Hier soir, elle m'a appelé pour m'annoncer qu'elle avait déniché une paire de chouettes en fonte pour la cheminée. Elle était exaltée.

Il s'interrompit lorsque le palan s'immobilisa, et le cadavre de Louise Root se mit à se balancer en l'air, à la verticale de la bâche en caoutchouc délimitant la zone du médecin légiste. Sa tête reposait sur sa poitrine, par-dessus l'incision de sa gorge tranchée, et ses bras pendaient mollement de chaque côté de son corps. Le moteur du palan vrombit un court instant, pour accroître sa puissance. Lentement, ils firent descendre Louise, et les jeunes types levèrent leurs mains gantées pour l'étendre sur la couverture vert sapin. En douceur, quasiment avec révérence, ils l'allongèrent; sa lividité luisait d'un éclat aussi pâle que le soleil un jour de brouillard. Ils demeurèrent tous silencieux, la tête baissée, comme des enfants à qui l'on apprend que leurs parents vont mourir un jour, se balançant nerveusement d'un pied sur l'autre, dans l'attente de l'inévitable plaisanterie qui les ramènerait à leur tâche.

— J'espère qu'elle a payé en liquide, Younger.

— Non, elle a payé par chèque, répondis-je, d'un ton absent, sans songer à l'endroit où je me trouvais, et que j'étais impliqué dans une plaisanterie.

Tout le monde éclata de rire, un peu trop bruyamment, et les plus jeunes flics se rengorgèrent, conscients, à nouveau, de se retrouver au cœur de la plaisanterie, à l'abri.

L'intitulé de la fonction de George Doggy était, je crois, « Adjoint particulier du préfet », car il n'appartenait plus officiellement à la police montée. Il était censé se trouver à la retraite, après avoir offert ses services aux autorités territoriales et à l'État. Mais ils le gardaient malgré tout parce qu'ils n'avaient pas trouvé le moyen de rentrer dans un ordinateur toute la merde que ce type avait balayée pendant des années. Cet État n'a connu que six gouverneurs, mais tous l'ont gardé près d'eux. Quand ils voulaient être mis au courant, sans être obligés de lire toute la paperasserie servant à se dédouaner, ils continuaient de s'adresser à Doggy. Je le connaissais depuis toujours, ou presque. Mon père avait exercé les fonctions de président du tribunal de Juneau pendant de nombreuses années, à l'époque où Doggy était en poste dans cette ville. Ils allaient à la chasse ensemble. À la mort du Juge, Doggy fit de nombreux voyages jusqu'à Juneau pour aider ma mère dans les tâches domestiques. Elle préférait l'obliger à prendre l'avion, et pas un instant elle ne songea que j'aurais pu m'en charger.

Il se tourna vers moi, et m'entraîna à l'écart en me prenant par le coude.

— C'est terminé pour vous, Cecil. À votre place, je laisserais tomber cette affaire.

Pendant ce temps, les flics prenaient des photos, et les plongeurs avaient établi un quadrillage au fond de l'eau afin de rechercher d'autres indices. Les chances étaient faibles, à cause des marées et du courant de la rivière, mais ils suivaient la procédure malgré tout, ne serait-ce que pour pouvoir fermer le clapet à quelque avocat de la défense prétentieux dans plusieurs années.

Doggy se retourna pour regarder encore une fois la scène ; c'était évident qu'il était impliqué d'une manière ou d'une autre ; il avait tout à la fois envie de me parler et de se débarrasser de moi. À quelques mètres de là, Hannah contemplait la rivière d'un air ahuri ; elle regardait les saumons lutter contre le courant.

— Le truc qui m'exaspère le plus chez tous ces jeunes, Younger… (debout près de moi, le long du parapet, il me parlait sur un ton de conspirateur), c'est leur putain de… professionnalisme.

Il n'en dit pas davantage. Doggy était né bien avant

Elvis Presley, et avant que de jeunes gars aient reçu ordre de s'inventer eux-mêmes. Il faisait partie de l'Alaska du temps jadis, et il acceptait ce qu'il était avec la même facilité qu'il acceptait le climat. Pourtant, il avait du fil à retordre avec moi, qu'il considérait comme une sorte de création exotique : le rejeton bon à rien du célèbre juge, qui vivait avec un autiste et dirigeait une agence de détective privé dans une ville où les affaires étaient inexistantes. Le simple fait de regarder quelqu'un comme moi était déjà une épreuve. Réclamer un service, c'était le pousser vers le bord de la crise cardiaque.

— Je vous conseille de rester en dehors de tout ça, Cecil, marmonna-t-il.

— Qu'est-ce qui se passe, Doggy ? Louise Root est venue me voir pour me raconter qu'elle avait été violée à la mine d'or d'Otter Creek. Elle m'a dit que la compagnie faisait la sourde oreille, et la police refusait de l'aider. Elle voulait que j'interroge des témoins. Nous n'avons pas eu le temps d'aller bien loin…

— Et vous n'irez pas plus loin.

Doggy m'obligea à pivoter sur moi-même et me fit traverser la rue en direction d'une petite cabane de chantier où les flics avaient installé leur p. c. de campagne. D'un geste de la main, il fit signe à Hannah de nous suivre. Elle le regarda fixement et resta plantée où elle était, jusqu'à ce qu'il lui lance son propre regard rempli d'une autorité patiente qui fait se lever tout le monde ou presque. Hannah nous suivit de l'autre côté de la rue.

À l'intérieur de la cabane se trouvait une table de dessin artisanale faite de planches de contreplaqué assemblées. Il y avait également une radio, un radiateur à pétrole, un téléphone fixé au mur, et deux chaises disposées contre le mur, près du grand tabouret devant la table. Doggy s'assit sur la chaise la plus proche de la porte. Je m'assis face à lui; Hannah s'excusa et prit place sur le tabouret haut.

— Bon... (Doggy se frotta les mains, en les observant brièvement, avant de relever la tête pour me regarder droit dans les yeux.) Je veux toute l'histoire. Je sais que vous savez quelque chose tous les deux. Je vous écoute.

Il s'adressait à moi, mais ce fut Hannah qui répondit la première. Sans nous regarder ni l'un ni l'autre, du haut de son tabouret, elle contemplait par la fenêtre le parking du vieux bâtiment fédéral, et elle dit :

— Nous étions amies depuis longtemps. Dans le temps, elle faisait la cuisine sur un bateau de pêche dans la région de Craig. Elle m'a trouvé un boulot. Elle était allée à l'université, et on aimait bien parler des bouquins qu'on lisait. Dans les zones de pêche, rares étaient les gens qui aimaient parler de livres, mais toutes les deux on parlait pendant des heures le soir, parfois même toute la nuit. On buvait ensemble, et on essayait de se cacher des types des autres bateaux.

Hannah avait rabattu le haut de ses bottes en caoutchouc; son pantalon de toile était glissé négligemment à l'intérieur. Elle portait une chemise en soie lie-de-vin et sur la tête un béret noir, orné d'une broche tlingit en argent représentant un épaulard. Son gros manteau en laine était plié sur ses genoux. Elle se détourna de la fenêtre, rejeta ses cheveux blonds dans son cou d'un petit geste, et me regarda comme si elle avalait une gorgée de lait aigre.

— Elle s'est assagie avant moi. Je l'aimais énormément. C'était une fille forte, drôle, qui ne se laissait jamais marcher sur les pieds.

Hannah se tourna de nouveau vers la fenêtre.

Doggy l'observa. Il n'avait pas de carnet, mais il posait ses questions lentement comme s'il voulait mémoriser toutes les réponses. Il avait la réputation de ne jamais prendre de notes en même temps. Il possédait une mémoire phénoménale, et cette absence de notes faisait de lui un flic extrêmement coriace lors des contre-interrogatoires.

— Quand l'avez-vous vue pour la dernière fois ?

— Il y a trois semaines. Je travaille à Juneau, et elle est venue me voir. Elle m'a parlé du viol, là-bas à la mine. Elle disait que personne ne voulait s'occuper de cette affaire.

Hannah jeta un regard noir à Doggy, mais ce dernier soutint son regard plus longtemps que je n'aurais pu le faire.

— Elle disait que la police montée et les flics lui avaient répondu qu'ils manquaient de preuves pour intervenir. Alors je… j'ai fait la seule chose qui m'est passée par la tête Je l'ai envoyée voir Cecil. C'était une idée stupide, je suppose, mais je savais que la police montée refuserait d'affronter les types de la compagnie. Pas vrai, George ?

George Doggy l'observait ; un sentiment de compassion arqua ses sourcils, mais sa bouche demeura pincée.

— Il s'agit d'une affaire de meurtre. Je suis au courant de ces allégations concernant le viol. Je sais également que les gars ont tous nié cette accusation. Moi, je ne m'intéresse qu'au meurtre. Vous a-t-elle dit ce qu'elle comptait faire ?

— Elle m'a dit qu'elle voulait réunir des preuves. Ne serait-ce que pour elle-même. Ne serait-ce que pour sa famille. Les types de la compagnie la traitaient de putain. Ils disaient qu'elle ne demandait que ça. Elle voulait enregistrer les déclarations des types disant la vérité. La parole d'une femme ne constitue pas une preuve suffisante.

Doggy se tourna vers moi.

— C'est ça qu'elle voulait ? Des témoignages enregistrés ?

Je m'agitai nerveusement sur mon siège.

— Ouais, elle voulait que j'interroge quelques-uns des gars, mais au dernier moment, elle s'est dégonflée.

— Pourquoi ?

J'écartai les bras pour marquer mon ignorance : paumes ouvertes, épaules voûtées. Doggy sourit. Il leva les yeux vers Hannah. Cette dernière avait les lèvres crispées, et sa respiration s'accélérait, comme si sa poitrine propulsait les larmes jusqu'à ses yeux. Sa voix tremblait.

— C'était quelqu'un... de bien. Elle aimait travailler dans la forêt et en mer. Elle aimait lire très tôt le matin, en buvant des tonnes de café. Elle m'aimait beaucoup, et moi, je n'ai pas su l'aider. Je l'ai expédiée vers quelqu'un d'autre.

D'une main tremblante, elle cacha ses yeux, et sa poitrine se souleva. La tête baissée, je regardais fixement le plancher de la cabane, en frottant avec le talon de ma chaussure les taches de café sur le plancher en contreplaqué. Doggy se leva et s'approcha de Hannah. Il posa ses mains sur ses épaules, en regardant par la fenêtre une mouette assise sur le parapet au-dessus du port. Il s'adressa à elle en baissant la voix :

— Je sais que nous n'avons pas fait tout ce que nous aurions dû pour l'aider quand elle est arrivée de la mine. Les flics du coin m'ont envoyé un double des rapports. Il n'y avait pas assez d'éléments pour ouvrir une enquête. Mais ça ne signifie pas pour autant que ça s'est arrêté là. Je ne peux pas tout vous dire. Mais… on était toujours sur l'affaire.

Hannah repoussa les mains de Doggy. Elle lui tourna le dos.

— S'il n'était pas trop tard sur le moment, maintenant, ça l'est. Allez-vous arrêter le type qui lui a fait ça ?

Doggy écarta les bras, comme je l'avais fait quelques instants plus tôt.

— Présentement, nous n'avons aucun indice. Avant d'arrêter quelqu'un, il faut rassembler des éléments.

Elle se leva et passa devant moi pour se diriger vers la porte. Je dus coller mes genoux contre le mur pour la laisser passer. Elle sortit et la porte claqua derrière elle, tandis que Doggy me toisait.

— Je vous conseille de lui tenir la bride sur le cou, Cecil. J'ai déjà assez de problèmes avec cette affaire sans qu'elle vienne fourrer son nez partout et saloper les indices.

Je me levai, mais l'index de Doggy m'obligea à me rasseoir.

— Et je veux entendre tout ce que vous savez au sujet de Louise Root. Pigé ? C'est votre boulot. Vous me filez tout. Vous restez à l'écart de l'enquête, et vous la tenez à l'écart elle aussi. J'ai un tas de gens sur le dos dans cette affaire, Cecil. J'ai pas besoin que les Hardy Boys[1] viennent foutre leur merde. C'est clair ?

La mouette quitta le parapet, tandis que Hannah traversait la rue comme une tornade. On venait de me confier une mission complexe qui consistait à ne rien faire et je me disais que j'avais intérêt à me mettre au boulot.

— Oui, Doggy, c'est clair, répondis-je, et si jamais je n'apprends rien de nouveau, je vous tiens au courant.

Mais je parlais à son dos, car il était avait déjà franchi la porte.

Je suivis Hannah jusqu'au Gotham Hotel. C'était un des derniers hôtels de voyageurs qui restaient encore dans cette rue. Un endroit bon marché et plutôt discret où les bûcherons et les pêcheurs pouvaient venir s'écrouler en descendant du ferry. Il y avait des salles de bains au fond du couloir et des téléphones sur les paliers ; le plancher était pourri et spongieux sous le linoléum fendu. Les fenêtres à guillotine commençaient à pourrir dans leurs châssis, et un quart d'entre elles étaient bloquées, en position fermées ou ouvertes, et on avait coincé des morceaux de carton devant les ouvertures pour empêcher que la pluie ne mouille les couvre-lits. Lorsqu'en entrant, je respirai ma première bouffée de moquette moisie, de fuites de mazout et de fumée de cigarette, je fus submergé

1. Hardy Boys : héros de romans à suspense pour les adolescents. *(N.d.T.)*

par un souvenir qui remonta comme un poisson à la surface.

C'était après la mort de mon père, et avant que Hannah ne quitte la maison. Je recherchais un docker, un Indien Lakota, pour le compte d'un avocat du Wyoming. J'étais venu jusqu'à Ketchikan et m'étais laissé entraîner par un groupe d'Indiens survoltés, des bûcherons et des camés, qui traversaient la ville comme une batteuse à vapeur. C'est seulement en franchissant cette porte rouge en compagnie de Hannah que je me souvins que la fête s'était achevée, pour moi, dans une chambre de cet hôtel. Je me souvins de la trace des poils drus du tapis imprimée sur dans mon front, et d'un mégot de cigarette écrasé contre ma paupière. Je me souvins d'avoir levé la tête et d'avoir vu mes chaussures appuyées contre la porte, à côté d'une paire de bottes de sécurité, dont la tige souple pendait sur mes mocassins en cuir, comme si mes chaussures étaient le petit frère de quelqu'un. Je me souvins du besoin impérieux de boire encore et de vomir. Je me souvins vaguement d'avoir embrassé une femme qui portait une gaine, et du goût du rouge à lèvres sur mes dents.

Hannah s'était arrêtée devant la porte de la chambre 23. Il n'y avait aucun scellé de la police sur la porte, uniquement une bande de plastique jaune tendue en travers. Elle tourna la poignée, se glissa sous la bande et entra dans la chambre. Il y avait un lit double avec un couvre-lit couleur moutarde, une table de chevet et un radio-réveil où les chiffres clignotants indiquaient douze heures. La lampe à monture flexible fixée au mur était cassée, les fils électriques pendaient à l'extrémité du pied métallique, mais quelqu'un avait branché une lampe d'électricien qui pendait au mur, nue et brillante comme un crâne. La chambre était en ordre. Sur le lit était posé un sac à dos, un modèle luxueux pour voyageurs, avec armature, fait pour les aéroports ou les sentiers sauvages. Hannah s'empara du sac et se dirigea vers la porte.

— Qu'est-ce que tu fais ? C'est une pièce à conviction ! Tu ne peux pas partir avec son sac. Doggy va envoyer des hommes ici pour fouiller la chambre !

— Personne ne fera rien pour régler cette affaire, et tu le sais, Cecil.

Sur ce, elle pivota sur ses talons et s'en alla en courant ; je sentis le souffle d'une rafale de désinfectant dans son sillage. Impuissant, je la suivis dehors et demeurai immobile à l'entrée de l'hôtel. La pluie n'était pas très violente. J'envisageai de faire une promenade. Je pourrais remonter le long de la rivière et marcher dans des rues qui ressemblaient à des rues, dans d'autres villes industrielles dans tout l'ouest.

La pluie devenait plus forte. Des pick-up bloquaient la circulation, les chauffeurs en tenue de travail laissaient pendre leur bras à l'extérieur, leurs casques étaient posés sur le siège à côté d'eux. À cette heure de la journée, les chauffeurs sont encore à jeun. Les voitures coincées derrière ne klaxonnent pas. Des filles traversent la rue devant les camionnettes, et l'air luit du parfum, des gaz d'échappement et de la gomme. Tout cela se mélange aux odeurs de la benne à ordures et à l'air froid qui ride la surface de la rivière, en venant de l'amont, du haut de la montagne escarpée qui se dresse tel un escalier derrière le terrain de sport.

Tenant mon billet d'avion au fond de ma poche, je

me demandais comment diable j'allais me faire conduire jusqu'au ferry qui m'emmènerait à l'aéroport de l'autre côté, quand soudain j'entendis le tintement d'un bras orné de bracelets et sentis le léger parfum citronné d'une vie compliquée.

— C.W. Younger, mon privé chéri !

Je me retournai pour affronter les yeux qui, je le savais, examinaient mon cul.

— Je n'arrive pas à croire que tu aies osé dire une chose pareille, en présence de représentants de la loi.

— Allons, Cecil, tout le monde te connaît.

Et elle me sourit, pas comme l'avait fait Doggy, avec un petit rictus crispé qui tentait de repousser l'humour, mais avec un grand sourire mielleux qui semblait monter de son pelvis et grimper en spirale jusqu'aux cheveux roux qui encadraient son large visage. Il paraît que c'est à Ketchikan qu'on trouve le plus de femmes qui prennent le plus de bon temps le plus souvent dans l'année, que n'importe où ailleurs dans le Nord. Si cela est exact, en tête de liste devrait figurer Lolly, la propriétaire du Gotham Hotel.

Elle mesurait presque un mètre quatre-vingts, et nous nous regardions dans le blanc des yeux. Sa canine supérieure gauche s'ornait d'une couronne en or. Elle portait un chemisier ample, en soie, et une veste violette aux épaules rembourrées, sur un pantalon extensible moulant. Et alors que nous nous tenions l'un et l'autre sur le seuil de son hôtel, le bas de son chemisier venait caresser le bord intérieur de mon manteau.

Un tas d'avocats avaient tenté de la contacter, mais Lolly faisait un très mauvais témoin, car elle racontait à chacun exactement ce qu'il souhaitait entendre.

Tous les types en prison rêvaient d'être libérés et confiés à sa garde, et elle avait fait l'essai à deux ou trois reprises pour certains gars qui étaient les plus marrants, mais l'étincelle dans ses yeux, ses cheveux, sa manière de pencher la tête sur le côté et d'écarter les lèvres quand elle souriait pouvaient inciter n'importe qui, ou presque, à violer les conditions de sa mise en liberté.

— Pose donc ton sac, Cecil. Et entre boire un verre. J'ai de la bière, de la morue fumée et même quelques-unes de ces affreuses huîtres que tu adores.

Je regardai mes mocassins, et, l'espace d'une seconde, je les vis entrer dans la chambre de Lolly et s'envoler toutes seules à côté de son fauteuil rembourré près du radiateur. Je les vis sous le lit le lendemain matin. Je posai mon sac, comme s'il s'agissait de jeter l'ancre.

— Écoute, Lol, je ne peux pas. Enfin, je veux dire, je pourrais, mais… en fait, tu vois… je ne peux pas…

Un bon prétexte pour son sourire. Elle glissa ses mains dans son dos, et sous son chemisier, puis s'étira légèrement en arrière comme si elle avait les reins coincés. Elle sourit et lâcha un petit rire décontracté, comme la vapeur qui s'échappe d'une fontaine à café.

— Allons, Younger, je ne te ferai rien du tout. Je pensais qu'on pouvait simplement boire un petit verre… et bavarder.

Il y a quelque chose de tellement conscient dans le désir de Lolly. Ce n'est pas le genre de badinage qui provient d'un quelconque manque de confiance. C'est simplement pour le plaisir de la chose, comme essayer des dessous en soie et les porter sous ses vêtements de travail. Si je ne mangeais pas les huîtres, quelqu'un d'autre le ferait, et cela me donnait encore plus envie de les manger.

— C'est comme ça, répondis-je.

— Ne me dis pas que tu as encore arrêté de boire.

— Tu m'as connu quand j'avais arrêté de boire ? demandai-je, véritablement inquiet, car j'avais des doutes.

— Si c'était pas toi, c'était quelqu'un d'autre... quelqu'un que j'aimais pas beaucoup.

Elle me gratifia d'une version abrégée de son sourire, car elle sentait que je lui échappais, et à quoi bon le gaspiller.

Je haussai les épaules.

— La vérité, dis-je, c'est que je dois retourner à l'aéroport, avec le ferry. C'est vrai, il le faut.

— Laisse tomber, Cecil. Dis-lui bonjour de ma part si tu la rattrapes.

D'un geste, elle désigna le bout de la rue où Hannah avait disparu comme une tornade.

— Je n'y manquerai pas.

Je tentai d'orienter mes pieds vers le nord. Je déteste arrêter de boire. C'est comme si je retrouvais ma vie, en perdant un de mes sens.

— Lol, que sais-tu sur Louise Root ?

— C'était une fille bizarre. Le genre effacé, plutôt. Assez sympa, mais pas très marrante. (Elle glissa ses doigts dans ses cheveux, en contemplant mes chaussures.) Je crois qu'elle m'a dit qu'elle attendait quelqu'un.

Elle tourna la tête vers l'extrémité des planches où les flics chargeaient à bord d'une ambulance une civière sur laquelle était étendu un grand sac noir.

— A-t-elle dit qui elle attendait ?

— Hé, j'aime pas trop parler de ça, des gens que mes clients attendent. Ça devient trop indiscret et... nostalgique pour moi. Mais elle m'a dit qu'elle attendait un homme, et qu'il avait quelque chose pour elle.

— Elle a payé en liquide ?

— Oui, je crois. Elle a payé et elle est restée là au moins trois jours. Il me semble. On a.... bavardé un peu toutes les deux, mais j'ai pas appris grand-chose sur elle.

— Tu lui as donné à manger ?

— Non, je gardais tout pour toi.

Sentant que je pouvais revenir à sa portée, elle dégagea son talon d'un de ses escarpins, d'un petit mouvement du pied, et fit basculer tout son poids d'un côté afin de tendre à nouveau sa croupe vers moi.

— Tu te souviens d'avoir vu quelqu'un ? Des visiteurs ?

— La dernière fois où je me souviens de l'avoir vue, deux types ont débarqué. Elle les a loupés de peu. Ils ont dit qu'ils reviendraient. Je me souviens simplement que l'un d'eux a dit qu'il cherchait cette fille, Louise Root. (Nouveau sourire.) Et ne commence pas avec tes questions du genre : « À quoi il ressemblait » et toutes ces conneries. J'en sais rien. Je me souviens juste qu'un type est venu ici. Il portait un truc de mac. Je sais plus.

— De mac ?

— Commence pas, Cecil ! Je me souviens pas. C'était une sorte de bijou affreux, un truc comme ça. L'autre type avait l'air bizarre lui aussi.

— Bizarre ?

Elle contempla la cuticule du majeur de sa main droite.

— Bon sang, c'est emmerdant. Merde. Il ressemblait pas au petit mac. Il avait l'air riche ou je sais pas quoi, comme si le petit mac travaillait pour lui. On aurait dit que c'était lui le boss

— Le boss, que veux-tu dire ?

— Comme si c'était lui qui donnait les ordres, quoi. Même s'il en donnait pas.

— La police est déjà venue te poser des questions ?

— Ils ont commencé, mais Doggy a dit qu'il m'interrogerait personnellement. J'imagine qu'il a pas encore eu le temps.

Elle se tourna de nouveau vers les planches et la masse de policiers. Doggy prenait des notes dans son carnet. Sa veste de survêtement était entièrement ouverte maintenant et ses cheveux gris étaient balayés par un vent du sud-est qui amenait sans doute de la pluie. Il leva les yeux vers un jeune flic, puis jeta un regard furtif en direction de Lolly, avant de revenir rapidement sur le flic. Il faisait semblant de concentrer son attention sur celui-ci, sachant que nous l'avions vu nous regarder. Lolly laissa échapper un petit rire, en l'observant. En équilibre sur son unique chaussure, elle penchait visiblement vers Doggy.

— Au fait, comment va ton colocataire arriéré ? s'enquit-elle, d'un ton presque distrait, en reportant sur moi son regard fixe, comme si elle se réveillait d'un rêve.

— Il est « sentimentalement et intellectuellement handicapé ». J'ai les documents.

— Cool, Cecil. Je te taquine. Pas besoin de me dire *à moi* qui est Toddy. Je l'ai connu après qu'il eut regardé sa mère mourir. Ça s'est passé il y a trente ans, et le père continue de noyer son chagrin dans les bars.

Le père de Toddy était autrefois bûcheron, mais après la mort de sa femme, il s'était mis à boire sévèrement, et il n'avait plus la tête à son travail. Un palan lui avait broyé la hanche sous le moteur diesel d'un générateur. Aujourd'hui, il dormait sur le bateau d'un ami et il buvait toute sa pension d'invalidité. Quand je le croisais, je l'ignorais, et lui ne me reconnaissait pas. Il portait toujours la même veste de toile délavée et une casquette de baseball crasseuse couvertes de broches d'oiseaux et de poissons émaillées. Il tenait son verre de bière et sa cigarette dans la même main, et de l'autre, il couvrait son tas de pièces de monnaie, en regardant fixement les bulles de sa bière tandis qu'il s'adressait à tout le monde dans le bar. Personne n'esquissait un hochement de tête, ni même ne levait les yeux vers lui.

Une voiture de la police montée s'arrêta à notre hauteur ; la jeune femme en combinaison-pantalon se pencha au-dessus du siège passager pour me crier par la vitre ouverte :

— On m'a chargée de vous conduire au ferry pour que vous puissiez traverser et aller prendre votre avion.

Je tournai la tête vers le bout de la rue ; Doggy me regardait avec insistance ; son doigt tendu indiquait le nord, la direction de l'aéroport. Je devais ficher le camp, et il ne souriait pas. Je montai à l'arrière de la voiture, où les portières n'avaient pas de poignée à l'intérieur. La vitre était baissée, et quelque part plus haut dans la vallée, on faisait griller du poisson au barbecue. Je me retournai vers Lolly, elle m'adressa un signe de la main. J'imaginai les poches de chaleur sous son corsage, et songeai à la manière dont ses cheveux roux s'enrouleraient sur les courbes de sa poitrine quand elle se coucherait ce soir.

Des mouettes tournoyaient au-dessus de Creek Street et plongeaient en piqué vers la rivière, à l'endroit où le corps avait sombré. Une carcasse de saumon gisait sur les pierres luisantes de la rive, et un corbeau emporta son œil.

DEUX

J'aime croire que Hannah a été profondément amoureuse de moi, même durant les années où nous avons vécu ensemble, lorsque je tentais de la gagner à ma cause avec ma joie de vivre mélancolique d'ivrogne. Mais je n'ai jamais été un ivrogne héroïque, ni particulièrement poétique, quand bien même je croyais l'être. Je lus pour la première fois son poème d'Ou-Yang Hsiu : «Ivre et sur la route, je suis ligoté par les fils flottants du printemps» couché par terre dans une chambre d'hôtel d'un petit village perdu de pêcheurs, et pendant des années nous essayâmes d'être à la hauteur de cette éloquence en nous plongeant avec allégresse dans des états seconds.

Maintenant, évidemment, Hannah est membre des professions libérales et chrétienne abstinente. Elle s'habille encore comme un pêcheur, mais j'ai dû m'habituer à voir apparaître les écharpes en soie et les parfums raffinés, les tailleurs vert olive barbares avec les accessoires en métal dépoli. Elle est assistante sociale dans le Nord, à Stellar. Mais l'œuvre de toute sa vie, c'est de voyager et de diriger des ateliers pour d'autres membres du «mouvement de la résurrection», et c'est ce qu'elle fait depuis quelque temps maintenant à Juneau.

Des sociétés et des agences gouvernementales la paient grassement pour diriger des ateliers et conseiller des groupes de cadres. Elle voyage d'aéroport en aéroport, prend possession de sa chambre d'hôtel de bonne heure, puis elle étire ses muscles, va courir, et prend une douche. Avant de partir donner sa conférence, elle s'allonge sur le lit, enveloppée dans une serviette, et lit un recueil de poésie contemporaine, en réfléchissant et en s'étirant, caressant chaque page lorsqu'elle s'arrête pour laisser monter les images de chaque poème. Elle lit principalement des poètes féminins, et le plus souvent ceux qui provoquent une vénération pour le «voyage».

Je l'avais rencontrée dix ans plus tôt dans un bar de Craig, à l'époque où Craig était une sorte de Dodge City version bûcherons et pêcheurs. Elle était entrée dans le bar en compagnie d'un marin-pêcheur à la seine descendu de son Bellingham. Elle portait un débardeur noir et un jean moulant, avec un bandana noué autour du genou. Elle avait enfilé la casquette de baseball du pêcheur à l'envers. Son débardeur détendu dévoilait presque ses seins.

Le type la soutenait avec son avant-bras lorsqu'ils entrèrent lentement dans le bar. Elle avait le port de tête vacillant de l'ivrogne conscient de son état, qui comprend parfaitement que la réalité est foncièrement une farce ironique qui échappe aux autres. Elle observa autour d'elle la clientèle du petit matin et déclara : «J'ai besoin d'une ligne de coke aussi longue et épaisse que mon bras, et je ferai n'importe quoi pour ça!»

Depuis, j'ai appris que dans le langage du mouvement de la résurrection, on appelle cela « être totalement à la masse ».

La tête rejetée en arrière, elle jeta un coup d'œil autour d'elle dans le bar, passant sur moi sans s'arrêter, et s'intéressant brièvement au jeune gars efflanqué dans le coin, qui travaillait comme poseur de soupapes d'étranglement. Puis elle se réfugia dans un regard lointain et inaccessible, dirigé vers la porte. Elle avait la mâchoire saillante et pendante, comme si garder la bouche fermée réclamait un trop gros effort. Le pêcheur l'installa au bar, en la faisant prendre appui sur les coudes, et il déposa une petite liasse de billets devant elle. Il fit signe à la serveuse d'approcher. Il expliqua alors qu'elle avait un billet pour Ketchikan, et de quoi s'offrir à boire. Son capitaine lui avait demandé de la mettre dans l'avion, malheureusement il levait l'ancre avant que l'avion décolle. La serveuse aurait-elle la gentillesse de la conduire simplement jusqu'à l'hydravion dans trois heures ?

Tout fut arrangé. Il reprit sa casquette et salua la compagnie. Hannah leva les yeux du comptoir, et comprenant qu'il s'en allait, elle le gifla, avec assez de force pour que son visage s'empourpre et qu'il serre rageusement les poings. Plusieurs vieux de la vieille s'agitèrent sur leur siège, la serveuse s'empara de sa batte de baseball sciée, le pêcheur regarda autour de lui, et se détendit. Même à Craig, frapper en plein jour une fille camée pouvait déclencher une réaction chevaleresque.

Quand le type fit ses adieux, Hannah l'agrippa pour l'embrasser à pleine bouche, suffisamment longtemps pour que la serveuse se balance nerveusement d'un pied sur l'autre et détourne la tête vers la fenêtre. Le pêcheur mit fin à l'étreinte et se dirigea vers la porte. Hannah réclama une bière et fondit en larmes. Après quoi elle grommela quelques mots au sujet des «ces salopards de pêcheurs à la seine». Je vins m'asseoir à ses côtés, en faisant remarquer que c'était une belle journée.

Elle leva les yeux vers moi, avec le sourire éclatant d'un ocelot, et déclara : «Merde au temps qu'il fait, l'important c'est de planer.»

Aujourd'hui, elle considère cette époque comme sa période noire. Ses quarante jours dans le désert. Aujourd'hui, elle donne des conférences et dirige des ateliers, et elle raconte cette tranche de son existence devant des salles remplies d'hommes et de femmes intimidés qui boivent du café insipide. Elle débute toujours avec nervosité avant de glisser maladroitement vers le ton de la confession. Elle commence toujours par l'origine, le point crucial de sa résurrection, l'instant qui l'a conduite face à la vérité incontournable. J'ai écouté son discours, j'ai essayé de suivre le chemin moi aussi. Mais bizarrement, dans cette mythologie personnelle ma place se situe quelque part dans le désert, où je voyage en compagnie des autres démons qu'elle a rejetés.

Le premier soir, nous avons pris une chambre à l'hôtel au-dessus du bar. Nous buvions, sniffions de la coke et regardions la télé tous les soirs jusqu'à la tombée de la nuit, avant d'aller danser un petit moment. Quand le groupe arrêtait de jouer, on rentrait à l'hôtel et on prenait de longues douches pour chasser l'odeur de la fumée, après quoi on s'allongeait nus sur le lit pour regarder des péplums, on se mettait des lignes de coke sur le ventre, et on les sniffait durant les pubs. On se commandait à manger, des plâtrées de frites avec des sandwiches gras à la viande. Les restes s'empilaient près de la porte, en tas. Après deux ou trois jours de cocaïne, la nourriture ne présente plus qu'un intérêt abstrait. Manger est une idée formidable que vous ne développez pas réellement. La cocaïne est comme du gin givré qui vous glace le cerveau. Pour commencer, elle affecte votre vanité. À tel point que êtes convaincu que le monde entier, les femmes de ménage qui vont devoir nettoyer vos saletés, les flics qui projettent de vous arrêter, et vos amis qui secouent la tête et froncent les sourcils devant votre manque de lucidité, que tous ces gens-là sont esclaves de votre pureté de pensée mélancolique.

La télé éteinte, elle me lisait des poèmes de Tu Fu et d'Ou-Yang Hsiu, et nous essayions de nous élever avec les mots, tout comme nous essayions de faire l'amour, mais ça ne marchait jamais. On s'étreignait, on s'embrassait et chacun essayait de trouver une prise sur la peau de l'autre, sans y parvenir. Nos esprits étaient trop légers, nos corps trop distants.

Avant que les flics débarquent, nous montâmes à bord d'un autre chalutier et donnâmes au capitaine toute la came qu'il nous restait pour nous conduire à Ketchikan. Nous bûmes du whisky et restâmes allongés sur le pont arrière, au-dessus des filets. Le soleil était brûlant, et le moteur rugissait sous le pont en acier. Pendant que l'équipage nous observait comme des vautours, Hannah se blottissait dans mes bras et chantait contre ma poitrine. Nous buvions à la bouteille. Nous dormions. Sept années.

Quand je l'embrassai ce jour-là pour la première fois, et sentis l'étrange parfum du bourbon, du baume pour les lèvres et des déchets de flétan, je crois que je faillis éclater de rire en reconnaissant le désir immodéré pour un individu. Plus tard, après sa résurrection, elle devint une chrétienne pleine de dignité, légèrement mystique; pas de téléthons ni de manipulations de serpents, mais une force qui contenait tous les égarements comme le lit d'un lac. Très souvent, je la taquinais en lui parlant des manipulateurs de serpents, ou en faisant de méchantes comparaisons avec les prédicateurs mercantiles de la télévision. Elle souriait, sans jamais prendre la mouche. Elle répondait simplement que je ne pourrais pas comprendre tant que je restais un alcoolique. Et je ne pouvais pas la comprendre, car désormais elle était en accord aussi bien verticalement que horizontalement. Elle avait raison. Je ne la comprenais pas.

Présentement, Hannah était assise à la table près du snack-bar au niveau supérieur de l'aéroport de Ketchikan, attendant l'avion qui se dirigeait vers le Nord, en venant de Seattle à deux heures de vol, et qui en une demi-heure nous ferait faire le saut de puce jusqu'à Sitka.

Elle fouillait dans le sac à dos de Louise Root. En me voyant me diriger vers la confiserie, elle baissa les yeux sur la liasse de lettres qu'elle tenait dans la main.

J'exerce ma profession à mon domicile, sur les quais du vieux village indien de Sitka. Depuis huit mois, Hannah travaillait à Juneau sur un projet de centre de désintoxication pour le compte du Département des services sociaux de l'État. Louise Root l'avait retrouvée en demandant une liste d'avocates au centre d'accueil des femmes. Hannah, à son tour, me l'avait envoyée. Suivant son conseil, Louise Root avait pris le ferry et subi les vingt-quatre heures nécessaires pour affronter les courants du passage de l'ouest, et échouer finalement sur la côte, près de Sitka. Elle parcourut à pied les huit kilomètres qui séparaient l'arrivée du ferry de ma maison en ville. C'était il y a seulement deux semaines.

Louise Root avait une voix douce, et cette apparence jeune et aristocratique d'une aventurière moderne affrontant la nature sauvage avec de coûteux vêtements imperméables. Noirs et gris, avec quelques touches lavande éclatantes. Elle portait des chaussures souples et un pull norvégien. Mais ses mains étaient larges et ridées d'épaisses callosités, avec également de pâles cicatrices en forme de demi-lune sur le dessus de sa main gauche. Je crois qu'elle m'a expliqué qu'elle s'était fait ces entailles en coupant du bois à la hache.

Elle s'exprimait d'un ton monotone, sans accents dramatiques. Elle était directe, à défaut de dire toute la vérité. Parfois, quand elle faisait une remarque, elle levait la main pour secouer d'un petit geste ses mèches de cheveux, comme si une araignée s'était posée sur sa tête, puis s'empressait de baisser les yeux et croisait ses mains sur ses genoux.

Elle avait été violée. C'est ce que j'avais cru comprendre. Une fête d'anniversaire là-haut à la mine. Elle se lançait dans les détails, puis sa gorge se serrait, ses poings se crispaient, et elle s'interrompait. Elle voulait que je trouve des témoins. Elle voulait que je les interroge, et me suggérait de porter un micro caché pour enregistrer en douce leurs témoignages. Il y avait un hic : elle ne voulait pas me donner leurs noms. Comme si en nommant ces hommes, elle leur conférait un pouvoir qu'elle refuserait toujours de reconnaître.

Je déteste perdre du temps lors des entretiens préliminaires. Perdre du temps, ça vient après, quand je me fais payer à l'heure.

«Miss Root...» Je me penchai en avant, et m'efforçai d'adoucir mon regard, et ma voix, pour créer l'ambiance d'une confession sous le sceau du secret. «Je sais que c'est très pénible pour vous, mais... vous allez me payer trente-cinq dollars de l'heure pour vous apporter les réponses à certaines questions. J'aimerais vous aider, mais pour ce faire, j'ai besoin d'avoir un point de départ, et une idée de ce que vous cherchez.»

Elle poussa un long soupir, et esquissa un geste vague de la main, et puis, avec le bout de son index, elle suivit le tracé de ses veines sur son poignet fin.

«Je crois que vous ne comprenez pas vraiment, répondit-elle avec un petit sourire. Les hommes s'en moquent, et la police s'en moque...» Sa voix faiblit. «Pendant un moment, vous savez, j'ai été tentée de m'en moquer moi aussi. Mais plus maintenant.»

Elle regarda par la fenêtre un chalutier en bois qui passait sur le chenal, devant chez moi. Elle plissa les yeux et crispa la mâchoire dans une position qui réclamait le courage de la colère et refusait les larmes.

Dehors, dans le vent, une double page de journal tournoyait désespérément, tel un cerf-volant invertébré, pour finalement se poser sur l'eau, avant d'être aspirée dans le sillage du chalutier et de couler. Une larme apparut au coin de son œil.

« On ne peut pas les laisser nier.

— Vous ne voulez pas me donner leurs noms au moins ? Ça m'aiderait. »

Tout ce qu'elle répondit, ce fut « Non », et elle se leva.

« Je crois que je vais encore réfléchir, Mr. Younger. Peut-être était-ce prématuré de venir vous ennuyer avec cette histoire. »

Je me levai à mon tour, en tendant la main. Elle y déposa un chèque de cent dollars plié en deux. Puis elle dévala l'escalier et disparut. Maintenant, c'était un cadavre, toujours relié à la terre par son corps, mais perdu pour tout le reste.

J'étais seul au centre de la zone d'attente du terminal, en croyant que j'étais encore dans la queue, et l'espace d'un instant, je la sentis s'en aller comme un vol d'oies sauvages dans la nuit.

Je marchai vers la table de Hannah au coin bar, et m'assis. Sans même lever les yeux vers moi, elle demanda d'emblée, d'une voix qui tremblait légèrement :

— Que veux-tu savoir ? Elle est née en 1959, et elle avait trente-quatre ans quand elle… est morte.

Hannah s'interrompit, sans quitter des yeux la liasse de papiers provenant du sac à dos. Il y avait un passeport, quelques lettres. Elle s'éclaircit la gorge.

— …Elle est allée à la fac, mais elle voulait travailler comme cuisinière à la mine d'or d'Otter Creek, au sud de Sitka.

Les mains tremblantes, Hannah me tendit le sac à dos.

Notre avion n'avait pas encore atterri, mais ils commençaient déjà les contrôles de sécurité. Je déposai le sac entre nous et soulevai le rabat. Les coûteux vêtements de plein air de Louise Root étaient faits avec les plus récentes fibres synthétiques. J'aperçus une trousse de toilette, en cuir gratté, un sac avec un fermoir en cuivre et une brosse à cheveux en bois avec des poils de sanglier. Je parcourus en vitesse deux ou trois livres aux feuilles déchirées, et découvris une liasse de lettres enveloppées dans un sac plastique, et maintenues par un élastique. Les bords des enveloppes paraissaient usées, et les pliures correspondaient aux bords de tout le paquet comme si elles étaient réunies ainsi depuis longtemps.

Les lettres étaient adressées à Steven Mathews à l'Institut d'éthique de l'environnement «Early Winters», à Mazama, dans l'État de Washington, et elles avaient été renvoyées à l'expéditeur, Miss Louise Root. Les lettres étaient glissées dans des enveloppes bleu ciel, de taille standard; un tampon apposé au dos indiquait qu'elles étaient faites avec du papier recyclé. L'encre, d'un joli bleu fluide, semblait provenir d'un vieux stylo à plume. Les lettres avaient été expédiées au départ de la mine d'Otter Creek, par le biais d'une boîte à lettres de Ketchikan, et renvoyées sans être ouvertes. J'extirpai du paquet celle du dessus, et décachetai l'enveloppe avec mon doigt.

> «Cher Steven, je suis enfin à destination. Figure-toi que la compagnie aérienne a perdu toutes mes affaires. Heureusement, j'avais conservé avec moi mon sac à dos (avec tes livres à l'intérieur) durant tout le voyage, et eux au moins sont arrivés à bon port.
>
> Ici, le paysage est magnifique, à condition de

regarder plus loin que la plaie ouverte de la mine. De l'arrière de la cuisine, j'ai une vue sur les montagnes, et très souvent le matin des nuages de fumée envahissent la vallée. Je n'ai pas ajouté de nouveaux oiseaux sur ma liste. On trouve essentiellement des mouettes, des corbeaux et des aigles. J'ai aperçu des cerfs dans les hauteurs, mais évidemment, ils gardent leurs distances quand les machines tournent, c'est-à-dire presque tout le temps.

J'ai deux aides cuisiniers et un plongeur. Ce sont des Philippins : un couple et un cousin. Ce sont des gens sympathiques; quel soulagement par rapport aux brutes renfrognées du chantier. Avec ces types, j'avais toujours l'impression d'avoir besoin d'un fouet et d'une chaise, mais Angi, Javier et Teo sont formidables. Ils chantent, et leurs plaisanteries m'aident à oublier mon cafard, qui survient généralement après le petit déjeuner. Je déteste faire à manger pour ces types. Ce n'est pas comme sur les chantiers de forage. Ici, ils ne gagnent pas autant de fric que certains ouvriers des puits de pétrole, alors ils rouspètent tout le temps, et ils sont hargneux quand ils n'ont pas leur ration de quinze mille calories par repas. Pourtant, ce sont seulement des conducteurs de niveleuses et des chouleurs, mais ils veulent manger comme s'ils ramassaient du foin à la main. Je t'ai déjà raconté tout ça. Rosbif et patates, avec de la sauce, et gâteau aux pêches. Ça continue à me fendre le cœur, d'une certaine façon. Tout compte fait, ce sont de braves types. Simplement, ils se racontent des histoires insensées sur leur vie. Je pense qu'ils ne voient même pas ce ghetto de câbles et de caravanes dans lequel la compagnie les oblige à vivre.

Excuse-moi, je suis comme un disque rayé. J'ai déniché les documents sur le procédé au cyanure. Je crois que tu avais raison. Même s'ils affirment que tout est en ordre, il y a un tas de trucs bizarres. Très affectueusement, Lou. »

Une autre lettre :

« Cher Steven, je suppose que tu n'as pas le temps d'écrire... mais je comprends. J'ai emporté avec moi les épreuves de ton essai ; je le lis et le relis sans cesse la nuit, en faisant comme si c'était une lettre qui m'était adressée. Je ne saisis pas tout, mais j'adore les descriptions. La science et la politique sont des sacrés sujets, surtout pour les gars des baraquements. Je cache la couverture sous mon pull pour ne pas être obligée de supporter leurs plaisanteries. Mais une fois le repas terminé, je me fais un thé (c'est quasiment le dernier plaisir qu'il me reste) et je vais m'asseoir sur l'embarcadère derrière, près du lavoir, pour lire. Merci, j'ai l'impression qu'on m'offre la santé mentale.

Tes lettres et tes réflexions seraient pour moi un tel soulagement si tu pouvais trouver le temps d'écrire. Parfois, je me dis que je suis en prison, et que je purge ma peine en préparant des steaks et de la salade de macaroni. Dès que j'apprends que l'avion vient d'apporter le courrier, je laisse Javier finir ce que j'ai commencé et je fonce vers la piste. Je reçois plus de courrier que tous les autres, et même cela donne lieu à des sarcasmes, comme si le fait de savoir lire et écrire était une menace, et je pense, malheureusement, que tel est le cas pour la plupart de ces gars.

Mais je n'essaye pas de te culpabiliser. Absolument pas. J'essaye simplement, me semble-t-il, de garder le contact avec toi. Qui a dit que ses poèmes étaient comme des lettres adressées au monde ? Peut-être que les gribouillages que je t'envoie sont eux aussi des lettres adressées au monde.

En tout cas, prends soin de toi, et merci pour le temps que tu consacreras à lire cette lettre. Je ne pense pas qu'on ouvre mon courrier, et je trouve que ta dernière suggestion au sujet des coups de téléphone est absurde. Si tu veux m'envoyer des renseignements, sers-toi de cette bonne vieille poste aérienne, et je te répondrai. Inutile de bâtir un roman d'espionnage. De qui devrions-nous avoir peur ? Très affectueusement, Lou. »

Je m'interrompis dans ma lecture. Cette fille savait manier les mots. Je regrettais qu'elle ne m'en ait pas dit plus quand elle était venue dans mon bureau. Pendant que Hannah consultait d'autres papiers qui se trouvaient dans le sac, je reportai mon attention sur les lettres.

« Cher Steven. Tu es très attentionné. Ton cadeau est arrivé juste le jour de mon anniversaire, et je me dépêche de t'écrire ce petit mot pour qu'il reparte avec l'avion. J'adore le Abbey, et je m'attaque au Simone Weil… mais j'aime particulièrement les confiseries au gingembre et le chocolat noir. Tu es un trésor. Quelque chose se prépare ici. L'alcool est interdit dans tout le camp, mais les gars ont débarqué en douce de l'avion quelques litres de whisky, et des bruits courent au sujet d'une fête. Tout le monde sait que c'est mon anniversaire. J'aimerais beaucoup boire un verre, mais j'ai suivi mon programme à la perfection depuis que je suis ici. L'abstinence m'a aidée à réfléchir plus clairement. Nous verrons bien. Peut-être parviendrai-je à chevaucher le sommet de la vague. À plus tard… »

Hannah revint du bar avec une bière, sans rien m'offrir. Elle me regarda d'un œil noir comme si j'étais un morceau de viande avariée. La lettre suivante dans le paquet n'avait pas le même aspect que les autres. Elle se trouvait dans une enveloppe blanche banale, à l'en-tête du City Moose Motel à Anchorage.

« Cher Steven, je regrette la manière dont s'est terminée notre dernière conversation téléphonique. Il ne s'agissait pas d'une menace voilée. J'imagine que, pour toi, c'était une situation sans issue. Je ne sais plus où j'en suis. Il faut que tu comprennes… Tu compatis à ma douleur, d'accord, mais après ? Ce n'est pas ça qui m'aide. Je ne supporte plus ces conneries de sensibilité masculine. C'est presque aussi malhonnête que la vulnérabilité des femmes. Je suis désolée, mais à ce stade je n'ai que faire de ta souffrance. Et je me fous désormais de savoir quels étaient tes plans. Je vais prendre les choses en main personnellement.

Je suis restée sous la douche jusqu'à l'arrivée des types de la sécurité de la «Global». Ils ont dit qu'ils allaient me conduire dans une clinique, et je me suis retrouvée à Anchorage. Il m'a fallu attendre trois jours avant que je puisse parler à une femme d'un foyer d'accueil. Ils ont été formidables, mais les flics n'ont pas voulu intervenir; pour des questions de juridiction, paraît-il. Mais tout le monde sait bien, y compris le très puissant alcoologue qu'ils ont fait venir, que cette histoire concerne la «Global». Tout ça, c'est toujours la même histoire de chaîne d'autorité. Qu'ils crèvent!

Parfois, je me dis que ma colère est la seule chose qui me maintient étanche. Sans elle, mon sang jaillirait par les pores. Je suis restée sous la douche pendant des heures, et malgré cela, impossible de me débarrasser de cette sensation. Dans le temps, j'aimais prendre un bain quand toute la vaisselle était terminée. De longs bains chauds. Et après, je m'essuyais lentement, avec la fenêtre ouverte, en regardant le ciel, pendant que la vapeur s'échappait par l'imposte. Mais maintenant (je n'ai essayé qu'une seule fois), je me glisse dans la baignoire et j'ai l'impression que la surface de l'eau est comme leurs mains qui me caressent. Et je ressors. Qu'ils aillent se faire foutre.

Comme tu étais mon ami, je te raconte toutes

choses. Tu auras peut-être envie de savoir à quel point j'ai changé. Nous avons si peu de temps dans cette vie. Je ne veux plus continuer à perdre le mien avec les projets et les attentes d'un autre. Le corps renferme l'âme, et il doit lui donner une forme. Mon corps me répugne désormais, et mon âme n'a donc plus de forme.»

Je rangeai la dernière lettre dans le sac. Il y avait d'autres papiers : des photocopies de rapports émanant de la mine. Des listes qui ressemblaient à des bons de cargaison de pétroliers, avec des heures de déchargement et des horaires. Il y avait également des formulaires d'inspection de réservoirs, mais ne sachant pas ce que je cherchais, je me contentai de parcourir rapidement les colonnes de chiffres. Une seule chose attira mon attention : un registre portant la mention : VIDANCE, pour le jour de Noël.

Un 737 s'immobilisa sur la piste. Hannah me reprit le sac à dos pour franchir les contrôles de sécurité. Elle monta avec à bord de l'avion. Je ne la reverrais pas avant l'arrivée à Sitka. Nos sièges respectifs étaient très éloignés.

Le ciel était nuageux, le vent venait du sud. Le 737 n'atteignit pas son altitude maximum durant le vol d'une demi-heure en direction du nord, de Ketchikan à Sitka, mais nous eûmes quand même droit à nos cacahuètes et à notre jus d'orange à seize mille pieds. Une hôtesse avec un épais fard à paupières bleu se contenta de me sourire en me tendant un verre de jus d'orange, alors que je lui réclamais joyeusement du champagne. Bien qu'elle ne laissât rien paraître sans doute m'avait-elle reconnu, suite à l'une de mes ignobles beuveries en vol. Fut un temps où je voyageais sur cette compagnie à titre d'essai, à cause d'anciens troubles Rien de très amusant pour l'équipage : des plaisanteries douteuses, des disputes à voix haute, du sang, et les flics qui viennent me chercher sur la piste à l'arrivée. Mais durant ce voyage qui me ramenait à la maison, je fus sage comme une image.

À travers le hublot, je regardais les îles escarpées du sud-est de l'Alaska. Par ici, c'est la forêt pluviale, et l'eau dégouline le long des rochers, creusant des lits abrupts et rapides. Les villes s'accrochent aux flancs de l'île, sur toutes les étendues plates dues au limon de la rivière. Plus au nord, la pluie se dissipe et les montagnes descendent jusqu'à la plaine, où les rivières ralentissent et serpentent. De tout là-haut, à bord de l'avion, je songeais à ces milliers de kilomètres carrés où l'on pouvait se perdre. Je pensais à Louise Root, effectuant des sauts de puce vers le sud, de Juneau à Sitka, jusqu'à Ketchikan, en cherchant une réponse. Je regardai vers le nord, les Fairweather Mountains, au-dessus de Glacier Bay, et plus loin le brouillard quasi arctique de l'intérieur. Même à trente mille pieds d'altitude, les mondes différents d'Anchorage, Fairbanks et le versant nord de la chaîne des Brooks se situent au-delà de la courbure de la terre. Dans cet État, les distances sont si grandes que le paysage ressemble presque à une abstraction. De nouveau, je songeai à Louise Root, voyageant en avion et en bateau, en suivant les voies navigables, en essayant de ne pas se perdre.

Sitka se trouve au nord de Ketchikan, au sud de

Glacier Bay, sur la côte accessible de Baranof Island. Contrairement à Ketchikan qui dégage cette impression de renfermé d'une ville de bord de mer avec des planches, Sitka vous donne le sentiment d'être plus exposé. La houle du Pacifique nord parcourt de longues distances à travers le golfe pour venir percuter les rochers devant l'épicerie. L'estuaire de Sitka accueille une douzaine d'îles blotties les unes contre les autres comme des mouettes en train de se nourrir, avant que la terre ne fasse saillie le long des caps et des pointes au cœur de l'horizon tumultueux du Pacifique. Vous pouvez regarder le beau ou le mauvais temps venir de l'ouest, mais ça ne sert pas à grand-chose, car généralement il vient du sud-est ou du nord.

J'adore Sitka. Il y a huit mille habitants, vingt kilomètres de route et deux grandes rues. Jadis, c'était la capitale de l'Amérique russe. À mes yeux, c'est une ville remplie de mystère et de d'extravagance. Elle est à ce point assaillie de tous côtés par la nature sauvage des montagnes escarpées, des forêts denses et de l'océan qu'on peut parfois avoir l'impression, au cours du même après-midi, de flotter au loin ou de prendre racine.

On trouve dans les rues de grands blocs de basalte ancien et des chiens à trois pattes. Des mouettes et des alques à cou blanc. Des cormorans qui agitent leurs ailes pour sécher au soleil leurs plumes aussi noires que de l'encre. Des macareux avec des aigrettes colorées comme des foulards de Gitans. Des baleines à bosse qui se nourrissent des harengs qui se nourrissent des effluents de la fabrique de papier. Des pick-up et des Subaru. Tout le monde va à un rendez-vous ou à un entraînement de «softball».

Quatre gamins avec des blousons de toile et des boucles d'oreille, la casquette enfoncée à l'envers, debout dans des embrasures de porte, près de la cathédrale russe, ayant l'air de s'ennuyer. Un vieil homme qui passe devant le Foyer du Pionnier au centre de la ville, avec deux pistolets glissés dans des étuis, par-dessus son pantalon. Parfois un ours brun dans le cimetière, ou un cerf qui nage dans le port. La cathédrale et la vieille montagne déchiquetée formant une sorte de décor pour toutes nos disputes. Des prêtres, des touristes, des bûcherons, des bureaucrates, des pêcheurs, et même une ou deux putes occasionnelles, et un détective privé à temps plein.

À ma descente d'avion, Dickie Stein m'attendait près du tapis roulant de livraison des bagages. Dehors, il faisait douze degrés, et à cause du brouillard, l'air restait frais et humide, ce qui n'empêchait pas Dickie de porter un short large avec des baskets vertes. Il avait une nouvelle coupe de cheveux qui lui donnait vaguement l'aspect d'un grille-pain, et sur son t-shirt, on pouvait lire : U.S. HORS DE L'AMÉRIQUE DU NORD. Dickie est mon avocat. Il est sorti diplômé de Harvard à dix-neuf ans. Il voulait devenir avocat parce qu'il détestait l'autorité, mais refusait d'en céder la moindre parcelle. Ses parents étaient tous les deux morts quand il était jeune, et il ne parlait jamais de son éducation, mais il s'habillait comme s'il avait été élevé par une meute de jeunes loups. Visiblement nerveux, il scrutait la foule des passagers qui quittait l'avion comme s'il craignait d'avoir du mal à me reconnaître.

— Écoute, me dit-il, je sais que tu es déjà au courant, mais je veux juste te donner les détails. Il a disparu depuis mardi. Un type du terminal du ferry pense l'avoir vu qui suivait la route de la scierie mercredi. Mais j'ai des doutes. Ce type était complètement ivre sur le champ de tir ce jour-là, et peut-être les autres jours également, et je me méfie. Quoi qu'il en soit, Gladys est montée jeter un œil. J'ai fait promettre aux flics de demander aux agents de service de bien ouvrir l'œil surtout. On a diffusé des messages à la radio, et collé des affiches sur les poteaux dans toute la ville. Au fait, je te précise que tu offres une récompense de deux cent dollars.

— Mais de quoi tu parles, nom de Dieu ?

— Mais voyons ! De Nelson ! Le chien de Toddy. Nelson ! Il a disparu !

— Deux cents dollars ! C'est presque plus que ce que j'ai gagné ce mois-ci ! Bon sang, Dickie, Nelson va finir par rentrer. C'est un labrador, il ne peut pas vivre sans présence humaine.

— Ouais, ne m'en parle pas. On a un gamin qui a piqué trois fois le même chien noir à la fourrière pour essayer de toucher la récompense, mais comme tu es un type généreux, je lui ai filé cinquante dollars pour le récompenser de sa ténacité.

Hannah s'approcha dans le dos de Dickie, et glissa son épaule entre nous, pour s'adresser à Dickie droit dans les yeux.

— Nelson a disparu ? Todd doit être dans tous ses états. Que peut-on faire ?

Dickie recula légèrement, gênée de la sentir envahir son espace individuel.

— On peut le chercher, et commencer à passer

quelques coups de fil. Toddy est bouleversé, en effet. Mais vous le connaissez, il garde tout pour lui.

Je regardai les premiers bagages qui apparaissaient sur le tapis roulant.

— Nom de Dieu, c'est pas vrai, je suis parti seulement deux jours ! Nelson ne peut pas être perdu !

— Comment tu appelles ça toi ? Il demeure introuvable, et Toddy flippe à mort. Il veut que tu le retrouves.

Hannah laissa échapper un reniflement de mépris, rejeta ses cheveux en arrière d'un mouvement de tête, et récupéra son sac.

— Ah ! oui, très bien. Cecil va le retrouver. Il est détective.

Je déteste entendre les gens commencer leur phrase par : « Vous qui êtes détective, vous ne pourriez pas... » Après, j'ai presque tout entendu : Vous ne pourriez pas... retrouver mes clés, savoir où était ma femme la nuit dernière, découvrir ce que les flics ont comme preuve contre moi ? Pourquoi vous ignorez ce que je ne sais pas ? Je déteste leur donner la réponse.

J'attendis quelques minutes, dans l'espoir que Hannah remonte à bord de l'avion ou disparaisse avec quelqu'un d'autre. Mais rapidement Dickie proposa de la conduire en ville de l'autre côté du pont, et elle trimbala ses affaires jusqu'à la voiture, garée en double file à l'emplacement réservé aux navettes. Quand je claquai la portière, des morceaux de carrosserie s'écaillèrent, comme un vieux manuscrit. Dickie conduisait un vieux break japonais, à ce point rongé par la rouille qu'on voyait la route défiler à travers le plancher.

Je voyageais en compagnie d'un avocat cinglé en direction d'une petite ville paumée, de l'autre côté du pont, pour prendre le commandement de la cellule de crise mise en place afin de retrouver un labrador.

— Tu ne pourrais pas retrouver mon chien ? dis-je.

Je suis autorisé à demeurer le tuteur de Toddy tant que je reste sobre, et que lui reste relativement sain d'esprit. La première condition est assez simple à remplir. Les employés des Services Sociaux suivent de très près tous mes déplacements. Les habitants de la ville, eux, surveillent Toddy. Si jamais je me remettais à boire à Sitka, le standard des Services Sociaux s'illuminerait et fondrait sous la chaleur. Voilà pourquoi on me voit rarement boire à Sitka.

Mais le truc de la santé mentale, c'est plus risqué. Toddy est un gamin intelligent dans un corps d'adulte, qui s'exprime comme s'il s'efforçait d'imaginer la manière dont s'exprimerait un adulte. Tous les deux mois, Toddy doit subir un interrogatoire destiné à déterminer s'il est « équilibré et à l'abri de toute idéation délirante ». Nous sommes obligés de bachoter :

« Bon, qu'est-ce que tu leur réponds s'ils te demandent si tu parles à ta mère ?

— Je leur réponds qu'elle est morte, et qu'elle ne veut plus me parler.

— Non ! Tu leur réponds qu'elle morte, et qu'elle ne *peut* plus te parler.

Il baisse les yeux derrière les verres épais de ses lunettes et se met à se balancer d'avant en arrière, en entortillant sa serviette transformée en gros clou compact.

« Calme-toi, vieux. Dis-leur simplement la vérité. Calme-toi… Dis-leur que tu ne lui parles plus. »

Il se penche légèrement en avant et lève vers moi ce regard nerveusement déséquilibré, comme un chaton qui sait que vous allez le noyer.

« La dernière fois, ils m'ont demandé ce qui arriverait si tu mourais.

— Et alors, qu'as-tu répondu ?

— Je leur ai dit que quand tu mourrais, tu deviendrais invisible.

— C'est juste. Que t'ont-ils demandé d'autre ?

— Ils m'ont demandé ce que je ferais si tu mourais. Je leur ai dit que j'avais plusieurs choix, si j'étudiais toutes les aides que me proposaient les églises et les Services Sociaux. Je pourrais continuer à être technicien de surveillance dans les écoles, et je pourrais aussi faire une demande auprès du foyer d'hébergement pour leur programme de logement subventionné.

— Excellent. Nous avons bien travaillé ce sujet.

— Oui. Mais quand j'ai voulu expliquer que tu ne mourrais jamais pour de bon, la femme a froncé des sourcils et elle a noté des trucs ; je crois que ça ne lui a pas plu.

— Ne t'inquiète pas, Toddy. Il leur faut du temps pour comprendre.

Toddy a une théorie selon laquelle chacun obtient toujours ce qu'il mérite. Le jour où je mourrai, je deviendrai invisible, c'est du moins ce qu'il affirme, car c'est ce que je veux être. Lui, quand il mourra, ce sera un labrador noir.

Évidemment, le labrador idéal, c'est Nelson. Les murs de notre maison sont constellés de photos de Nelson. Nelson à la plage. Nelson le jour de ses dix ans. Nelson sur le toit de la voiture. Comme si Nelson, ou du moins son image, était une sorte d'esprit omniprésent qui surgit partout dans notre environnement. Parfois, je découvre une photo de Nelson dans mon panier-repas du midi, si Toddy pense que je risque de m'ennuyer au travail. Todd emmène Nelson dans les fêtes d'anniversaire au foyer du troisième âge ; les vieux lui préparent des biscuits exprès pour lui, qu'ils déposent à sa place. Tous les cuistots de la ville ont installé un seau pour les restes, à côté de la poubelle, réservé à Nelson. Résultat, on peut sans risque affirmer, sauf devant Toddy, que Nelson souffre d'un excédent de poids d'au moins vingt pour cent. Il souffre d'une ensellure, et il a les pattes avant en canard comme un cheval de marchand de lait autrefois. Sa gueule est grise, et après avoir mangé un de ses trois repas quotidiens, toujours agrémentés d'huile et d'un œuf frais, inévitablement, il laisse tomber sa tête sur vos genoux, et refuse de l'enlever tant que vous ne lui avez pas soigneusement gratté les oreilles.

Cette position ne correspond pas à l'idée que je me fais de la communion avec la nature. À vrai dire, je pense que les chiens ont été domestiqués en partie parce qu'ils étaient trop stupides et dépendants psychologiquement pour survivre à l'état sauvage. Un jour où j'avais eu droit aux coups de truffe pleine d'œuf et de bave, j'ai haussé le ton contre Nelson, et Toddy l'a aussitôt emmené dans sa chambre. Ils y sont restés pendant deux jours, n'en sortant que pour faire provision de toasts à la cannelle, de hamburgers crus et de « cream soda », et uniquement quand j'étais absent ou pendant que je dormais. J'avais l'impression de vivre avec deux membres d'une confrérie nocturne.

La voiture s'arrêta devant chez moi. Dickie ne se gara pas ; il ralentit à peine.

— Vas-y, me dit-il. Il est là, et je pense que tu trouveras une longue liste pour t'indiquer qui tu dois appeler.

— Merci, dis-je, sans enthousiasme.

Hannah se précipita devant moi, au moment où je fermais la portière de la voiture. Que venait-elle faire à Sitka ? Elle aurait dû rester dans l'avion jusqu'à la prochaine escale à Juneau.

Je traversai la rue et levai les yeux vers ma maison. Celle-ci est bâtie sur pilotis, au-dessus du chenal, et elle aurait bien besoin d'un coup de peinture et d'un examen sérieux des piliers. Mon « chez moi ». Il s'affaisse légèrement, mais dans l'ensemble, il reste sec. Les bacs à fleurs sur la fenêtre s'accrochent aux derniers indices de l'été ; les œillets de poète baissent tristement la tête. Je me promis d'acheter un fuchsia s'il en restait. J'étais occupé à choisir les couleurs du nouvel arrangement floral quand Todd vint ouvrir la porte. Il me regarda sans rien dire ; son corps trapu était tout avachi et sa montagne de muscles paraissait fanée et racornie comme une citrouille victime des intempéries. Ses cheveux avaient un peu poussé depuis sa dernière coupe en brosse, et ses lunettes étaient maintenues par un morceau de ruban adhésif au milieu, à l'endroit où elles s'étaient brisées il y a des années. Il les remonta sur son nez. Il voulut parler, puis s'arrêta. Il tapotait l'extrémité de ses doigts contre son pouce, rapidement, comme s'il s'entraînait à jouer de la guitare.

— Il va revenir, Toddy. Il n'a pas disparu depuis très longtemps.

— Ça fait vingt-six heures, Cecil ! C'est long, tu sais.

— Peut-être qu'il est amoureux, dis-je, en haussant les épaules.

— Tu l'as fait opérer après l'histoire à la station-service avec le rottweiler…

— Hé, ça ne l'empêche pas de tomber amoureux.

— Tu crois qu'il est quelque part dans les bois, étranglé avec son collier ou un truc comme ça ?

— Non.

— Tu crois que quelqu'un l'a ramassé dans la rue et l'a emmené sur le ferry ? Peut-être qu'on a voulu le voler ; c'est un beau chien.

— Non, je ne pense pas, Todd. Moi, je crois qu'il est parti se balader.

— Peut-être qu'il a nagé jusqu'aux îles, et maintenant, il est là-bas tout seul et il a faim ou je sais pas quoi. Tu m'as raconté un jour que les ours, les cerfs, et un tas d'autres animaux nageaient jusqu'aux îles. Si ça se trouve, il est là-bas, hein ?

Il se tordait les mains avec violence et nervosité, et me regardait fixement, d'un air presque suppliant. Un gamin sur une bicyclette, munie de stabilisateurs, passa à notre hauteur et, sans s'arrêter ni même nous adresser un regard, il déclara :

— Rien derrière l'hôtel. Je vais jeter un coup d'œil vers les poubelles du port.

— O.K., Louis, merci bien !

Toddy agita la main, et le gamin repartit sur son vélo dans un déferlement de genoux et de coudes levés.

— Écoute, Todd, je n'ai pas beaucoup de temps pour t'aider à chercher, dis-je, et je tendis bêtement la main en direction de mon bureau au premier étage. J'ai une nouvelle affaire sur les bras, et il faut que j'y travaille. Je dois lire un tas de trucs pour commencer, tu sais bien.

— Tu pourrais peut-être passer quelques coups de téléphone ?

— Quelqu'un est allé voir sur la route près de l'embarcadère du ferry ?

— Mr. Stein est parti par là, mais il était en voiture, et je suis sûr qu'il avait les vitres fermées, alors il ne pouvait rien entendre de toute façon. Tu vois, Cecil, peut-être que Nelson est tombé dans un trou quelque part dans les bois, et il arrive plus à en sortir. Peut-être qu'il est blessé et qu'il a du mal à marcher.

Ses yeux s'écarquillèrent, il inspira profondément plusieurs fois. Je voyais les larmes briller.

Délicatement, je posai la main sur son épaule.

— Ne pense pas à ça pour l'instant. Je vais aller faire un tour par là-bas. Laisse-moi juste le temps de prendre mes affaires de pluie et de me préparer un sandwich. Ça te convient ?

— Je t'ai déjà fait un sandwich. Je l'ai mis dans un sac en plastique. Saumon fumé et crème de fromage. Je t'ai mis aussi une pomme et des cacahuètes.

Il me regarda, me sourit, et se frotta les yeux.

Le téléphone sonna. Il se précipita à l'intérieur pour décrocher au rez-de-chaussée. Je récupérai mes sacs et entrai à mon tour. D'un coup de pied, j'ôtai mes chaussures, m'assis sur le banc et contemplai mes bottes en caoutchouc. Il commençait à pleuvoir et cela suffisait à donner l'impression que la nuit tombait plus vite. J'écoutai la conversation de Todd.

— Non... non... Il vient juste de rentrer. Il a dit

qu'il allait jeter un œil sur la route. Je lui ai préparé un petit quelque chose à manger pour qu'il ne perde pas de temps en s'arrêtant. Oui… Oui, d'accord. Merci. Je l'espère moi aussi. Vous voulez lui parler avant qu'il s'en aille ?

Il se tourna vers moi, en me tendant le téléphone.

— C'est Mr. Doggy.

Le soleil se couchait derrière les îles, et la lumière avait cet aspect tardif, prisonnière entre l'or et l'argent. Un hydravion s'éloignait du quai et un goéland bourgmestre, dressé sur une patte au sommet d'un pilier, contemplait la surface du chenal. Je supposai que George Doggy voulait me parler de choses qui m'obligeraient à louvoyer, ou à mentir.

— Dis-lui que je le rappellerai.

Je décrochai le ciré suspendu à la patère derrière la porte d'entrée, pris le sac de provisions que me tendait Toddy et le frôlai dans l'étroit couloir pour pouvoir sortir.

Je passai devant les usines de poisson et les bassins. Les installations frigorifiques vrombissaient, et la circulation ralentit au moment où partait le dernier camion frigorifique, en direction de l'aéroport, pour effectuer une livraison de saumon argenté. Je passai devant les grands bureaux rouges de l'administration forestière et empruntai la route menant vers le nord. Mon intention était d'inspecter les fossés. La vision de Louise Root suspendue au bout du palan, son corps dégoulinant sur la bâche en caoutchouc, était gravée dans mon esprit comme la rémanence d'un éclair de flash.

Tandis que le soleil se couchait et que l'humidité de l'air se fondait dans la lumière, l'atmosphère s'épaissit, comblant la distance entre la route et l'horizon. Il existe une certaine lumière qui vous aide à appréhender la distance, et parfois, cette lumière inonde l'esprit, et vous fait tout oublier. Appréhender la distance fait également partie des tâches importantes d'un ivrogne.

Je longerais les fossés pendant un petit moment, et peut-être qu'après je rentrerais à la maison pour me préparer un repas chaud. Je goûtai à la pomme, en arrachant de gros morceaux avec les dents, et m'efforçant de ne pas penser. Voilà quatre jours qu'il ne cessait de pleuvoir par intermittence à Sitka, et dans les fossés coulait une eau brunâtre provenant des fondrières. Je m'arrêtai à plusieurs endroit en chemin, là où à cause des conduits bouchés de petites mares s'étaient formées. Si Nelson avait été heurté par une voiture, il se serait traîné dans un des fossés.

En fouillant le haut d'un fossé, je tombai sur une perche brisée servant à tirer les cordes d'un bateau à l'accostage. Le bout que je ramassai mesurait un peu plus d'un mètre, et se terminait par une pointe acérée. Grâce à lui, je pouvais sonder les parties les plus profondes des fossés. Je ne faisais pas cela de gaieté de cœur, mais s'il fallait chercher quelque part, c'était justement là.

J'atteignis Halibut Point Road. Les voitures me dépassaient en glissant sur la chaussée luisante et le bruit de leurs pneus ressemblait à du ruban adhésif qu'on arrache du sol. À chaque passage d'une voiture je me sentais un peu plus déprimé. À la surface du fossé, des tiges de chasse-taupes pourris, couchés par la pluie, s'entrecroisaient sur l'eau, à côté des boîtes de soda, des sacs en papier et des bouteilles brisées.

La roue d'un tricycle rouge dépassait de la boue. Des objets oubliés.

Je songeai à Toddy, et ma tristesse ne cessait de croître. J'étais en train de prendre froid, et j'envisageais de rebrousser chemin, de me rendre sur l'île en barque pour m'asseoir dans un sauna chaud. Marchant le dos voûté, j'imaginais la chaleur du bois et l'odeur du cèdre brûlant mes narines, et ensuite le plongeon paralysant dans l'eau à six degrés. Je frissonnai et plantai le bout de la perche dans l'eau brune, l'enfonçant dans la vase jusqu'à ce qu'elle heurte un rocher aussi dur que de l'os. Rien... Dieu merci.

La mine d'Otter Creek fut un sujet de controverse dès le début. À la suite du drame de l'*Exxon Valdez*, l'industrie de l'énergie se trouvait en état de siège. Exxon versait des millions de dollars à quiconque réclamait des indemnités, selon l'idée que tout problème pouvait être réglé avec une somme d'argent suffisante. Au départ, il s'agissait peut-être d'un crime ou d'un accident. Il en avait résulté la plus grande marée noire de tous les temps, avant que cela ne devienne, très rapidement, un carnaval de cupidité. Toute personne un peu entreprenante pouvait empocher des milliers de dollars en nettoyant le pétrole, ou simplement en en parlant.

Certains au sein du gouvernement, et dans l'industrie de l'énergie, y voyaient davantage un problème de relations publiques qu'une catastrophe écologique. Ils s'inquiétaient au sujet de leurs projets d'extension dans l'Arctique, et ils tremblaient de peur en songeant à tout ce qui pouvait bousiller leurs plans, à cause d'un navire qui heurte un récif figurant sur les cartes. Leur détermination était forte et claire : ne plus jamais se faire prendre la main dans le sac. De longs débats publics concernant la prévision prophylactique des contingences pour l'avenir feraient oublier aux habitants les images d'oiseaux mazoutés à la télévision.

La compagnie Global d'Exploration et d'Exploitation des Ressources qui possédait d'importants terrains dans la North Slope souhaitait étendre ses activités à l'extraction d'or dans l'étroite bande de terre coincée au sud-est de l'Alaska. Pour ce faire, ils projetaient d'utiliser le procédé d'extraction au cyanure, sûr et efficace, mais qui souffrait d'une mauvaise réputation. Ces mines d'or n'étaient pas des galeries creusées dans la montagne, mais plutôt des centres de traitement où le minerai était versé dans un coulis de cyanure et d'eau, de telle sorte que le trop-plein transportait des particules d'or microscopiques dans des «zones fécondes» contrôlées où l'or, plus lourd, se déposait. Tant que la solution était suffisamment diluée, et que les structures d'endiguement remplissaient leur rôle, ce procédé permettait d'extraire, proprement et efficacement, des parcelles d'or qui, autrement, demeuraient trop infimes pour qu'on prenne la peine de les récupérer. Évidemment, il fallait énormément de pierre pour obtenir quelques grammes d'or. Et dans le sud-est de l'Alaska où certains systèmes de drainage pouvaient accumuler plus de quatre cents centimètres de pluie, des tonnes de flotte coulaient de tous les côtés. C'était un problème : faire circuler juste assez d'eau à l'intérieur du système sans que le trop-plein n'emporte de fortes concentrations de limon ou de cyanure hors des zones contrôlées.

« Global » faisait des pieds et des mains afin d'adapter à ses exigences les réglementations sur la qualité de l'eau. Dans l'ère de méfiance post-*Valdez* où chaque agence de contrôle exigeait des plans et des engagements en triple exemplaires, « Global » avait versé plus d'argent aux groupes de pression que la plupart des installations minières n'en dépenseraient pour la construction d'un site.

Tout le monde dans le Nord sait que l'or rend fou. Des parcelles d'or microscopiques charriées par un mélange empoisonné suffisent à faire saliver les gens. Les pétroliers parlent des bienfaits qu'apporte leur produit, et même à l'intérieur de la compagnie la plus blasée, les employés ont le sentiment d'appartenir à une équipe. Mais la quête de l'or s'apparente davantage à une chasse au trésor solitaire : le premier arrivé peut empocher le maximum d'or. Il n'existe rien de plus simple.

Otter Creek était fermée maintenant. Sans doute avait-elle cessé ses activités peu de temps après la soirée d'anniversaire au cours de laquelle Louise Root avait été victime de quelques litres de whisky et de quelques jeunes types qui croyaient prendre un peu de bon temps. La compagnie affirmait que, « par excès de prudence », ils souhaitaient modifier certains de leurs équipements de surveillance afin de garantir la pureté de la nappe phréatique. Tout le monde savait que l'État surveillait de près tout ce qui sortait de leur système d'écoulement, et apparemment il y avait eu quelques problèmes ; malgré tout, la mine devait rouvrir au printemps.

J'avais dépassé les boutiques du centre, et je décidai d'aller jeter un coup d'œil à la fourrière, simplement pour me changer les idées après avoir arpenté les fossés. Un chien noir à l'air morne – probablement celui qui avait été kidnappé par le gamin plein d'initiative – me regarda et retrouva sa joie de vivre. Assis sur son arrière-train, il haletait et sa truffe captait rapidement de petites bouffées d'air, pendant que sa queue me saluait gaiement. Toutes les autres niches étaient vides. Un collier en plastique et un bol vide traînaient sur le sol en béton. Je regagnai les fossés.

Un corbeau me suivait au-dessus de la route, dans les aulnes. De temps à autre, il plongeait pour s'emparer d'une chose que j'avais remuée. Il me regardait comme si j'étais fou de me trouver là, puis il lança cet étrange cri de colère, semblable à des pierres qui grincent. Je sortis une dépouille de cerf et quelque chose qui ressemblait à un crâne d'otarie, puis un sac en plastique rempli de vêtements. Je plantai de nouveau la perche dans la gadoue.

À en juger par le contenu de ses lettres, Louise Root ne se contentait pas de faire la popote aux gars de la mine. Le nom de Steven Mathews ne m'était pas inconnu. J'avais lu certains de ses bouquins et suivi sa carrière. Il avait été clochard, poète « beat » et hippie. Âgé maintenant d'une soixantaine d'années, il vivait en Alaska et était devenu avant tout un écologiste sans humour. J'imaginais aisément Louise Root en étudiante fervente de son « Institut d'éthique de l'environnement » aujourd'hui défunt, dans l'est de l'État de Washington. Il n'avait jamais reçu ses lettres, la demande de réexpédition du courrier avait dû arriver à expiration. Pourtant, il fallait bien qu'il communique avec elle d'une manière ou d'une autre. Je décidai d'examiner attentivement le contenu de son sac une fois encore, en étalant tout sur le sol de mon bureau. Du moins, si je parvenais à reprendre le sac à Hannah, avant que Doggy ou l'un de ses hommes ne le confisquent.

L'extrémité de la perche s'enfonça aisément dans la souplesse caractéristique de la chair. Un pick-up rempli de gamins me dépassa, avec la radio résonnant à plein volume ; la pluie me transperçait comme des aiguilles. Je demeurai immobile. En regardant vers la côte, j'apercevais les vagues qui avaient parcouru un millier de kilomètres en mer. J'entendais leur respiration monter et retomber sur les galets du rivage.

Avec une certitude inexplicable, je sus que je l'avais trouvé. Je ne voulais pas sortir le chien, et avec la même certitude pesante, je savais que je le ferais quand même, évidemment. Je songeai à Toddy et à tous ceux qui participaient aux recherches en criant le nom de Nelson dans les bois. Je savais que s'ils étaient dehors ce soir sous la pluie, c'était grâce à l'espoir. Je m'en voulais d'être celui qui y mettrait fin.

Je plongeai le bras dans le fossé, jusqu'à l'épaule, puis je hissai l'animal sur le flanc, avant de l'étendre sur mes genoux. Son épaule et le côté de son crâne étaient fracassés. Des graviers étaient enfoncés dans la peau épaisse aux poils collés, sur toute la longueur du dos. Une voix s'éleva au-dessus de moi.

— C'est votre chien ?

— Non. Enfin… si.

La voix appartenait à un vieillard décharné qui se promenait en pantoufles sous la pluie. Dans une main, il tenait un grand verre glissé dans un gobelet en polystyrène et une cigarette ; il portait une veste en flanelle, sans rien en dessous. Apparemment, il s'était coupé en se rasant tardivement dans la journée. Il avait la peau fine et rougeaude, et les petits yeux plissés d'un méchant ivrogne.

— C'est triste ce qui lui est arrivé, mais il fouillait dans ma poubelle. Je l'ai viré deux ou trois fois. Il a été écrasé par un camion hier. Je vais vous dire, si vous l'aviez tenu en laisse comme vous êtes censé le faire, ça serait sans doute pas arrivé.

— Oui.

La carcasse mouillée pesait sur mes genoux.

— Bordel. Je commence à en avoir marre d'être obligé de ramasser mes ordures tous les matins. Vous savez pas ce que c'est.

J'avais de la peine pour ce pauvre vieux salopard et sa poubelle. J'avais de la peine pour les gamins qui passaient en voiture, avec leurs vies prisonnières comme de petite bulles à l'intérieur de leurs véhicules. J'avais même de la peine pour les boîtes de soda et les tricycles dans le fossé. Ça a toujours été un problème chez moi. Un jour, j'ai lu que le sentimentalisme idiot, c'était aimer quelque chose plus que Dieu lui-même ne l'avait aimée, et sur le moment, cela m'avait paru sensé. Et pourtant, je me retrouvais là, assis dans un fossé, trempé jusqu'aux os par cette pluie primitive, avec Nelson sur mes genoux, à me demander quel amour Dieu vouait à ce chien noir, à ce vieil ivrogne, ou même à ma personne, avec mon désir insensé de découvrir des choses que je ne souhaitais pas réellement.

Je ne ramènerais pas le corps de Nelson à Todd. C'était hors de question. N'essayez jamais de parler de sexe et de mort avec un adulte autiste. Le sexe devient trop abstrait, et la mort trop littérale. Pour finir, ça revient toujours à essayer d'expliquer l'amour ou à décrire des corps en décomposition. Je n'étais d'humeur ni pour l'un ni pour l'autre. Je sortis Nelson du fossé et le hissai sur mon épaule. Je donnai mon sandwich au corbeau perché dans l'aulne au-dessus de moi.

Dickie Stein passa au volant de son break et s'arrêta brutalement sur le bas-côté. J'avais décidé de conduire Nelson chez un ami. Je laisserais les recherches se poursuivre encore un peu. Je trouverais bien une solution.

Nous déposâmes Nelson à l'arrière de la voiture et nous rendîmes chez Jake. Jake comprenait pour quelle raison je souhaitais congeler Nelson, mais il n'était pas certain que sa petite amie serait heureuse de voir le chien à côté de ses côtelettes congelées et des sacs de petits pois ouverts. Je lui conseillai d'expliquer à sa copine que le sac poubelle contenait la pièce à conviction d'un crime et devait être mis en lieu sûr. En l'ouvrant, elle commettrait un grave délit. Cette idée ne lui plaisait pas, mais il accepta. Jake avait acheté un énorme congélateur dans le but de se nourrir de sa pêche et de sa chasse, mais il avait découvert qu'il détestait pêcher et chasser, alors il survivait grâce à ce que ses copains lui donnaient en échange d'une petite place dans son congélateur. Dans un sens, c'était un bon arrangement. Je fourrai Nelson au fond de la clayette du bas. Je me relevai et fis jurer à Jake et Dickie de garder le secret, après quoi je pivotai sur mes talons pour m'en aller.

Dickie me retint.

— Deux types ont débarqué à ton domicile. Je pense qu'ils ont voyagé à bord du même avion que toi.

— Quel genre de types ?

— J'en suis pas certain, mais ça sent le fric.

— Le fric. Pour un boulot, tu veux dire ?

Je n'ai jamais de comportement ambivalent au sujet de l'argent, mais souvent au sujet du boulot.

— À mon avis, ils bossent pour la « Global ». Ils ont la tête de l'emploi.

— Je ne sais pas pourquoi, mais je pense que tu as raison.

Je donnai une petite tape au congélateur, remerciai Jake et me dirigeai vers la porte pour me rendre à mon rendez-vous avec les anciens employeurs de Louise Root.

TROIS

Il était fatigué. Je m'en aperçus en arrivant au milieu de la rue. Il portait un manteau en poil de chameau et une chemise de flanelle et il semblait ployer sous le poids, comme s'il dormait tout habillé depuis une semaine. Au pied, il portait des chaussures basses caoutchoutées, boudinées par une sorte d'isolant synthétique. Le type qui se tenait à ses côtés était nerveux. Il jetait des regards d'un bout à l'autre de la rue comme un touriste égaré, en tripotant son briquet en argent, le faisant cogner contre sa cuisse, puis le protégeant du vent pour essayer d'allumer sa cigarette.

J'avais envie de continuer sans m'arrêter, mais Dickie se rangea sur le côté. Alors que je m'approchais, le plus petit des deux, celui avec le manteau en poil de chameau, leva la main et la tendit vers moi, petit doigt en avant.

— Mr. Younger ? Je suis ravi que nous ayons réussi à vous rencontrer.

Je lui serrai la main. Le plus grand renonça à essayer d'allumer sa cigarette, et posa sur moi un regard morne de bull-dog.

— Désolé de ne pas avoir été là quand vous êtes

venus, dis-je. Et de plus, je n'ai aucune mémoire des noms. J'ai oublié les vôtres.

— Nous ne nous connaissons pas. Je m'appelle Lee Altman. Et voici Charlie Potts. Un de nos experts.

Il pleuvait, mais je n'avais pas remarqué. La porte du bar au bout de la rue était ouverte, et deux hommes en bleu de travail discutaient sur le trottoir avec une Indienne aux longs cheveux noirs qui tenait un sac rempli de provisions. Je percevais les échos diffus du téléviseur à écran géant du bar, et sentis mon estomac se nouer. Je maudissais le jour où ils avaient installé cette télévision.

— Ne pourrions-nous pas aller quelque part ? proposa Altman en regardant autour de lui.

Il évita de poser les yeux sur ma porte d'entrée. Je constatai que ses cheveux mouillés commençaient à s'emmêler sur son crâne. Potts approchait de la quarantaine apparemment, et il semblait porter un cardigan jaune sous son imperméable ; ses chaussures en cuir s'ornaient de glands. Il observa les mares qui se formaient autour de ses pieds et se racla la gorge, sans cracher.

Je répondis :

— Oui, oui, excusez-moi. Entrons.

Dickie klaxonna ; je lui adressai un signe de la main, tandis qu'il repartait.

J'entrai le premier et ôtai mon ciré dans le vestiaire au bas de l'escalier. Mes deux visiteurs se heurtèrent maladroitement dans mon dos. J'enlevai mes bottes d'un coup de pied, et ils commencèrent à ôter leurs chaussures. Todd se tenait en haut des marches.

— Alors, du nouveau ?

Je m'arrêtai et pris une profonde inspiration. Il n'y

aurait jamais de bon moment pour lui annoncer la vérité, mais il y en aurait forcément de meilleurs.

— Oui. Écoute, Todd, je n'ai rien trouvé personnellement, mais j'ai interrogé un gamin. Il croit avoir vu un chien noir qui nageait vers une des îles de la rade. Il dit qu'il nageait très vite. C'était au nord de la ville. Peut-être qu'il est allé jusqu'à Middle Island ou même plus loin.

— Ah bon ? (Ses yeux s'écarquillèrent; ses épaules se redressèrent.) Vraiment ! Tu crois qu'on devrait appeler Mr. Stein pour lui dire que Nelson sera bientôt rentré à la maison ? Et tu crois qu'on pourrait y aller ce soir avec la barque ?

— Non, je ne crois pas. Ni l'un ni l'autre. Nous irons demain, dès que le temps sera moins mauvais.

— Faut que je prépare un sac avec du matériel ? Et peut-être aussi de la nourriture pour Nelson ?

— Oui, c'est une bonne idée.

— Je vais chercher le guide des marées.

— Parfait.

— Tu sais à quelle heure se lève le soleil ?

— Non. Écoute, Todd, nous avons de la visite. Rends-moi service, fais chauffer de l'eau, tu veux bien ?

D'un pas lourd, Todd se dirigea vers la cuisine, tandis que nous gravissions l'escalier pour pénétrer dans le living-room. Je désignai le canapé près du poêle à bois. Altman balaya la pièce d'un regard à trois cent soixante degrés. Potts qui continuait de s'ébrouer marcha droit vers le poêle. Altman baissa la tête, avec une certaine raideur, pour observer le chenal par la fenêtre. Un long bateau à moteur jaune passait devant la maison, en direction du quai de ravitaillement, piloté par une femme blonde vêtue d'un gilet de sauvetage orange. Altman se détourna de la fenêtre, dans un grand mouvement presque théâtral.

— Voilà des années que je n'ai pas passé un petit moment à Sitka. Sauf pour faire escale quand je vais en avion à Juneau. Je descends à terre pour manger une part de gâteau, comme tout le monde, mais je n'ai pas mis les pieds en ville depuis des années.

Il avait des cheveux légèrement grisonnants et des yeux bleus délavés. Son visage était creusé de rides, comme s'il avait passé une grande partie de sa jeunesse au soleil et au vent. Il y avait quelque chose en lui, la manière dont il était assis dans mon canapé, les épaules voûtées, penché en avant, qui lui donnait un air triste.

— Vous ne vivez pas ici depuis longtemps, Mr. Younger. Vous vous y plaisez ?

— Oui.

— J'ai entendu dire qu'il fallait un certain temps pour s'intégrer.

— Oh, disons que les gens sont un peu froids les dix ou quinze premières années.

— Vous aviez une sacrée réputation à Juneau. Qu'est-ce qui vous a poussé à venir ici ?

— Mr. Altman, je suis curieux de savoir en quoi je peux vous aider.

Mon père m'avait appris à ne jamais donner de renseignements avant que le compteur tourne.

Altman changea de position sur le canapé, prit une profonde inspiration, et leva vers moi un regard presque menaçant.

— J'ignore si vous le pouvez, mais je le souhaite, Mr. Younger. (Il se pencha en avant, les mains coincées entre les genoux.) Mr. Potts et moi travaillons pour une importante compagnie de ressources énergétiques. Pétrole, minerais, solaire. Et nous avons une tâche extrêmement importante à accomplir.

Je demeurai muet quelques instants, et comme il ne disait rien lui non plus, je décidai d'activer les choses :

— S'agit-il de découvrir qui a assassiné Louise Root ?

Il se redressa, grimaça, prit sa respiration et, comme si je l'avais déçu, il fronça les sourcils.

Potts, occupé à feuilleter un des *National Geographic* de Todd, releva légèrement la tête pour lancer un regard en direction d'Altman. Ce dernier garda le silence un peu trop longtemps, et je finis par craindre qu'il se lève et s'en aille. Peut-être, songeai-je, avais-je abattu trop précipitamment mon pauvre jeu.

Altman déclara :

— Non, ça n'a rien à voir avec ça. Il s'agit d'un tout autre... domaine.

— Pourtant, vous revenez bien de Ketchikan tous les deux, pas vrai ? Nous étions à bord du même avion.

C'était une simple conjecture ; je ne me souvenais pas de les avoir vus.

— C'est exact, nous sommes allés à Ketchikan, mais très peu de temps. En fait, nous prenons des dispositions pour recueillir des dépositions et nous essayons de localiser un témoin.

— Vous êtes sûr que ça n'a aucun rapport avec Louise Root ? Le viol à la mine ? Ou bien sa mort ?

Potts abaissa légèrement son magazine pour me regarder fixement. Ses cheveux étaient encore mouillés et brillants à cause de la pluie, et une lueur de colère scintillait dans ses yeux. Je les vis se plisser tandis qu'il m'observait par-dessus les pages remplies de photos en couleur de poissons-lune d'Indonésie.

Altman jeta à son compère un regard chargé d'appréhension. Sa main se tendit vers le genou de Potts, sans réussir à l'atteindre, et il la laissa pendre dans le vide, en se tournant vers moi.

— Je suis désolé, Mr. Younger. Sincèrement. Vous ne pouvez pas imaginer à quel point cette histoire d'Otter Creek m'a rendu méfiant. (Il s'essuya le front avec son mouchoir, avant de le fourrer dans sa poche intérieure.) Voyez-vous, « Global » est une compagnie de développement des ressources très avant-gardiste. Nous avons toujours misé sur le long terme. Vous ne pouvez pas imaginer à quel point cette histoire d'Otter Creek a retardé nos projets.

J'acquiesçai. Je savais que j'allais avoir droit à tout le laïus.

Le visage d'Altman se para d'une sobriété impénétrable.

— La société mère fut le pionnier des énergies alternatives. Elle a été créée dans le nord de la Californie et a obtenu tous les brevets les plus prometteurs pour le développement du potentiel solaire. Lorsqu'elle fut achetée comme la compagnie vedette du conglomérat minier en 82, nous avons constaté qu'elle possédait le potentiel pour couvrir les besoins des communautés de l'Ouest. Nous n'avons jamais misé sur le court terme. Véritablement. Avec nous pas de « petit coup vite fait sur le gaz ». Nous voulions apporter une industrie viable à l'Ouest et au Nord.

Du pétrole, des mines... tout pour le long terme. À l'instar du slogan publicitaire de la « Global » : « Nous sommes vos nouveaux voisins. »

Todd leur apporta du thé, et Potts le regarda comme si Todd lui demandait de caresser un serpent, mais il prit le thé malgré tout. Altman adressa un regard chaleureux à Todd, lui dit « Merci » d'un ton doux, puis se retourna vers moi.

— Et il y a eu cette histoire...

Il posa sa tasse de thé et secoua la tête tristement, incluant dans ce geste la mort d'une jeune femme. Puis il plongea la main dans sa poche de poitrine, et en sortit un paquet qu'il déposa sur la table devant lui.

Avant de déclarer :

— Voilà qui devrait vous aider à commencer.

L'argent était posé là comme un ouvrage rare de poèmes jamais publiés. Peut-être quinze mille dollars à vue d'œil. Mais je m'abstins de compter. De toute évidence, cette discussion d'honoraires se jugeait au poids. Il me paraissait donc indélicat de commencer à ergoter sur les détails.

— Par quoi je commence ? demandai-je en sentant mon moral remonter.

— Nous voulons en savoir le plus possible sur Steven Mathews.

— Vous voulez le destituer ?

— Peut-être. Mais avant tout, nous voulons tout savoir sur lui.

— Je vous pose la question encore une fois. Quel rapport avec Louise Root ?

— Mr. Younger, je n'aborderai ce sujet avec vous qu'une seule fois. (La voix d'Altman s'était faite encore plus lente, plus mielleuse.) C'est une histoire affreuse. Mais j'ignore ce qui est arrivé à cette fille. Malgré tout, je pense qu'elle savait où elle mettait les pieds. Peut-être en apprendrez-vous davantage, et tant mieux, mais je vous le répète, j'ignore ce qui s'est passé.

Potts avait repris sa lecture, et l'extrémité de sa chaussure à glands s'agitait au rythme d'une mélodie intérieure.

— J'imagine que les affaires ne sont pas florissantes dans cette petite ville. Il n'y a sûrement pas assez de sales histoires pour vous fournir du travail. Pourquoi ne pas vous occuper de nos problèmes ? (Il me sourit, se renversa dans le canapé et porta nonchalamment sa tasse à ses lèvres.) À vrai dire, je sais que vos affaires ne vont pas très bien. Avant de venir vous trouver, nous nous sommes renseignés sur vos antécédents. Subornation de témoins. Possession de cocaïne. Vous n'avez même plus le droit de conduire une voiture. Même avant cela, en des temps meilleurs, vos services n'étaient guère recherchés. Vous avez été traîné en justice plusieurs fois. Dont une affaire d'usage d'arme à feu, me semble-t-il ?

— L'affaire est close.

— Je sais. Tant mieux. Malgré tout… ces allégations. On peut compatir. Tout le monde peut faire des allégations, et c'est parti. Adieu votre réputation. Ça ne doit pas être facile d'arrêter de boire dans ces conditions.

Il n'ajouta rien. Il était très doué. Il me montrait tout ce qu'il savait, sans avoir besoin de formuler des menaces.

C'était une idée folle d'exercer le métier de détective privé dans cette petite ville sur une île, les affaires n'étaient jamais bonnes. Malgré tout, j'avais dans tout l'État des fidèles parmi les avocats, toujours prêts à me filer un coup de main, car j'étais bon marché et relativement fiable. Mais je n'étais pas assailli de coups de téléphone de clients en mesure de payer. Je courais dans tous les coins pour délivrer des assignations et suppliais le Bureau d'Aide Judiciaire de me confier des affaires.

Altman se saisit de l'épaisse liasse de billets, les étala en éventail, et les laissa retomber sur la table entre nous.

— Nous ne voulons aucun rapport écrit. Nous ne voulons aucun document : ni factures, ni enregistrements, et aucun dossier, c'est compris ? Mais nous voulons un rapport clair et précis, dans lequel nous puissions avoir confiance. Votre parole nous suffit du moment que vous faites vos rapport oralement, en bonne et due forme.

...Nous ne cherchons en aucune façon à fuir nos responsabilités. Simplement, nous sommes confrontés à des centaines de procès, et chacun d'eux s'accompagne d'une phase d'enquête qui nous oblige à remettre des documents. Voilà pourquoi nous ne voulons pas de documents. C'est un procédé courant de nos jours.

— Je suppose que cette politique n'est inscrite nulle part.

Il soupira et passa sa main dans ses cheveux mouillés, puis il grimaça comme s'il était sur le point de perdre son calme.

— Non, en effet, répondit-il avec un sourire.

Je me sentais bête. Impossible d'aiguillonner ce

type pour provoquer une réplique mordante. J'essayai de trouver quelque répartie désinvolte, mais ne trouvai rien de mieux que :

— Désolé.

— Vous avez choisi un mode de vie très romantique, Cecil. J'imagine qu'il est facile pour vous de vous croire supérieur à des hommes comme Mr. Potts et moi-même. Vous vivez avec l'argent de votre famille, et vous n'êtes pas obligé de vous salir les mains.

Il jeta un regard autour de lui, et se massa la nuque comme s'il avait une crampe.

— Je... je vous prie de m'excuser. Je me suis laissé emporter. Auriez-vous quelque chose... pourrais-je avoir à boire ou quelque chose pour me réchauffer ?

Je tendis la main, paume vers le ciel.

— Désolé. Je ne bois plus.

Il m'observa d'un air horrifié, comme si j'exécutais un numéro obscène en société.

— Vous avez arrêté de boire ? Depuis quand ?

— Je ne sais pas. Un certain temps.

Il prit une profonde inspiration, et je faillis lui proposer un endroit pour s'allonger.

Finalement, il dit :

— Tant pis. C'est vrai, l'alcool peut tuer. (Il regarda autour de lui une fois de plus.) Je n'avais pas l'intention de vous insulter. Ma remarque était déplacée. Simplement, j'ai le sentiment d'être sur la défensive depuis deux ou trois ans. Toutes ces critiques contre le développement. Tous ces griefs. Mais les gens veulent de l'argent, des écoles et des services. Ils veulent des arts, ils veulent des livres et des théâtres, des conférences d'écrivains et des festivals de musique de chambre. Et tout cet argent provient de la terre.

Potts lança son magazine sur la table et passa devant Todd pour aller se servir un verre d'eau. Je devinais qu'il avait déjà entendu ce discours. Todd, lui, écoutait avec attention, comme il écoutait tous les étrangers.

— Attention, je ne dis pas qu'il ne faut pas y remettre un petit quelque chose. Des fois, je me dis que c'est comme un compte en banque. La terre, je veux dire. Vous retirez ce que vous y mettez, plus les intérêts.

— Extraire de l'or avec du cyanure rapporte pas mal d'intérêts.

— Les mineurs utilisent le cyanure depuis des années. Le cyanure dissout les minéraux et nous permet de récolter des quantités d'or de plus en plus petites, qui autrement auraient été gâchées. Il n'a jamais tué personne. Ce n'est pas une question de technologie, c'est une question de langage. Le *mot* cyanure fait peur. Dès que les gens entendent ce mot, plus moyen de leur faire entendre raison. Aucun compromis possible. Pour eux, c'est du poison, un point c'est tout.

Son visage s'empourprait, et sa main trembla légèrement lorsqu'il porta la tasse à ses lèvres. Voyant que je l'observais, il me gratifia d'un sourire apaisant.

— Oh, ne me lancez pas sur ce terrain, dit-il en ricanant.

— Trop tard, répondis-je, tandis que nous nous levions tous ensemble.

— Enfin bref, dit-il en se tournant vers Potts, nous avons d'autres rendez-vous. Ensuite, nous remontons sur le chantier par le vol de nuit. Nous voulions simplement faire une halte pour bien remettre les choses en place.

En disant cela, il regarda la liasse de billets sur la table. Sous l'élastique qui les maintenait était glissé un bout de papier sur lequel figurait un numéro de téléphone tapé à la machine.

— Si jamais vous avez besoin de quoi que ce soit, appelez ce numéro et demandez-moi. Je vous rappellerai. Surtout, gardez le contact et n'hésitez pas à demander de l'aide.

— Donnez-nous des tuyaux sur Mathews.

Potts parlait pour la première fois, d'une voix étonnamment grave.

— ... Et restez en dehors de cette histoire avec Louise Root. Ne vous montrez pas dans les journaux, pour une raison ou pour autre, ou sinon, «rien ne va plus».

Il laissa ces dernières paroles flotter dans l'air, comme pour suggérer une gravité que j'aurais pu ignorer autrement.

— Des questions? demanda Altman d'un ton enjoué, pour tenter de détendre l'atmosphère.

J'observai la surface de la table, et l'argent, puis levai les yeux vers Todd qui reniflait l'air comme un terrier aveugle.

— Non, pas de questions.

Il se dirigea vers l'escalier, puis revint sur ses pas, en plongeant la main dans sa poche. Il en sortit une photo.

— J'ai failli oublier. Je peux vous donner ceci.

C'était une photo de Mathews, découpée dans une couverture de livre. Elle était accompagnée d'une biographie succincte, qui semblait provenir de son éditeur. On y avait agrafé la photocopie d'un casier judiciaire, émanant de la police montée de l'Alaska, certifiant que Mathews n'avait jamais été condamné.

Altman et Potts s'époussetèrent, et Altman alla déposer sa tasse sur le comptoir de notre cuisine, en glissant un «merci» à Todd.

Arrivé au sommet de l'escalier, il se retourna.

— Mr. Younger. S'il vous plaît... et je sais que je peux compter sur vous... tout cela doit rester entre nous. Vous étiez en relation avec la femme dont on a retrouvé le corps à Ketchikan. Et je sais que vous avez été interrogé par la police. Mais n'oubliez pas surtout que vous devez rester à l'écart des projecteurs.

— J'y veillerai. De toute façon, je n'aime pas trop les éclairages violents.

Il sourit et secoua la tête d'un air las.

— Je sais. C'est une des raisons pour lesquelles nous sommes venus vous trouver.

Sur ce, il descendit l'escalier. Todd resta planté là à me regarder, avec une expression de panique sur le visage. Dès que la porte d'entrée se fut refermée, il déclara :

— Cecil, je crois qu'il t'a mal compris. Tu as oublié de lui dire qu'on devait aller sur les îles demain pour rechercher Nelson.

Je regardai par la fenêtre, et je vis la pluie violente qui continuait de tomber, mais on discernait une clarté dans le ciel au-dessus des îles à l'ouest. La tempête restait à l'écart des côtes. Une vedette de la brigade maritime quittait lentement le chenal et passait sous le pont, en direction de l'aéroport.

Je me retournai vers Todd, en disant :

— Demain, je travaille... pour eux. Bon Dieu, Todd, tout le monde dans cet État touche une partie de ce pognon sauf nous. Et j'ai des factures à payer.

— Qu'est-ce qu'ils veulent que tu fasses ?

— C'est des histoires de gros sous. Ils veulent des renseignements sur leurs ennemis. Rien de très grave.

— Et cette fille ? Et Hannah ?

— Fous-moi la paix, tu veux !

— Quand est-ce que tu m'emmèneras sur l'île pour aller chercher Nelson ? Tu as dit que tu m'emmènerais rechercher Nelson.

Je baissai les yeux ; j'avais les poings serrés. Je pensais à Hannah, au sac à dos, à la fille allongée sur la bâche verte du médecin légiste. Je sentis les mots jaillir de ma bouche comme du vomis :

— Fous-moi la paix, Toddy. Le monde ne tourne pas autour de toi et de ce foutu chien !

Le silence s'abattit. Todd se mordit la lèvre ; j'entendais la pluie marteler les vitres, alors qu'une bourrasque s'engouffrait dans le chenal. La théière posée sur le poêle à bois émit un borborygme, et Todd s'en alla dans sa chambre. Je quittai la maison et restai dehors toute la nuit.

Le vent du matin avait commencé à souffler à la périphérie de la tempête, faisant tinter les gréements des chaluts ancrés dans le port. Un restant de beignet aux myrtilles était écrasé dans le caniveau près de la cafétéria, et un petit corbeau, ainsi que plusieurs pigeons, sautillaient entre le trottoir et la rue, livrant bataille pour le plus gros morceau. Le vent qui atteignait le trottoir gonflait leurs plumes et s'engouffrait sous leurs ailes, leur faisant effectuer des bonds maladroits. Soudain, un des pigeons sauta dans le caniveau, à l'abri des rafales, et s'empara du plus gros bout de gâteau.

Depuis que j'ai arrêté de boire, j'ai tout le temps envie de manger : des «doughnuts», du pop-corn, des chocolats maltés, et même ces épouvantables hot-dogs tout fripés qui chauffent dans le coin du bar. Je perçois leurs appels, par le nez et par les yeux, et je les désire.

J'avais marché presque toute la nuit, en suivant un circuit, parcourant chaque rue dans les deux sens. J'étais ankylosé, et j'avais l'impression que les charnières de mes articulations commençaient à rouiller. Je tournai au coin et pris la direction de l'ouest, dans la rue principale, passant devant le magasin de babioles et la station de taxis : pop-corn et hot-dogs, l'acidité du parfum et la fumée de cigarette. Une Chrysler «Le Baron» rongée par la rouille me dépassa en douceur, avec la radio allumée et les essuie-glace en mouvement. Penché sur son volant, le conducteur scrutait les portes des maisons, scrutait les fenêtres. Les gouttes de pluie étaient aussi grosses que des billes de verre, et la femme qui fait la plonge à la cafétéria se tenait sous l'avant-toit. Elle avait dénoué l'arrière de son tablier, qui pendait devant elle, afin de pouvoir piocher ses clopes dans sa poche de jean. Ses gants en caoutchouc étaient coincés sous son aisselle. Elle regardait la tempête qui approchait, baignée par la lumière qui se faufilait devant les nuages noirs. Elle alluma une cigarette, ôta son filet à cheveux, et se plongea dans la contemplation du chenal. Inspiration et expiration : le vent, la lumière et une bourrasque passant au-dessus de sa tête à chaque instant de sa pause de dix minutes.

Juste derrière elle, deux hommes étaient en train de décharger un miroir fixé sur le côté d'une camionnette. Il avait à peu près la taille d'une planche de contreplaqué standard ; les deux types se bousculaient et échangeaient des instructions, tandis qu'ils appliquaient les ventouses pour soulever le miroir et l'emporter vers le bar. À mesure que j'approchais d'eux, je captais des bribes de leur conversation. Un ivrogne avait brisé le miroir au-dessus du bar hier soir ; un consommateur habituellement docile s'était offusqué d'une remarque concernant le président des États-Unis, et avait lancé son verre en direction du barman. Je me rapprochai encore. Accroupis, les deux hommes portaient le miroir en avançant d'un pas maladroit sous l'avant-toit d'où dégringolaient des trombes d'eau. Tous les deux avaient revêtu leur tenue de pluie et relevé leurs capuches, si bien que je ne voyais pas leurs visages, mais je les entendais qui criaient de faire gaffe au haut de l'encadrement de la porte. Ils s'immobilisèrent tout à coup, et je sentis qu'il se passait quelque chose. Un filet d'eau provenant d'une des gouttières coulait sur le miroir et les ventouses.

C'était ce genre d'instant maladroit et inéluctable qui précède le désastre. Le miroir trembla à peine, une secousse l'inclina de telle manière que je découvris mon reflet dans la rue, avec les corbeaux, la fille de la plonge, la cathédrale et la montagne derrière moi. Mais au premier plan, je fus surpris par ma propre image qui se précipitait, en pensant que je pouvais intervenir, et le reflet issu du miroir s'engouffra en tournoyant dans mon cerveau fatigué : mon teint pâle, mes yeux rougis, ma démarche lourde et gauche. Une très mauvaise imitation de moi-même que je reconnus immédiatement. Au moment où je me précipitais, la ventouse lâcha prise. Lorsque le miroir tomba, je sentis les deux hommes jurer, et le courant d'air de la glace qui bascule face au vent, en me coupant le souffle. Je vis le miroir se briser comme un envol de bécasseaux. Je clignai des yeux. Je m'étais vu, avec la fille de la plonge, dont les yeux s'étaient écarquillés comme ceux d'une jument effrayée. J'avais vu tout cela se briser, remplacé par le vieux bureau de poste, par le dépôt de carburant au bout de la rue, et l'étrange lumière inquiétante venue du Pacifique. Les deux ouvriers poussèrent des jurons, les vieux installés au bar tendirent le cou et se retournèrent sur leurs tabourets; l'un d'eux s'avança même jusqu'à la porte, en commentant :

— Beaucoup de malheurs en perspective.

Il éclata de rire et retourna au bar pour commander un autre verre.

Je m'excusai et enjambai timidement les éclats de miroir, en essayant bêtement de ne pas briser les plus gros morceaux. Puis je repris mon chemin sur le trottoir. Je tremblais, j'avais faim, et j'avais besoin d'un verre.

La Chrysler passa de nouveau; la fille de la plonge écrasa sa cigarette sur son talon, remit le mégot dans sa poche, et retourna à l'intérieur du café. Le vent soufflait rageusement dans mon oreille, et j'eus l'impression qu'il voulait me soulever de terre. Je tournai au coin de la rue et entrai dans le bar qui a la plus grande ouverture sur les quais. Les ivrognes ne boivent pas en pleine lumière. Je commandai un cognac. Les ivrognes ne boivent pas de cognac. Je contemplai mon verre, regardant la courbe de la surface ambrée qui épousait la paroi sphérique.

Les rafales se succédaient, et entre chacune le répit était bref. Le soleil s'infiltra à l'intérieur du bar. La serveuse portait une combinaison de jogging en lycra sous son sweat-shirt ample, et dès que le soleil fit son apparition, elle alla s'asseoir dans un des box près de la vitre la plus propre, pour vérifier ses tickets de caisse. La lumière se reflétait sur ses longs cils. Quand la porte s'ouvrit, le vent s'engouffra dans le bar, faisant voler les nappes comme une tempête qui envahit une bibliothèque et chasse la poussière sur les pages des livres. J'observai mon verre de cognac, et je mangeai une barre de chocolat, puis un sachet de chips et un œuf en saumure.

Tout est prétexte à se saouler quand on vit dans un monde délimité par le hasard. Tout est prétexte à se raconter une histoire foireuse sur sa vie. S'asseoir dans un bar et débiter une version crédible de l'héroïsme et de la duperie vaut mieux que toute alternative. Comme n'importe quel ivrogne, je savais que ce tabouret de bar constituait le centre de l'univers, et qu'aucun événement important ne se produisait jamais hors de son champ de gravité, rien excepté le hasard, la stupidité et la malchance.

Juste au moment où je portais le verre à mes lèvres, j'aperçus Toddy debout près de la porte ; accompagné d'un jeune officier de police propret, il me montrait du doigt. Le gamin s'approcha ; le cuir de son blouson craqua, sa radio fixée à sa ceinture crépita. Il me prit par le coude.

— Il va falloir me suivre, Mr. Younger. Vous êtes en état d'arrestation.

QUATRE

Le chef de la police me regardait par-dessus ses lunettes lui servant à lire.

— Je suis censé commencer par la dissimulation de preuves, et progresser à partir de là. Doggy est vraiment furax, Cecil.

Je me trouvais dans la salle d'interrogatoires de la prison de Sitka ; j'avais loupé le dîner quelques heures plus tôt, et des barquettes vides en polystyrène s'entassaient dans la poubelle : des repas tout prêts qu'une voiture de patrouille était allée chercher à l'hôpital. Je regardai le jus de viande goutter sur le bord du sac en plastique. Un morceau de pomme de terre écrasée, vestige d'un prétendu sandwich chaud à la dinde collait comme de la neige de printemps autour de l'extrémité de la chaussure du chef de la police.

— Qu'avez-vous donc fait pour le mettre dans cet état de fureur ? me demanda-t-il.

— Aucune idée.

— Vous ne voulez pas en parler ? Je parie qu'on pourrait régler tout ça aujourd'hui. Ensuite, vous pourriez rentrer chez vous et dormir dans votre lit.

— Je veux parler à mon avocat.

Il laissa échapper un long soupir et m'adressa un sourire patient. Il ressemblait à un employé de garderie fatigué qui a envie de coller une raclée à un gosse, mais qui sait que les parents le regardent.

— Évidemment, vous avez le droit de parler à votre avocat d'abord, Cecil, mais nous avons un mandat, et nous avons déjà découvert le sac à dos de la victime à votre domicile. On a fouillé votre maison. Doggy veut s'assurer qu'il ne manque rien. Je l'ai eu au téléphone; il dit que s'il ne manque rien, tout rentrera dans l'ordre. Mais si jamais quelque chose a disparu, ou a été détruit, et là je cite ses propres paroles, il a dit qu'il vous coincerait les couilles dans un étau. (Il leva les mains, dans un geste de fausse protestation.) Ce n'est pas moi qui parle, vous le comprenez bien. C'est son expression.

La porte de la salle d'interrogatoire s'entrouvrit très légèrement, et le petit nez rouge de la standardiste apparut dans l'entrebâillement. Elle essayait timidement d'empêcher quelqu'un d'autre d'écouter ce qu'elle avait à dire :

— L'avocat de Mr. Younger vient d'arriver, glissa-t-elle dans un murmure inquiet.

Soudain, la porte s'ouvrit avec fracas, et Dickie Stein apparut derrière elle dans l'encadrement, avec son short de surfeur remonté le plus haut possible et ses baskets rouges délacées.

— Salut, Carl, je viens de voir le mandat. C'est de la merde. Viens, Cecil, barrons-nous d'ici!

Dickie vit uniquement pour des moments comme celui-ci. Les moments de forte tension dramatique sont si rares dans ce métier qu'il saute sur toutes celles qui se présentent.

Le chef de la police, lui, paraissait abattu, non pas à cause du jugement porté sur le mandat, mais de l'entrée en scène de Dickie. Tout, absolument tout, chez Dickie le déprimait et l'agaçait. C'était sur cette base que reposaient leurs relations professionnelles.

— Allons, Dickie, vous savez bien que vous pouvez essayer de bluffer avec le mandat. Mais ça ne nous empêchera pas de garder Cecil.

— Bluffer? Bluffer? Ce foutu mandat repose sur la déclaration d'une certaine Lucinda Music, surnommée Lolly. (Dickie était lancé, et il cracha le mot «surnommée» comme des merdes de souris dans la soupe.) Elle a déclaré qu'il y avait un sac à dos dans une certaine chambre. Sans aucune description, ni rien. Et ensuite, elle a dit qu'il avait disparu. C'est quoi cette histoire? Allons, chef, vous savez bien que les informateurs utilisés pour obtenir un mandat doivent être dignes de confiance et fiables. Fi... a... bles. Cette Lolly possède de nombreuses qualités, certes. Elle est peut-être charmante, spirituelle, gaie, et même... exotique.

Le chef s'était assis, et il nettoyait la pomme de terre écrasée sur le bord de sa chaussure. Il se balançait légèrement sur sa chaise, au rythme du débit de Dickie.

— ... Mais on ne peut pas dire, même avec beaucoup d'imagination, qu'elle soit digne de confiance. En fait, je lui ai déjà téléphoné une fois ce soir, et je peux vous dire que son témoignage n'a pas été rédigé par elle, mais par la police et elle était soumise à une sorte de contrainte au moment de signer.

Le chef releva la tête et attendit cinq bonnes secondes en silence.

— Vous avez terminé ?

— Non. À combien se monte la caution ?

— Nous sommes en train de réveiller le juge, ce que, soit dit en passant, je ne suis pas obligé de faire. Il devrait être ici dans quelques minutes. Nous allons fixer le montant à dix mille dollars en liquide.

— Ne me faites pas rire ! Dans cette ville, vous pouvez hacher votre femme en menus morceaux pour en faire de l'appât et vous retrouver dehors pour cinq mille dollars !

— Adressez-vous directement à George Doggy, Mr. Stein. C'est son affaire, c'est lui qui est furieux. Dès que la caution est fixée, je ferme la boutique. J'ai d'autres chats à fouetter.

Dickie déposa bruyamment sur la table la liasse de billets que m'avait donnée Altman. Le chef de la police la regarda fixement, avant d'émettre un grognement.

Dickie portait encore son t-shirt U.S. HORS D'AMÉRIQUE DU NORD, sous une veste en laine. Il sortit de sa poche de poitrine ses lunettes cerclées de métal et foudroya le chef du regard.

— Ça devrait suffire. Vous pouvez préparer la paperasse, Carl, et toi Cecil, tu fermes ta gueule.

Je n'étais pas certain d'avoir envie de sortir de prison, mais j'évoluais à l'intérieur du système, et j'avais réclamé mon avocat. À partir de maintenant, je n'ouvrirais plus la bouche.

Le soleil se levait lorsque je ressortis en compagnie de Dickie. J'avais renoncé à la tentation de faire la bringue, mais j'avais envie de dormir. J'avais déboursé dix mille dollars, mais ça m'en laissait encore environ cinq mille, au fond de la poche intérieure de la veste de mon avocat. Mes conditions de libération précisaient que je ne pouvais pas quitter l'État, ne devais enfreindre aucune loi, ne manquer aucune convocation au tribunal, faute de quoi je retournerais à l'ombre avec les gueulards et la sauce au lait froide.

Nous tournâmes au coin pour rejoindre le carrefour principal de la ville et prîmes la direction de la cathédrale russe : un bâtiment en bois avec un dôme et un clocher. Un corbeau était posé sur la croix, la tête baissée, les plumes du cou dressées, comme s'il attendait, lui aussi, que s'éloigne la tempête. Des emballages de chewing-gum et des gobelets en papier tournoyaient avec la poussière des rues. Dickie se tourna vers moi.

— Peut-on savoir pourquoi tu as récupéré ce putain de sac à dos ? C'est stupide.

— Tu n'es pas censé me poser cette question.

— Va te faire voir. On parle par hypothèses. Il ne s'agit pas de déclarations sous serment tant que ça ne sort pas de ta bouche à la barre des témoins. Alors, pourquoi tu as pris ce sac ?

— Je ne l'ai pas pris.

— Ah. Tu veux bien m'expliquer ?

Juste au moment où il achevait sa phrase, le vent aspira ses paroles, et Hannah déboucha au coin de la rue où habitait Jake. Son cartable sous le bras, elle marchait d'un pas vif. Elle nous vit et, tel un cerf, elle fit un bond, en lançant des regards paniqués, espérant peut-être qu'elle était invisible, mais prévoyant déjà le saut suivant, au cas où elle ne le serait pas. Nous nous rapprochâmes, et son corps se coula dans une démarche faussement nonchalante.

Je dis :

— Ils ont retrouvé le sac. Ils ont tout repris ?

— Presque tout.

Elle huma l'air, comme si elle soulevait la tête pour s'éloigner de mon odeur.

— Je suis désolée qu'ils t'aient arrêté.

Elle lança ces mots par-dessus son épaule.

Dickie me regarda et sourit.

— Elle est désolée qu'ils t'aient arrêté. Comme c'est gentil.

Hannah se retourna et m'adressa un regard qui, par réflexe, me donna envie de me cacher. Mais je tins bon, pendant quelques instants du moins. Elle me rendit mon regard et soudain quelque chose s'adoucit dans son expression, et j'espérai qu'elle pensait à moi.

Après s'être raclé la gorge, elle marmonna :

— Je dois retrouver Toddy et acheter quelque chose à manger. Tu veux venir ?

Dickie haussa les épaules et désigna la direction de son bureau.

— Faut que j'y aille. Appelle-moi cet après-midi, Cecil, on trouvera un moyen de régler cette histoire de fric.

Lui aussi marmonnait, en essayant de foutre le camp en douce avec le reste de l'argent.

Je m'avançai et tendis la main sans rien dire. Il fouilla dans sa poche intérieure et me rendit l'argent restant, à contrecœur, comme si je lui passais les menottes.

— O.K., dit-il, on parlera de tout ça plus tard.

Il pivota sur ses talons et retourna vers le centre-ville.

Hannah et moi franchîmes le sommet de la côte, en

passant devant la casemate retapée qui constituait autrefois un coin de la palissade marquant la séparation entre le village indien et l'enceinte russe.

La lumière pâle peinait à réchauffer l'air. Nous descendîmes l'étroite rue de terre menant à l'arrière d'un café, près de la pêcherie. Hannah marchait à mes côtés, nos épaules se frôlaient.

Sans me regarder, elle déclara :

— Tu devrais savoir qu'il n'est pas possible de garder un secret dans cette ville. Je sais déjà que Nelson est dans le congélateur de Jake. Quand Toddy est parti à ta recherche, il a appris la vérité lui aussi. Il est dans tous ses états.

Je vis un aigle immature se poser et faire ployer une branche de sapin dans le cimetière sur la colline, derrière les cuves de carburant. Je songeai à Nelson et Toddy courant après les oiseaux sur la plage.

Elle me donna un coup d'épaule, accompagné d'un petit sourire.

— Hé, au moins tu l'as retrouvé, hein?

Nous entrâmes dans le café par la porte de derrière, en contournant le congélateur et le cuistot occupé à trancher des morceaux de flétan pour les «fish and chips». Toddy était assis dans un coin, près de la vitre embuée. Son encyclopédie était ouverte devant lui, à la section des chiens. Ses yeux étaient rougis, et quand il les leva vers moi, il s'empressa de replonger la tête dans les pages où des dessins en couleur représentaient des chiens de toutes les races.

Nous nous arrêtâmes à quelques mètres sa table; Hannah posa délicatement sa main sur mon bras.

— Attends-moi une seconde, Cecil. On pourra discuter ici. Je pense qu'il n'a pas envie de parler pour l'instant.

Elle s'approcha de Todd, et ce dernier leva la tête à contrecœur, croyant peut-être, je suppose, que c'était moi. Mais quand Hannah posa sa main sur la sienne, il leva les yeux et lui sourit, avec gratitude.

Le café était envahi par le sifflement et le fracas de la vapeur, de l'eau qui coule et des assiettes qu'on empile. Je n'entendais pas ce qu'ils se disaient, mais je vis Hannah caresser la joue de Todd, et celui-ci acquiesça, tandis qu'elle lui parlait d'une voix douce. Il tenait dans sa main un des doigts de Hannah comme le ferait un jeune enfant. Elle s'adressait à lui avec gravité, dans un murmure rempli d'amour et d'autorité, dépourvu du ton sirupeux de la condescendance. Je savais qu'il avait le cœur brisé, pourtant il levait les yeux vers elle en souriant. Elle lui parlait, il hochait la tête, et quand le serveur apporta une tasse de chocolat chaud et un gâteau aux noix de pécan, elle se pencha pour déposer un baiser sur le front de Todd. Il referma son encyclopédie et se mit à manger, sans un regard dans ma direction.

Elle regagna la table où je m'étais assis. Je la regardai se déplacer avec aisance ; d'un geste vif, elle ôta son béret et repoussa ses cheveux qui tombaient sur ses épaules. Je me souvenais de lui avoir fait l'amour. Je me souvenais de son odeur et de son rire qui s'engouffrait dans mon cou et semblait me soulever du lit. Mais c'était un souvenir, comme de la vapeur qui s'échappe.

Elle s'assit en face de moi et sourit. Une mèche de cheveux s'agrippait au sommet de sa gorge.

D'un mouvement de tête, je désignai Todd près de la vitre.

— Il est furieux ?

Elle sourit, jeta un rapide coup d'œil derrière elle, puis revint sur moi.

— Je crois qu'il est comme moi. Nous n'avons pas assez d'énergie pour rester en colère après toi. Être furieux après toi, ça ressemble trop à être amoureux de toi.

Elle se servit un peu d'eau du pichet en plastique posé sur la table bancale et but une gorgée.

— Mais Todd, lui, possède une plus grande capacité à te supporter que la plupart des gens.

Elle leva les yeux vers l'ardoise fixée au-dessus du comptoir pour lire le menu. Les employés des cuisines commençaient juste à faire chauffer le grill, mais nous parvînmes à les convaincre de nous préparer des œufs et des crevettes. Nous bûmes du café noir, pendant que Hannah me faisait part de ses intentions.

— Je veux simplement savoir ce qui s'est passé, Cecil. Je veux découvrir les noms des hommes qui ont participé au viol et étouffé l'affaire.

— Pourquoi ? Qu'est-ce que ça changera pour elle ?

Elle contempla son assiette d'œufs.

— Je connaissais sa famille, Cecil. Sa mère travaillait à la fac, dans la banlieue de Portland ; son père était dans la marine marchande. Nous avons grandi en jouant ensemble ; sa mère nous préparait des sandwiches le matin. On montait dans les cerisiers, en imaginant que c'étaient des fusées. Les fleurs étaient des astéroïdes qui nous bombardaient. On portait toutes les deux ces drôles de lunettes pointues, et de longues nattes dans le dos. On passait des journées entières dans ces arbres, à regarder le ciel, en imaginant qu'on pouvait voler. Je suis partie vivre en Alaska la première, et elle m'a suivie. J'ai commencé à boire la première, avant d'arrêter la première, et elle m'a toujours accompagnée à chaque étape ou presque. C'est ces dernières années seulement que j'ai perdu le contact avec elle. À l'époque où je vivais avec toi.

À cet instant, elle s'interrompit, le regard fixé sur sa fourchette, poussant dans son assiette les bouts d'œufs brouillés froids. Elle plissa les yeux. Comme si elle regardait au loin.

— Ses parents attendaient qu'elle se désintoxique de l'Alaska, mais ça ne s'est jamais produit. Ils ont besoin de savoir que ce n'est pas sa faute, Cecil. Je connais ces gens depuis toujours. Je veux qu'ils sachent que Lou ne s'était pas trompée au sujet de cet endroit. Elle n'a pas commis d'erreur. Les flics disent qu'elle l'a cherché. Si elle était restée sagement dans sa cuisine, cela ne serait pas arrivé. C'est faux ! C'était une fille vulnérable et gentille et… elle n'a rien cherché du tout.

La voix de Hannah possédait la détermination d'un bloc de granit qui tombe devant l'entrée d'une grotte. C'était une voix que j'avais déjà entendue. Je tendis le bras, et à l'aide de ma fourchette, je piochai quelques morceaux d'œuf avec lesquels elle jouait, et les mangeai.

— Hannah, comment comptes-tu découvrir ce que tu cherches ? Même si ces types acceptent de te parler, ils mentiront. La compagnie a détruit leurs dossiers, et les flics ne te fileront aucun renseignement.

— Je ne sais pas. Je trouverai bien quelque chose.

— Quitte à inventer ?

— Je n'aurai pas besoin d'inventer.

— Je pense que si. À mon avis, tu ne trouveras que

des portes closes et des cadavres. Car celui, ou ceux qui ont fait ça à ta copine Lou ne plaisantent pas. N'espère pas leur arracher des aveux. Elle est morte, c'est fini.

— Tout ne finit pas avec la mort. Et d'abord, qu'est-ce que ça peut te faire ? Rassure-toi, je ne te demanderai rien. Je sais que tu ne veux pas te mêler de cette histoire, très bien.

Je laissai échapper un long soupir, et repensai à la fille allongée sur sa bâche, la gorge tranchée. Je m'essuyai la bouche. C'était peut-être une histoire terminée, mais j'étais curieux de savoir comment on allait la raconter.

Je bus une gorgée de café.

— Bon, elle ne m'a pas dit grand-chose. Que veux-tu savoir ?

— Lou m'a appelée juste après que la compagnie l'eut fichue à la porte de la mine. Tout ce que je sais, c'est qu'il y a eu une sorte de fête. Ils avaient organisé un concours de beuverie, et le lot du vainqueur devait être Lou. Évidemment, elle n'était au courant de rien. C'était une fête surprise. Quoi qu'il en soit, le vainqueur a pris sa récompense, sous les encouragements de ses camarades. Après cela, le vainqueur a été chassé du camp par la compagnie, les autres ont mis leur histoire au point et ils ont conservé leur place. C'étaient tous des copains qui travaillaient dans la même équipe à la station de contrôle des eaux.

— Tu connais leurs noms ?

— J'ai le nom du vainqueur. Il y a un tas des noms dans le reste de ses affaires. Le seul que j'ai reconnu, c'est Alfred Tom, un Tlingit qui vit au bout de ta rue. Les autres, je ne les connais pas. J'ignore si Tom a assisté à la soirée d'anniversaire... Au fait, qui sont ces types de la «Global» qui sont venus te voir? Ils t'ont appris des choses?

— Un type nommé Altman, et son collègue, Charlie Potts. Ils m'ont offert un gros paquet de fric pour ne pas m'occuper de Louise Root et déterrer des saloperies sur Steven Mathews.

Hannah leva une main tremblante pour rabattre ses cheveux sur le côté de son visage. Elle n'était pas en colère, mais elle parlait d'une voix terne :

— Ils t'ont dit où ils allaient ensuite?

— Ils se rendaient sur la North Slope. Ils prenaient l'avion de nuit jusqu'à Deadhorse. Pourquoi?

— Comme ça. (Je remarquai qu'elle serrait les poings, et sa voix s'était crispée.) Tu vas travailler pour eux?

— Ils veulent que je me renseigne sur Mathews. Et ils ont payé ma caution... d'une certaine façon.

Par-dessus son épaule, elle regarda Toddy qui lisait son encyclopédie, puis se retourna vers moi.

— Ce serait peut-être une bonne chose d'en savoir un peu plus sur Mathews. Il n'était pas à la mine, mais il sait peut-être ce que Louise comptait faire après être venue te voir.

Elle me prit la main;

— Dis-moi, Cecil, tu n'as pas d'arme, hein?

— Tu sais bien que je n'ai jamais d'arme.

Je la regardai d'un air perplexe.

— Quel genre de détective privé es-tu donc?

Son regard parcourut le café. L'équipe des ouvriers de nuit commençait d'arriver. Ses longs cheveux blonds étaient balayés par les rafales qui s'engouffraient par la porte ouverte. Le dessous de son menton était une douce vallée concave, et j'avais envie de tendre la main pour caresser ses cheveux.

— Je n'en sais rien, Hannah. Je n'ai aucune envie de tirer sur quelqu'un.

— Et si quelqu'un veut te tirer dessus ?

— Dans ce cas, il devra apporter son flingue.

Elle repoussa sa chaise et se leva, en voûtant les épaules et en remontant son col comme si j'étais un courant d'air glacé. Elle donna au cuistot de l'argent pour payer notre repas.

— Bon, écoute-moi. Il faut que je parte. Je crois que je vais aller voir Jake pour régler un truc. Et ensuite, je fous le camp.

Elle se dirigea vers Todd, qui se leva. Ils s'engagèrent dans l'embrasure de la porte ouverte, en passant devant deux types en tenue de pluie, avec des bandanas noués autour du front, qui attendaient pour entrer.

Je levai les mains, dans un geste quasiment désespéré.

— Le temps se dégrade. On risque d'attendre longtemps avant de pouvoir aller sur l'île. Tu ne veux pas faire un sauna avant de… d'être obligée de partir ?

Elle tenait Todd par la main, et celui-ci regardait fixement ses chaussures. Elle s'écarta de lui pour tenter de me chuchoter quelques mots :

— Fais ce tu que tu veux, Cecil. Je crois que c'est la meilleure solution. À plus tard.

Sur ce, elle sortit. J'attendis un instant, en regardant la porte se refermer, et je m'apprêtai à m'en aller par-derrière lorsqu'elle réapparut brusquement.

— Accorde-moi la journée. Peut-être que nous pourrons y aller ce soir si le temps se maintient. Peut-être que j'ai envie de transpirer pour évacuer un peu tout ça.

Et elle disparut.

Je descendis la rue et passai devant un des bars situés en retrait du port. Le barman était en train de sortir des poubelles, et bien que l'établissement ne soit pas officiellement ouvert, j'y jetai un coup d'œil.

La lumière à l'intérieur du bar semblait destinée à attraper les insectes. Les quatre personnes assises au comptoir penchaient la tête au-dessus de leur bière. Il y avait là un type de la brigade maritime, deux bûcherons et une femme, une Blanche, qui jouait avec les glaçons dans son verre, l'ex-femme d'Alfred Tom. Les bûcherons discutaient des harengs qui migraient prématurément, et des orques aperçues récemment le long des côtes. Ils échangeaient une bouillie de paroles bruyantes afin de savoir si une baleine pouvait attaquer ou pas un nageur. Faisant la sourde oreille pour ne plus les entendre, je m'approchai de Nanny.

C'était une femme maigre, et sa peau était tellement tendue sur son visage que la ligne d'implantation de ses cheveux semblait faire remonter ses sourcils. Assise au milieu du comptoir, elle tirait nerveusement sur sa cigarette. Ses fins cheveux châtains étaient mouillés et plaqués sur son crâne. Entre deux bouffées de cigarette, elle tapotait ses dents avec l'ongle de son pouce. Le barman s'était arrêté à l'autre extrémité du comptoir pour bavarder avec une des serveuses qui ressemblait à une présentatrice météo. Il oubliait de remplir le verre de Nanny.

Nanny était sortie de prison depuis une semaine.

En s'asseyant simplement dans ce bar, elle violait les termes de sa liberté conditionnelle. Peut-être était-ce la cause de sa nervosité. Mais plus vraisemblablement, elle n'avait pas bu une goutte d'alcool depuis deux ou trois mois, et après avoir goûté au premier verre, elle se trouvait confrontée à un choix. Le premier verre, c'était pour le plaisir et pour fêter la libération. Le premier, c'était un impératif. Le second… voilà la question qu'elle se posait. Son mari du moment était sorti de prison un mois avant elle. Il était censé travailler sur un chantier sur l'île du Prince de Galles. Il avait suivi jusqu'au bout tous les programmes de la prison : alcoolisme et maîtrise du tempérament. Il avait suivi des cours et fait son temps sans avertissements. Il était resté cool. Cool.

Nanny, elle, avait quelques problèmes. Trois avertissements et du bon temps perdu.

— Les salopes, murmura-t-elle en regardant passer les ombres sur le trottoir derrière la vitre fumée. Les salopes…

Je m'assis sur le tabouret situé à sa droite et frappai sur le comptoir pour la réveiller et la tirer de l'univers de sa cellule.

— Hé, tu m'as l'air en pleine forme, Nanny. Je m'attendais à te voir toute gonflée et bouffie en sortant de tôle.

— Va te faire foutre, Younger. Je sais même pas ce que je fous ici. Si jamais mon agent de probation se doute que je suis ici… avec TOI, par-dessus le marché… je suis niquée… en beauté.

Sur ce, elle baissa la tête, jeta un regard honteux autour d'elle, sourit, et se retourna vers moi.

— Ouais, moi aussi je suis content de te voir, dis-je. Fichons le camp d'ici alors.

— Pas si vite. Il se pourrait que j'aie envie d'un autre verre.

Elle contempla son verre vide, puis regarda le barman play-boy qui avait sans doute demandé à sa petite amie de lui couper les cheveux comme un des Bee Gees. Puis son regard revint se poser sur moi, et une expression de familiarité triste adoucit ses traits.

— Et merde. Barrons-nous. Cet endroit est maudit.

— Tu veux manger quelque chose ?

— Offre-moi un steak, Younger, et deux parts de cheese-cake, et je te dirai tout ce que tu veux savoir.

— C'est le matin… l'heure du petit déjeuner, Nan. Je viens de manger des œufs.

— Tant mieux pour toi. Je t'ai dit que j'avais envie d'un steak. Je t'ai pas demandé l'heure qu'il était, hein ?

Je songeai qu'il fallait aller à l'autre bout de la ville pour le steak, autrement dit, il fallait d'abord retourner à la station de taxis pour demander à Artie, le chauffeur, de nous emmener.

Les rues de Sitka sont étroites, et même la nuit, la montagne qui se dresse derrière la ville donne l'impression de l'écraser, et elles paraissent encore plus coincées. Une longue matinée commençait ; les gamins étaient blottis sous les gouttières à côté de l'hôtel et du café. Près de la cathédrale, la musique s'échappait dans la rue. Nous passâmes devant d'autres bars, et l'odeur de la bière amère, du vinyle et de la fumée de cigarette se répandait dans l'air, en même temps que les rires. Des voitures nous dépassaient lentement. Au-dessus des lampadaires, le ciel exhibait des nuages noirs bordés de l'éclat argenté d'une lune quelque part. Une mouette était assise sur un parapet du quai, et une péniche transportant du pétrole avançait dans le chenal, en route vers Seattle.

— Tu sais, fut un temps où je me disais que jamais j'irais en prison. Je me disais que j'en crèverais si je devais me retrouver enfermée. Tu vois. Et puis, tu vas en taule pour quelque temps, et ce qui te fout la trouille… c'est pas que c'est moche – attention, je dis pas que c'est chouette, crois pas ça… mais au moins, tout est ordonné. Je sais pas comment dire. J'ai fait de la lèche à tout le monde pour sortir. Je me suis tapé les cours de réinsertion et de formation, les scénarios de réhabilitation, toutes ces conneries. Mais c'est toujours pareil. Qu'est-ce que tu veux faire ? C'était rien que du baratin pour sortir de prison et qu'ils te foutent la paix une fois dehors. Tu as fait un peu de taule toi aussi, Younger. Ça s'est passé comment pour toi ?

— Écoute, Nan, on n'est pas pareils toi et moi. Je me suis complètement réinséré. À vrai dire, ils envisagent de me choisir pour l'affiche du Département des Peines.

Elle leva vers moi ce regard incrédule de labrador hébété.

— Tu n'es qu'un foutu baratineur.

— Mais je ne suis pas un récidiviste.

Artie refusa de nous conduire jusqu'au « bar and grill » à la sortie de la ville, sachant, à juste titre, qu'on ne lui paierait pas la course. Alors je lui filai quelques dollars d'avance, et à contrecœur il nous laissa monter à bord de son taxi. Nous quittâmes la ville, passant devant l'endroit où j'avais retrouvé Nelson, devant la plage où il y avait une forte houle. Un type vêtu d'une combinaison, monté sur une planche de surf, avançait en pagayant au milieu des brisants. Quand les habitants du coin le voyaient descendre sur la plage, ils obligeaient leurs enfants qui jouaient dehors à rentrer, mais ils les autorisaient à grimper sur les rebords de fenêtre pour le regarder s'éloigner en pagayant et chevaucher ensuite les petits rouleaux qui le ramenaient vers la grève.

Le restaurant était fermé, mais je connaissais le cuistot, et c'était une des rares personnes en ville qui me devaient de l'argent, aussi accepta-t-il de nous laisser entrer par-derrière et de nous préparer à manger. Nanny était heureuse de se trouver dans les cuisines. Elle plongeait la tête dans les glacières en acier inoxydable, comme un cheval qui enfonce ses naseaux à travers un grillage. Quand je lui dis que j'avais le ventre plein, elle fit la grimace. Elle ne proposa pas de renoncer au steak. Simplement, elle promit de le manger vite. Elle but un verre à eau rempli de vin rouge, le temps que le chef lui fasse griller son steak « Alaska size » devant elle. Elle me raconta qu'elle allait récupérer ses gosses en garde chez sa sœur à Blaine, que son mari allait s'installer tranquillement quelque part, et qu'ils s'achèteraient une maison, ici à Sitka. En un sens, elle aimait bien son agent de probation, ici en ville, mais elle avait entendu dire que celle-ci devait partir vivre à Kenai. Elle se plaignait d'être obligée de se séparer de toutes leurs armes à feu, et c'était vraiment chiant, parce qu'ils n'avaient même plus le droit de toucher à une arme, et ils devaient les confier à un pauvre crétin de neveu pour qu'il les vende, mais cet abruti n'avait pas la moindre idée de ce que valait un fusil. Elle poursuivait sur sa lancée, racontant le mal qu'elle avait eu à dénicher «ce joli petit pistolet 9mm semi-automatique», quand le cuistot nous servit le café et demanda si nous voulions encore un peu de vin. Nous refusâmes et je profitai de l'interruption momentanée pour commencer à poser des questions au sujet d'Alfred Tom, et de ce qui s'était passé là-haut à Otter Creek.

— En fait, Al et moi on avait déjà divorcé avant qu'il dégotte ce boulot là-haut à la mine. Tu sais, c'était chouette de divorcer avec lui. C'est vrai, je l'aimais bien. Simplement, il était... Bon Dieu, Younger, c'est un Indien, tu piges ?

J'acquiesçai, sans vraiment comprendre, mais je ne voulais pas la couper dans son élan.

— Il a jamais eu mauvais caractère du temps où on était mariés, mais plus il vieillissait, plus cette histoire d'«Indien» le rendait fou de rage. On s'est séparés avant que ça dégénère. On est restés bons amis, et il a essayé de me parler de tout ça, mais j'ai jamais très bien compris. De toute façon, je suis tombée sur Russ ; il avait un boulot régulier dans une exploitation forestière, et ça me semblait mieux, et résultat...

Elle leva les deux mains pour désigner son visage, comme s'il était douloureusement évident pour tout le monde qu'elle sortait de prison.

— Alfred t'a raconté ce qui s'était passé là-haut à Otter Creek ?

— Il m'a simplement dit que c'était une bande de connards, et qu'ils le traitaient comme un gamin. Dès qu'il parlait de ça, il s'emportait.

Elle mastiquait méthodiquement son steak comme si elle comptait les bouchées, puis elle regarda par la fenêtre au moment où un aigle volait en rase-mottes au-dessus de la plage, vers la décharge.

— Il parlait beaucoup du cuistot.

— Quel cuistot ?

— Un dénommé Lou, dit-elle avec un petit hochement de tête gêné. Au début, je croyais qu'il parlait d'un type, et je commençais à trouver ça vachement bizarre. Mais en fait, c'était une nana.

Elle posa sa fourchette, son couteau, se renversa en arrière pour contempler la mer.

— Cette Lou faisait grincer des dents à tous les types. Paraît qu'elle était mignonne. Certains lui tournaient autour, mais elle restait vachement distante avec eux. Distante, mais d'après Alfred, c'était une fille sympa, juste un peu bizarre, tu vois ?

— Non, je ne suis pas certain.

— Eh bien, j'imagine qu'elle bavardait avec les types, mais en même temps elle les aguichait d'une certaine façon. Je vois très bien le genre. J'avais une copine comme ça dans le temps à Bozeman.

Le jeune aide-serveur qui venait de prendre son service débarrassa nos assiettes.

— Des fois, dans les cuisines, elle avait simplement son peignoir sur le dos. Chaque matin, elle commençait sa journée en affûtant tous les couteaux de boucher, jusqu'à ce qu'ils sautent quasiment tout seuls sur la bouffe tellement qu'ils étaient aiguisés. Al trouvait ça un peu étrange. Elle passait des heures assise sur le seuil de la porte de derrière, près du quai de déchargement, à affûter les couteaux, et quand ils étaient suffisamment affûtés, elle plongeait son nez dans un bouquin et elle lisait… pendant des heures parfois. C'était toujours pareil. D'abord les couteaux à aiguiser, et ensuite le bouquin. Voilà ce que racontait Al. Elle s'amusait même à se raser les poils sur les bras pour vérifier que les couteaux étaient bien aiguisés. Ça lui montait au ciboulot, si tu veux mon avis.

... Les types venaient souvent dans la cuisine, ils se plantaient près de l'évier, et ils prenaient une voix de dur à cuire ou je sais pas quoi pour lui demander : « Je peux faire quelque chose pour t'aider ? », en se prenant pour des tombeurs, et j'imagine qu'elle restait assise là, sortant de la douche, avec juste son peignoir sur elle, en train d'aiguiser son couteau préféré, en répondant : « Les hommes n'aiment que baiser et tuer. Je n'ai pas besoin de l'un ou l'autre pour l'instant. Merci quand même. » Et eux, ils restaient là, comme des abrutis, alors elle éclatait de rire, elle les serrait rapidement dans ses bras et elle passait à autre chose. En fait, les types ne pigeaient rien. Et je suis pas sûre qu'Al ait vraiment pigé lui non plus.

— Est-ce que Lou avait des armes là-haut sur le chantier ?

— Des armes à feu, tu veux dire ? Non, elle détestait ça, paraît-il, et elle piquait sa crise chaque fois qu'elle voyait des gars se balader avec leurs 22. Elle les faisait décamper. Elle avait une théorie sur les armes à feu...

— Est-ce... il lui est arrivé quelque chose là-haut dans la montagne ?

— Al disait que les gars l'avaient violée. Et il se sentait mal dans sa peau car il l'avait vu venir. J'évitais de lui en parler, parce que ça le foutait en rogne, et on parlait pas beaucoup quand il était en rogne.

— Tu sais qu'elle a été violée ?

— Merde, Younger, je ne *sais* rien, c'est ce que j'ai entendu dire.

— Alfred l'a violée lui aussi ?

Elle secoua la tête avec tristesse, comme si ce monde était trop compliqué pour l'expliquer à un crétin tel que moi. Finalement, elle poussa un long soupir d'agacement.

— Non, il ne l'a pas violée, Younger. Al était amoureux d'elle, c'est différent.

Elle me regarda ; ses yeux étaient humides, mais son visage conservait son expression dure.

— Je pense que ce cinéma avec les couteaux, c'était du bidon, parce qu'en réalité elle aimait lui parler de bouquins et tout ça. Et elle lui réclamait les histoires que lui racontait sa grand-mère. Elle aimait apprendre des trucs sur les Indiens. À mon avis, c'était une fille intelligente. Non, Al ne l'a pas violée. Il a souffert quand elle est partie… et ça l'a rendu fou de rage.

Une larme tomba sur la nappe ; elle chassa la gouttelette d'une pichenette comme s'il s'agissait d'une cendre de sa cigarette.

— Merde, Younger. Barrons-nous d'ici.

Nous retournâmes en ville en faisant du stop, claquant la portière de la voiture du jeune type qui nous avait pris. Nous marchâmes vers son hôtel. Elle voulait essayer de trouver quelqu'un pour s'occuper des armes à feu ce matin, et ensuite elle prendrait l'avion pour se rendre sur le chantier. Ce n'était pas un chantier qui accueillait les familles, mais elle connaissait le contremaître, et elle pourrait se planquer un jour ou deux dans les baraquements. Son mari lui avait écrit qu'ils pourraient peut-être se retrouver à Sitka, mais finalement, il n'était pas venu, car il ne voulait pas avoir affaire à l'agent de probation en cas de problème avec les papiers ou l'histoire des armes. De toute façon, mieux valait rester sur le chantier et gagner de l'argent, disait-il, plutôt que de traîner en ville.

Nous remontions lentement la rue ; deux couples étaient arrêtés sur le trottoir. Visiblement ivres, ils vacillaient sur place. Ils parlaient fort. Nanny marchait près de la chaussée. Un des deux hommes avait enfilé sa casquette à l'envers, sous son coupe-vent bleu il portait une chemise marron sale. Il avait de longs cheveux emmêlés. Plissant les yeux pour fixer son regard, il frappa la femme qui s'effondra, heurtant le trottoir comme un sac en papier mouillé.

— Salopard ! hurla-t-elle.

L'homme chancelait au-dessus d'elle, les poings serrés.

— Espèce de salope. Tu me paieras ça !

La seconde femme se pencha vers son amie à terre ; l'autre homme redressa les épaules, en s'efforçant de garder les deux pieds à plat sur le sol. Les deux femmes pleuraient maintenant, et l'homme aux épaules dressées s'approcha et poussa l'agresseur d'un coup dans la poitrine.

— Hé, calmos, mec ! Qu'est-ce qui te prend d'frapper cette gonzesse ?

La bagarre débuta comme la plupart des bagarres dans la vraie vie. Ça se bouscule et ça gueule, avec des coups de coude maladroits, des crochets qui partent dans le vide, puis l'un des deux poussa l'autre contre une voiture en stationnement. Sa tête heurta la carrosserie avec un craquement humide. La première femme était appuyée contre une porte d'hôtel, et du sang coulait sur ses genoux.

— Bande de sales cons ! Moi je voulais vous parler de ma vie. Et vous pensez qu'à vos conneries !

Je sentais l'odeur salée de l'océan, et très faiblement j'entendis le bruit d'une vague qui escaladait la digue près du quai administratif. J'imaginai que cette vague avait pris naissance à des centaines de kilomètres au large, créée par la tempête qui était peut-être restée à l'écart des côtes, à moins qu'elle ne soit passée maintenant. Un corbeau qui sautillait dans le caniveau ramassa dans son bec courbé une allumette en carton calcinée.

— Sales connards de mecs. Je vous parle de ma vie. Je vous parle de ma vie, et vous me frappez, vous vous battez… et merde !… Sales cons !

Sa tête se balançait d'avant en arrière contre le mur de l'hôtel dans la grand-rue. Les hommes continuaient de se battre, en roulant au milieu de la chaussée, agitant les bras dans tous les sens, les poings serrés. Les coups atteignaient rarement leur cible, les dents mordaient rarement la chair. Parfois, un crochet faisait mouche et ils heurtaient violemment le bitume ; ça résonnait comme si un gamin s'amusait à casser des cailloux avec un marteau.

Nanny s'approcha de la femme accroupie sur le trottoir. Elle lui souleva le menton afin d'examiner son œil.

— Je vais t'emmener quelque part, petite. Tu as un endroit où aller ?

D'une gifle, la femme repoussa la main de Nanny. Elle cracha ces mots :

— Je vous emmerde ! Vous mêlez pas de ça. C'est

mon mari. Je vous ai rien demandé, et je suis pas votre petite.

Nanny avait les mains tendues devant le visage de la femme. Soudain, d'un geste vif, elle frappa ses deux poings l'un contre l'autre, puis montra ses paumes vides à la manière d'un croupier de Las Vegas qui débarrasse le tapis.

— O.K., je m'en vais.

Nanny savait que la police n'allait pas tarder, et elle me fit signe qu'elle allait à l'hôtel. En effet, les flics débarquèrent dans une frénésie de bruit et de lumière au moment où elle tournait au coin de la rue. Je la suivis jusque devant la porte de sa chambre.

— L'amour est une chose merveilleuse, hein ? dis-je.

— Oui, répondit-elle avec un petit sourire forcé.

Elle me tourna le dos et glissa sa clé dans la serrure.

— Écoute, Younger. Je crois qu'Al pourrait avoir des ennuis à cause de cette fille là-haut à la mine. Les flics sont venus m'interroger à son sujet, et il m'a demandé ne rien dire. Moi, je m'en contrefous en vérité, mais... je veux pas qu'il sache que je t'ai raconté tout ça. et...

Elle avait la mâchoire crispée. Ses yeux étaient rougis ; elle n'osait pas me regarder en face. Je restai immobile, sans chercher à lui arracher la suite.

Finalement, elle se lança :

— Tu l'aideras si tu peux ?

J'entendis claquer les portières des voitures de police en bas dans la rue, j'entendis les grésillements de leurs radios qui braillaient des appels. Elle poussa la porte de sa chambre, et l'espace d'un court instant, le couloir fut envahi par une odeur de désinfectant et de cigarette. Penché vers elle, je la serrai contre moi, aussi fort que pouvaient le supporter ses épaules osseuses.

— Oui, je l'aiderai. Tu as besoin de quelque chose ?

Elle regardait le linoléum lézardé à ses pieds. Elle le regardait intensément, comme si elle essayait d'y lire son avenir.

— Non, je pense pas. Russ a du boulot. Il dit qu'il a arrêté de boire. J'ai besoin de rien d'autre, il me semble. À plus tard.

La porte se referma. Le temps que je redescende, les deux types étaient assis chacun à l'arrière d'une voiture de police. Les femmes étaient appuyées contre le mur, et un flic prenait des notes dans un carnet pendant que toutes les deux parlaient en même temps.

Je traversai la rue, tournai au coin et passai devant les bars, pour rentrer chez moi et dormir un peu.

CINQ

Quand je me réveillai, le soleil avait disparu. La chambre sombrait dans l'obscurité. En entendant des bruits de pas sous la maison, dans le hangar à bateaux, je m'habillai en hâte, à la lumière des lampadaires qui entrait par ma fenêtre.

Je découvris Hannah à côté de ma barque, avec une serviette roulée sous le bras, et un petit sac sur l'épaule. Sans dire un mot, elle désigna l'embarcation d'un mouvement de tête, et déposa son sac à l'avant.

Ma barque en aluminium ne mesure que quatre mètres de long, et c'était une chance que la tempête soit suffisamment éloignée des côtes pour n'apporter que des petites vagues et de la pluie. Les bourrasques continuaient de tournoyer, mais la mer s'était couchée à plat ventre sur la houle. L'obscurité s'abattit sur l'eau dès que nous eûmes échappé aux lumières de la ville. Nous entendions le sifflement irrégulier des aigles volant dans le noir. Il semblait y avoir davantage d'aigles cette année. Depuis l'*Exxon Valdez*, les gens scrutaient plus attentivement la côte, et on racontait que la marée noire, ou peut-être ce qui passait à Otter Creek, avait perturbé les habitudes

des aigles. Nous dépassâmes plusieurs petites îles qui parsèment le détroit, semblables à des amas touffus dans l'obscurité. En approchant de la plage, je vis l'éclair argenté d'une phosphorescence et les nuages de harengs sous le bateau. On disait également que quelque chose avait déréglé le cycle des harengs. Ils commençaient maintenant à former des bancs près de la grève à l'automne, et non plus au début du printemps comme ils étaient censés le faire. Selon certains témoignages, ils commençaient même à pondre. C'était dingue, et les gens s'inquiétaient, comme lors d'une succession de tempêtes ou de coups du sort.

Je hissai l'embarcation sur la plage de graviers, à proximité de l'arbre sauna. Deux mouettes mortes gisaient sur la plage, les plumes collées et les ailes écartelées, pareilles à des haillons. Des corbeaux leur avaient arraché les yeux et des puces de mer s'engouffraient dans les plaies de leurs cages thoraciques. Hannah en poussa une du bout du pied, et s'arrêta un instant pour assister à la débandade des puces de mer, avant de continuer vers le haut de la plage.

Nous traînâmes quelques boîtes en plastique remplies de matériel jusqu'à l'appentis. En fait, il s'agissait plus ou moins d'une tente permanente que j'avais cachée dans les arbres au cas où j'aurais besoin d'un point de chute en cas d'intempéries. L'appentis était constitué de plastique épais et d'un treillis que j'avais trouvés sur la plage et attachés à des poteaux que j'avais taillés à l'intérieur de l'île. Nous abaissâmes les rabats, déposâmes notre matériel de secours et nous dirigeâmes vers le sauna avec nos serviettes.

Le sauna était à demi enterré à flanc de colline,

sous les racines d'un sapin de Sitka âgé de huit cents ans au moins. La porte se composait d'un épais bloc de cèdre rouge taillé dans un tronc qui s'était échoué sur le rivage. Les parois étaient des planches de cèdre jaune découpées grossièrement à la scie, et des morceaux de corde de chanvre récupérés également sur la plage servant de joints. Il y avait deux petites fenêtres, de chaque côté de la porte, et le toit était en zinc. Le poêle était un baril posé par terre et qui occupait presque tout l'espace au sol. On le remplissait de l'extérieur afin de ne pas provoquer un courant d'air froid à l'intérieur. Sur deux niveaux se trouvaient des bancs incurvés à la forme du dos, faits à partir de poutres de cèdre rouge. Lorsque le feu se consumait dans le poêle, les bancs en se réchauffant dégageaient un parfum qui remplissait la tête et la poitrine.

Hannah ôta ses vêtements et les suspendit aux patères fixées à l'extérieur, sous l'avant-toit, afin qu'ils ne soient pas mouillés. D'abord son pull, puis son col roulé. Après avoir quitté ses chaussures d'un mouvement du pied, elle enleva son jean et sa culotte en même temps. Avec un petit frisson, elle se dirigea vers la porte du sauna, puis se retourna et me regarda. Elle se tenait appuyée contre l'arbre à l'écorce cassante, croûtes en forme de coquillages rongées par des gouttelettes de poix. Sa peau avait la blancheur lisse d'un vase de porcelaine, gâchée uniquement par les empreintes de la culotte qui avait marqué sa taille, et du soutien-gorge qui avait imprimé de fines traces rouges dans son dos et sur ses épaules. Les cicatrices sur ses genoux rappelaient ses diverses opérations.

J'étais censé me déshabiller moi aussi, mais elle me surprit en train de la regarder. Elle sourit, et demanda :

— Tu as un couteau ?

Je faillis éclater de rire.

— Un couteau ?

— Oui, il faut tailler la bougie qui se trouve sur le bord de la fenêtre, si on veut un peu de lumière.

Je continuai de la regarder, en essayant de me concentrer sur ce qu'elle disait, mais je restais frappé par la blancheur de son corps. Dans le grand Nord, les gens nus paraissent si vulnérables. En la voyant debout devant moi, je sentais mes mains qui se tendaient, comme un gamin qui mime la lévitation, et j'avais envie… non pas de la caresser, ni même de la toucher, mais simplement de la couvrir avec quelque chose. Sa peau semblait si fine dans ce monde de pierre grise luisante et de bois vert.

Elle rejeta ses cheveux en arrière, en ôtant l'élastique qui les maintenait, et sur son épaule, je découvris un tatouage. Il était joliment dessiné, en violet et noir : un ours dont la tête reposait ses pattes avant, regardant fixement devant lui, pas de manière menaçante, mais attentive. Sous l'ours, écrit en lettres cursives, on pouvait lire : LES CURIEUX S'EN MORDENT LES DOIGTS.

Elle se retourna et me vit patauger dans la vision que j'avais d'elle.

— Il faudrait s'occuper du feu, dit-elle.

— J'aime bien ton tatouage. Quand l'as-tu fait faire ? demandai-je en le montrant bêtement du doigt.

— Ah oui, fit-elle avec un grand sourire. Je l'ai fait à Seattle il n'y a pas longtemps. Tu sais d'où vient cette phrase ? C'est un des tes auteurs préférés.

— Oui, Roethke... Je sais... *The Far Field.*

Son sourire s'élargit, et son regard emprisonna le mien avec une poigne d'étrangleur.

— Non. *Straw for the Fire.*

Elle m'arracha la serviette des mains et se retourna si brutalement que ses cheveux balayèrent mon torse.

Elle disparut à l'intérieur du sauna, et sa voix me parvenait maintenant à travers la porte.

— Tu pourras apporter un peu plus d'eau quand tu viendras ?

Je m'étais déshabillé et marchai timidement, pieds nus, jusqu'au billot ; je soulevai un rondin de cèdre que je fendis en trois à coups de hache. J'introduisis les bûches l'une après l'autre dans l'ouverture du poêle. Le feu grondait dans les conduits d'aération. La pluie martelait le toit en zinc sur un rythme régulier. J'observai mon corps grotesque : blanc et exposé dans l'obscurité, mes genoux couturés, mon épaule couturée, le pénis ridicule qui cherche à se réfugier à l'intérieur de l'abdomen, comme un rat dans un trou. Je voûtai le dos et frissonnai, puis sautillai jusqu'à la porte.

— N'oublie pas le couteau. La bougie est toute fondue et il faut tailler dans la cire pour atteindre la mèche.

Je sortis le canif de ma poche de pantalon et ouvris la porte donnant sur la chaleur et la vapeur de cèdre.

À l'intérieur, mon corps se relâcha, et ma chair sembla se détacher de mes os. La chaleur et l'odeur pénétraient par mon nez et ma bouche, dans ma poitrine, mon ventre. Dans le coin, au-dessus du poêle, Hannah était assise avec les genoux relevés contre la poitrine, les bras noués autour des jambes. Le tuyau du poêle rougeoyait ; la rouille avait creusé des trous à plusieurs endroits. De brefs tremblements de lumière orangée éclairaient sa peau luisante de gouttes de sueur.

— Là, dans le coin.

Je m'emparai de la bougie fondue, creusai un sillon pour la cire et ôtai les couches supérieures jusqu'à atteindre la mèche. Hannah me tendit une allumette ; je l'approchai de la surface du poêle et elle s'enflamma sans qu'il soit besoin de la frotter. Le soufre se mêla au cèdre et flotta vers les trous dans le tuyau. Je m'assis à l'autre bout du banc.

— Tu penses tout savoir de moi, hein ?

Je discernais ses yeux dans la lumière brève du poêle. Elle resserra ses genoux contre sa poitrine, pencha la tête en avant et souleva sa longue chevelure dans sa nuque avec sa paume et son avant-bras, empilant ses fins cheveux blonds sur le dessus de son crâne. Après quoi, elle se laissa aller en arrière et coinça la masse de cheveux contre la paroi. Elle exhala, essuya ses paumes dans son cou, sur sa poitrine, dans un geste las. Elle écarta légèrement les jambes. Un filet de sueur glissa à l'intérieur de sa cuisse. Elle se retourna et me regarda, avec raideur, pas encore abandonnée à la chaleur.

— Tu sais que j'étais amoureuse d'elle, hein ?

— Oui.

Le feu crépita ; je vis une perle de cire laiteuse glisser lentement jusqu'à la base de la bougie et s'étaler sur le banc. Dehors, la pluie continuait de tomber et j'entendais le bruit de la mer sur la plage en contrebas.

— Tu as encore un peu confiance en moi, Cecil ?

Son corps se détendit, et elle donna l'impression de vouloir se rapprocher.

— Oui. Parfois, j'ai l'impression que c'est tout ce qui me reste.

Elle se pencha vers moi et étira son dos. Elle balança ses cheveux en avant, décolla les mèches plaquées dans sa nuque par la sueur. Puis elle secoua la tête et enfouit ses doigts dans sa chevelure. Je pris l'éponge qui se trouvait dans un seau d'eau fraîche et froide, dans un coin du sauna, et la pressai dans mon cou et dans mon dos. Je sentis les pores de ma peau se dilater pour libérer une sueur nouvelle. Je versai une tasse d'eau sur ma tête et une autre dans le poêle. La vapeur s'éleva en sifflant ; la buée brûlante me piqua les yeux et les narines. Sans lever la tête, Hannah tendit la main vers moi ; son bras fin dessinait une arche gracieuse, comme le tableau d'une branche d'amandier en fleur. Elle voulait de l'eau, et je plongeai la tasse dans le seau pour lui en donner. Nous restâmes assis en silence pendant plusieurs minutes.

Avec son avant-bras, elle repoussa ses cheveux sur son front. Puis elle posa sur moi un regard embrumé par la chaleur. Elle versa la tasse d'eau froide sur sa poitrine. L'eau coula sur les courbes de son corps, et ce qui ne fut pas aspiré par sa peau vint éclabousser le plancher en contreplaqué.

— Je suis prête à tout pour me protéger.

En disant cela, elle me regarda droit dans les yeux ; ses joues étaient empourprées, son souffle court.

— Je sais.

Elle se redressa et fit pivoter son bassin d'une

étrange façon, déplaçant ses fesses sur le banc et frottant l'éponge sur ses bras, sur ses jambes.

— Est-ce que parfois tu essayes de favoriser le hasard, Cecil ? Tu agis pour te protéger du danger ?

Je me renversai contre la paroi du sauna. Les yeux fixés sur le tuyau rougeoyant du poêle, j'écoutais le grondement du feu ardent.

— Quand j'étais gamin, j'ai prêté serment avec mon copain Edward. Il affirmait que c'étaient des rites esquimaux, mais je crois qu'il se foutait de moi. Quoi qu'il en soit, on a échangé des serments, et il disait que ces promesses solennelles nous protègeraient pour toujours. Des serments du sang.

Elle glissa vers moi sur le banc ; sa voix pénétra dans mon cerveau et la chaleur que dégageait son corps m'incita à me redresser.

— C'était quoi ces serments ?

— Je ne sais plus... Bizarrement, j'ai oublié..., bredouillai-je.

Elle déposa la bougie et mon canif à côté de moi. Quand elle se pencha, ses cheveux caressèrent ma taille. Elle prit ma main et se pencha tout près de moi, sa joue contre la mienne, ses lèvres frôlant le lobe de mon oreille.

— Ne regarde pas, murmura-t-elle.

Et elle m'entailla la paume avec le canif. Je reculai brutalement, saisi d'un spasme de douleur confus, et levai ma main devant mon visage : une entaille d'au moins quatre centimètres, la blancheur de l'os, puis la chaleur gluante et rouge.

— Nom de Dieu !

Elle approcha sa main de la bougie et s'entailla elle

aussi la paume avec le couteau ; les gouttes de sang tombèrent sur la peau brillante de sa cuisse. Après quoi, elle s'empara à nouveau de ma main et appuya sa plaie contre la mienne. Sa bouche s'approcha de mon oreille ; son souffle frais pénétrait dans mon crâne.

— Peu importe ce que tu fais, peu importe ce que tu crois faire, tu ne me trahiras pas.

Elle se recula. Elle souriait, mais dans ses yeux brillait la panique d'une martre prise au piège dans une cabane.

La chaleur et le sang me faisaient tourner la tête, mon esprit dérivait en roue libre. Elle enfonça l'extrémité de sa paume entaillée dans ma bouche. Je sentais sous mes dents la déchirure de sa peau, le puissant goût salé du sang ; ma langue frôla la plaie. Du sang éclaboussa mes chevilles croisées sous moi, et mon pénis, hébété et paresseux. Elle glissa sa main ensanglantée dans ma nuque et m'embrassa sur les lèvres, sa langue goûtait son propre sang à l'intérieur de ma bouche.

Je l'embrassai plusieurs fois, mes mains remontèrent vers ses épaules, se rejoignirent dans le bas de son dos, pour la soulever vers moi : le sel et la peau luisante, notre souffle frais mêlé à l'odeur du cèdre qui se consume dans la tension de la chaleur, la pluie sur le toit et l'océan Pacifique qui siffle sur la plage de galets, alors que la marée commençait à monter.

Je me levai, sans cesser de l'embrasser, déséquilibré et vacillant, en me penchant en avant. Nous nous séparâmes un instant, et je me redressai. Elle s'allongea sur le banc, les bras tendus vers moi, tandis que je me rapprochais le plus près possible. Mes mains parcoururent sa peau moite. Sa poitrine se souleva légèrement, et elle se tourna vers moi ; son souffle était maintenant plus mesuré, insistant. Je pressai l'éponge sur nos blessures, et elle versa une tasse d'eau fraîche sur nos têtes. L'eau au goût sucré crépita sur mes lèvres, et je frissonnai. Elle fit glisser ma main valide sur son ventre, sur sa cuisse. Je sentis ma tête chavirer, tandis qu'elle saisissait mon pénis dans sa paume pour m'attirer vers elle. Puis sa voix dans mon oreille.

— Il fait déjà assez chaud. Allons nager.

Timidement, nous pénétrâmes dans l'eau sombre, et nous nous éloignâmes du rivage en marchant. Les gouttes de pluie bouillonnantes brisaient la surface noire et tendue. La terre tout entière s'élevait et retombait comme une respiration régulière. Hannah nageait devant moi. Mon corps était une chaudière de chaleur accumulée, ma bouche était emplie du goût du sel, des galets et des moules du rivage. Je donnai des coups de pied, mais j'étais dans l'eau profonde, et je ne pouvais plus me tenir debout. Ma peau engourdie réclamait ses sens à grands cris. Je respirais avec difficulté. Hannah se retourna en battant des pieds et des mains dans l'eau, puis roula sur le dos comme un phoque, sa peau blanche luisante et éclatante. Ses seins, ses hanches, ses jambes s'éloignèrent de moi en décrivant des volutes, et je nageai vers elle. Et soudain, l'eau fut agitée par un banc de poissons argentés courant sur ma peau comme une décharge électrique. Des harengs. Des tourbillons de harengs scintillant sous l'effet de la phosphorescence. J'eus l'impression qu'on me hissait hors de l'eau, ou qu'on me tirait vers le fond. L'engourdissement cédait place à des aiguilles glacées de douleur : les harengs qui m'entouraient dans un nuage. Hannah refit surface et me prit les mains, pour m'entraîner vers le large. Elle m'entraînait et nageait sous moi, ses cheveux flottant comme ces guirlandes d'algues qui s'échouent sur la plage, comme ces dragons chinois qui dansent dans les rues. Ses seins remuaient avec grâce à chacun de ses mouvements. Ses jambes qui s'agitaient sous moi, puissantes et libres, les harengs qui frôlaient notre peau, ma poitrine, mon cou, ses cuisses, mon pénis engourdi par les sensations et stupide, mais tendu et déployé dans l'eau laiteuse.

Elle s'arrêta et m'embrassa, me mordant la lèvre, tandis que mes dents claquaient. Ensemble nous barbotions; mon pénis montait et descendait entre ses cuisses, ramollissant à mesure que le froid assaillait les barrières de notre peau et parvenait à s'infiltrer sous forme de douleur dans nos articulations. Elle me dévisagea, et son regard renfermait cet étrange sentiment d'une vie lointaine que l'on voit parfois quand un phoque vous regarde dans l'eau.

— Goûte cette eau, Cecil.

J'obéis. Il y avait le sel et ce faible parfum de vase de la laitance des harengs. Elle me serra avec force contre elle; sa poitrine se soulevait. Le ton de sa voix n'était plus le même, car quelque chose s'insinuait en elle en même temps que le froid.

— Il n'y a rien d'autre. Ne demande pas davantage

pour l'instant. Du temps.... tout ce qu'il nous faut, c'est du temps.

Elle prit ma tête au creux de sa main ensanglantée, m'embrassa encore une fois, puis nagea rapidement vers le rivage.

SIX

Bien qu'il me soit pénible de le reconnaître, Nelson avait été le centre de notre vie quotidienne. Pour Toddy, il était comme l'eau qui coule du robinet : la source fiable des bonnes choses.

« Tu sais, je crois sincèrement qu'il entend mes pensées. Regarde sa tête et ses yeux, Cecil. Je suis sûr qu'il entend. »

Parfois, Todd s'asseyait sur la plage, avec Nelson à ses côtés, et tous les deux ressemblaient à un vieux couple installé sur un banc. Ils regardaient les oiseaux de mer, et leurs deux têtes remuaient en même temps, tandis que les mouettes quittaient le rivage et s'élevaient en tourbillonnant, tel un cerf-volant, sans jamais embrouiller les fils, pour finalement décrire des cercles et venir se poser dans les cuvettes où l'eau était la moins profonde. Au bout d'un moment, Nelson tournait sa tête épaisse et plongeait son regard dans celui de Todd, en l'implorant : S'il te plaît... s'il te plaît... Alors, Todd le laissait courir, et il lui criait : « Vas-y, attrape un oiseau, Nelson ! Attrape un oiseau ! » En sachant, alors même qu'il prononçait ces mots, qu'il aurait le cœur brisé si jamais Nelson réussissait à en attraper un.

La porte du réfrigérateur était couverte de photos de Nelson. Certaines avec un déguisement, d'autres non. Dans ma chambre, j'avais une photo de lui et Toddy sur la plage. Elle était accrochée à côté de l'unique photo de Hannah que je possédais. On la voyait debout à côté de mon père.

Je me rendis dans la cuisine où Todd était en train de ranger des livres dans une énorme valise écossaise en carton. Je passai mon bras autour de ses épaules. Et lui demandai de m'excuser. Je n'essayai pas de le réconforter. Je ne lui fis aucune promesse. Il se moucha dans une serviette en papier et essuya ses lunettes avec le pan de sa chemise.

Nous ne parlâmes pas de Nelson. Toddy savait qu'il était mort. Il savait que Nelson se trouvait dans le congélateur de Jake, derrière les appâts de pêche de l'été dernier. Nelson était parti, et il ne rentrerait jamais à la maison.

Il s'assit à la table de la cuisine pour lire ce que son encyclopédie disait au sujet du labrador, et moi je restai bêtement au milieu de la pièce, les yeux levés vers le plafond comme si j'étais dans un ascenseur invisible. Finalement, je regardai ma montre.

J'avais fait la grasse matinée. Hier soir, j'avais déposé Hannah sur le port, et elle avait continué à pied. Maintenant, il fallait que je sorte, et autant commencer par retrouver Mathews.

— Je peux prendre un avion de marchandises pour essayer de dénicher ce type près d'Angoon. Tu sauras te débrouiller ?

Toddy posa sur moi son regard vacillant à travers ses épaisses lunettes.

— Oui, ça ira. Tu sais, Cecil, les gens des Services Sociaux ont appris que tu étais dans un bar et qu'on t'avait arrêté. Ils ont dit qu'ils souhaitaient te parler. Ils veulent que je m'installe ailleurs pendant quelque temps.

— Pas de panique. Je vais tout arranger. Tu ne resteras pas longtemps absent, dis-je sans grande conviction.

Il baissa les yeux sur son encyclopédie ouverte devant lui.

— Non. Je serai pas absent très longtemps. Je l'espère en tout cas. Tu crois qu'il faudra que j'emporte ma télé quand j'irai au centre ? Ou tu crois qu'ils me laisseront retourner à mon domicile pour récupérer mes effets ?

— Tu ne vas pas en prison, bon sang ! Tu vas juste voir l'assistante sociale. Et tu n'es même pas sûr qu'ils vont t'envoyer quelque part. Je te le répète, pas de panique. J'irai leur parler ou je ne sais quoi. Tout va s'arranger.

Il gardait les yeux baissés sur son livre. Dehors dans la rue, des gamins faisaient rouler sur le trottoir un baril métallique, et un chien aboyait.

— Tout va s'arranger.

Sans me regarder, il se leva et débarrassa les quelques couverts qui se trouvaient sur la table. Je retournai dans ma chambre pour fourrer dans un sac à dos quelques vêtements de rechange et du matériel de survie.

Mathews vivait près d'Angoon, à une centaine de kilomètres de Sitka en avion. Je pouvais m'y faire déposer, mais je ne savais même pas si Mathews serait chez lui. Le temps était menaçant, et je risquais de rester coincé sur le rivage pendant des heures; en cas de malchance, je pouvais même y rester plusieurs jours. Je préparai donc mon kit d'urgence avec des allumettes, un briquet et quelques bouts de pitchpin. J'emportai également un bouquin de Richard Nelson sur la chasse chez les Esquimaux. J'avais menti en disant à quelqu'un que je l'avais lu, et je jugeais préférable d'assurer mes arrières. J'emportai également mon couteau de chasse Gouker. C'était le deuxième couteau de chasse que m'avait fabriqué Gary Gouker, et il était encore à chaud à l'intérieur de sa gaine en cuir. Gary avait graissé le cuir épais, et celui-ci épousait parfaitement la forme du couteau qui se lovait dans le fourreau comme une starlette dans des draps de satin.

J'emportai un magnétophone, une bougie et un carnet jaune imperméable. Ainsi que quelques crayons, une boîte de crackers, un bout de fromage et un chapelet de saucisses fumées dans leur emballage en plastique. Je n'avais pas envie de manger quoi que ce soit, mais je savais que je risquais de changer d'avis si je me retrouvais bloqué sur une plage pendant deux ou trois jours. J'enfilai mes bottes en caoutchouc, glissai mes mocassins dans le sac et allai décrocher mon épais ciré accroché à la patère dans le vestiaire, et le fourrai dans un vieux sac en toile portant le sigle des Eaux et Forêts, après quoi je retournai dans le salon.

Todd avait rangé ses affaires dans la valise, et rempli un sac à provisions avec ses albums de photos. Il portait l'imperméable beige que quelqu'un lui avait acheté pour assister à l'enterrement de sa mère. L'imperméable était beaucoup trop petit pour lui maintenant, mais je savais qu'il était inutile d'essayer de le convaincre de mettre autre chose. Je suis persuadé qu'il s'efforce de paraître encore plus fou quand il est en colère après moi.

Je ne l'observai pas très longtemps. La pendule au-dessus du poêle sonna l'heure. Dans la rue, le chien continuait d'aboyer. Ma tête était vrillée par la douleur tranchante et aiguë d'un coupe-papier.

— Tout va s'arranger.

Je sortis dans la rue avec mon sac sur l'épaule. La maison d'Alfred Tom était située tout près de la mienne, un peu plus haut. Alfred Tom et moi, on se connaissait depuis un sacré bout de temps.

La maison de Katlian Street était rongée par les intempéries. Le revêtement qui avait autrefois l'éclat un peu couleur pêche du cèdre clair avait viré au gris, et aujourd'hui, il était devenu presque noir sous les gouttières. Les fenêtres étaient branlantes. La pluie tombait sur ce bois depuis cinquante ans. La véranda était située à côté du trottoir qui bordait la rue. Dix ans plus tôt, cette rue n'était pas pavée et les voitures ne pouvaient pas la descendre à toute allure, mais aujourd'hui, elle était lisse et noire, et les voitures passaient en sifflant, leurs pneus qui remuaient l'eau et les graviers creusaient de petites ornières sur la chaussée neuve.

Je frappai à la porte et attendis. La radio beuglait en arrière-plan, et je voyais William Tom assis devant le transistor dans son fauteuil inclinable. Il avait ses pantoufles aux pieds et une tasse de café à la main. Il avait entendu les coups frappés à la porte, mais je suppose que l'idée de se lever pour venir ouvrir ne l'effleura pas un instant. Je frappai de nouveau, et soudain, Édith, une minuscule femme tlingit, semblable à un oiseau, apparut et ouvrit la porte. Je mesure un peu moins d'un mètre quatre-vingts, mais elle me regarda à travers ses épaisses lunettes en renversant la tête comme si j'étais un séquoia.

— Bonjours, Mrs. Tom. Je suis Cecil, j'habite un peu plus loin. Alfred est là ?

Sans rien dire, elle me regarda en plissant les yeux. Puis elle colla sa main sur son oreille, et j'entendis le son strident de son appareil auditif résonner directement dans son oreille. Elle grimaça, et d'un geste naturel, comme quelqu'un qui remonte ses lunettes sur son nez, elle ôta l'appareil et le cogna contre sa hanche.

— Qui ça ? hurla-t-elle.

— Alfred !... Est-ce qu'Alfred est là ?

Bêtement, je décrivis un cercle avec mon doigt, pour bien montrer que je parlais de l'intérieur de la maison.

D'un geste brusque, elle enfonça son appareil dans son oreille, et leva vers moi un regard rempli de frustration.

— Oui, il est là. Entrez, entrez... mais qui êtes-vous ?

Elle possédait une petite voix percutante qui s'éloigna vers le fond de la pièce, tandis qu'elle faisait un pas en arrière. Elle marcha à reculons et j'avançai. Le vieux linoléum qui recouvrait le sol était gondolé, mais propre. Le chauffage à mazout trônait majestueusement au centre du mur qui jouxtait la cuisine. Édith était en train de mettre du saumon en conserve, et dans la pièce flottait l'odeur moite du poisson et du mazout.

— Excusez-moi. Je suis Cecil Younger. Je vis un peu plus loin dans la rue, j'ai connu Alfred à Juneau.

Je ne voulais pas préciser que je l'avais connu en prison, mais à peine eus-je prononcé ces mots que son expression se modifia et elle fit la grimace comme si elle venait de se mordre la langue, et je compris qu'il n'était pas nécessaire de lui indiquer où j'avais connu son fils.

— Je crois qu'il dort. Asseyez-vous.

Elle me désigna le canapé en face du fauteuil de son mari. Je m'assis au bord du coussin, les mains pendantes entre les genoux, avec l'air d'attendre quelque chose, comme si j'avais rendez-vous avec une fille. Mr. Tom écoutait attentivement la radio qui diffusait une émission d'achat, vente et troc entre particuliers. Présentement, une femme cherchait à vendre un lit pliant et un magnum .357.

Deux icônes émaillées de la Madone étaient accrochées au mur au-dessus du poêle à fuel, et un tableau représentant Saint Herman d'Alaska était fixé au-dessus de la porte de la cuisine. Un calendrier illustré offert par un magasin de fournitures de pêche était suspendu près d'une fenêtre ouverte, et la photo du chalutier claquait au vent comme un drapeau. À la radio, la femme indiqua son numéro de téléphone, et l'animateur la remercia, avant d'enchaîner avec une publicité locale pour un magasin de fournitures de bateaux hors-bord.

— Alors, vous l'avez eu votre gibier ? demanda Mr. Tom tout à coup comme s'il émergeait d'un rêve.

— Non… euh, en fait, je ne suis pas encore sorti. Je crois que…

— Ouais… (Il se renversa dans le fauteuil inclinable, les yeux levés vers le plafond.) Ouais, c'est encore un peu tôt. Mieux vaut attendre. Attendez qu'il vienne jusqu'à vous.

Il éteignit la radio et se replongea dans la contemplation du plafond. Il posa les mains à plat sur son ventre splendide et se balança d'avant en arrière. Le silence resta posé là, comme un verre de bière renversé qu'aucun de nous deux ne voulait nettoyer. J'entendais le tic-tac de la pendule, et la cocotte-minute qui faisait du raffut sur la cuisinière à gaz.

Finalement, Alfred descendit, vêtu d'un pantalon de survêtement et d'un t-shirt. Il avait le visage marbré par des traces de couverture, et ses yeux étaient rouges. Me jetant à peine un regard, il me montra la cuisine.

— Amène-toi. Sers-toi à boire.

Je me levai précipitamment, comme si on m'offrait la possibilité d'être enfin reçu par le comité de mise en liberté conditionnelle, et je le suivis dans la cuisine. Mrs. Tom entra derrière nous et me tendit une grande tasse de café noir. Alfred prit une autre tasse, dans laquelle il versa du Baileys Irish Cream. Sa mère lui donna une tape sur l'avant-bras, mais il lui tourna le dos comme s'il n'avait rien remarqué. Il me tendit la bouteille, je fis non de la tête. Il s'assit sur une chaise et posa sa tasse sur la table en formica.

J'avais fait la connaissance d'Albert à l'époque où il travaillait comme éducateur à la prison. Il venait deux fois par semaine pour dispenser un cours baptisé «Héritage». Il s'agissait d'un atelier d'écriture et d'un groupe de discussion. Initialement, le cours était destiné aux Indiens, mais l'État ne pouvant pas restreindre les inscriptions, il était ouvert à tous. Albert n'enseigna que pendant deux ou trois mois, puis son contrat fut résilié. Il refusait de lire des histoires dans lesquelles un Indien mourait. Ce parti pris causa une certaine agitation, bénigne au départ, car personne au niveau de l'administration ne s'intéresse à ce qui se passe dans ces cours. Mais un jeune Tlingit avait écrit une histoire déchirante, pleine, comme il convient, de douleur et de remords pour ses crimes. À la fin du récit, le narrateur exprimait, de manière à peine voilée, le désir de mourir. Alfred lut le texte en classe, puis jeta les feuilles sur la table, en déclarant : « Très bien. Mais il n'y a pas d'histoire. » Le détenu se plaignit, et les éducateurs de la prison piquèrent une crise. On évoqua longuement la nécessité de « valoriser les sentiments de regret des prisonniers comme un principe conduisant à la maturité. » Un des prisonniers blancs demanda : « Vous ne voulez quand même pas suggérer que les Indigènes sont immortels ? » Et Alfred répondit : « Je ne suggère rien du tout. Je dis qu'il n'y a aucune putain d'histoire là-dedans. »

Je faisais partie du groupe, et déclarai que je n'étais pas obligé d'écrire sur des Blancs éprouvant de la culpabilité vis-à-vis des Indiens. Je devinais là une sorte de situation de compensation. Albert en convint partiellement, expliquant que la culpabilité ne posait pas de problème, simplement, il ne voulait pas lire ce genre d'histoire. Le soufflé aurait pu retomber, mais lorsque la controverse parvint aux oreilles du directeur, celui-ci suggéra à Albert Tom de s'en tenir aux récits des légendes indiennes et de laisser la réinsertion aux professionnels. Albert aurait pu piocher dans les siècles de tradition orale des Tlingits ou dans son diplôme de littérature européenne comparée pour construire sa réponse. Mais il déclara uniquement : «Je ne raconterai plus d'histoires sur la manière dont meurent les Indiens.» Son contrat ne fut pas renouvelé.

— Que se passe-t-il, mec?

— Désolé de t'avoir réveillé, dis-je, et il chassa cette remarque d'un geste, en se frottant les yeux.

— T'en fais pas. Je rêvais que je me levais.

— Tu as travaillé à Otter Creek dans le temps avant la fermeture de la mine, pas vrai?

Il acquiesça et porta sa tasse à ses lèvres. Sa mère était retournée à ses conserves.

— Ouais, j'y suis resté un petit moment. C'était pas un mauvais boulot, mais putain, ces types de Las Vegas et du Texas! Ils étaient toujours sur mon dos, speedés en permanence. Comme s'ils gagnaient pas assez vite leur fric. J'ai jamais compris. Moi aussi je voulais bosser, évidemment, mais je voulais que ça dure.

Il sourit et but une autre gorgée.

— C'était un camp sans alcool? demandai-je.

— Oui, mais ça n'a jamais été un problème. L'alcool circulait quand même, mais l'alcool n'est pas un problème pour moi. C'était leur comportement. Comme si rien ne comptait, à part le montant du chèque à la fin du mois. C'était de la folie là-haut. Pas de femmes. Pas de familles. Ils passaient des films pornos en pleine journée. Et chaque fois qu'ils avaient envie de s'amuser, ça se finissait toujours de la même façon : ils tiraient sur les oiseaux, ils cassaient des bouteilles ou bien ils se battaient. Vachement bizarre. Moi à la fin, je passais mon temps devant la télé. Et puis merde, je me suis dit un jour, et je suis rentré à la maison.

— Tu étais là-haut en même temps que Louise Root ?

Il me gratifia d'un large sourire, puis plongea le regard au fond de sa tasse. Il secoua la tête.

— Ouais, c'était une sacrée cuisinière. La vache, tu pouvais bouffer à en être malade. Je crois bien que ça a failli m'arriver. Des fois, je lui filais un coup de main. J'avais trouvé un endroit pour pêcher des ombres. Un lac plus haut que la mine. En amont. Ils ont beau dire ce qu'ils veulent sur ces réservoirs, moi, il était pas question que je pêche en aval de ce truc. Je lui rapportai du poisson, et elle le faisait cuire rien que pour elle et moi. Une chouette fille.

Il se pencha vers moi et baissa la voix, en jetant un coup d'œil par-dessus son épaule pour voir si sa mère écoutait.

— La plupart des gars la traitaient d'allumeuse. Parce qu'elle portait des trucs genre bikini dans la cuisine. (Il mima en plaçant ses deux mains en coupe à hauteur de sa poitrine.) Quand ils parlaient d'elle, ils disaient qu'elle savait très bien ce qu'elle faisait.

Il se renversa sur sa chaise et se massa la nuque.

— Moi, je travaillais près d'elle... je faisais des trucs dans la cuisine. Et j'ai jamais eu aucun problème avec elle.

Il s'empara d'une allumette dans la boîte posée sur le comptoir de la cuisine, la tailla en pointe à l'aide de son canif, puis la coinça entre ses dents. Au moment où il rangeait son couteau, je constatai qu'il avait une vilaine cicatrice de cinq centimètres dans la paume, comme la mienne.

— J'ai entendu dire qu'elle avait eu des ennuis là-haut. Tu es au courant ?

— Tout ce que je sais, c'est qu'un jour ils parlaient d'organiser une fête, et le lendemain, elle a foutu le camp, en prenant l'avion qui repartait. Un type de la compagnie a été viré, mais personne n'en a jamais parlé, devant moi en tout cas.

— Tu as assisté à cette fête ?

Il sourit de nouveau. Il repoussa ses cheveux noirs sur son front.

— J'étais le seul Tlingit là-haut, Cecil. Uniquement pour les statistiques de la compagnie. Le premier jour où j'ai commencé à bosser, ils m'ont pris en photo, et ils l'ont publiée dans le journal local. C'était un bon boulot, je crois, mais c'était pas une vie. Non. (Il secoua la tête.) Non, j'ai pas participé à cette fête.

Sa mère sortait des bocaux de la cocotte-minute à l'aide de pinces. Elle les disposait sur un torchon blanc étalé sur une planche à découper tachée. Elle penchait la tête en arrière pour essayer d'éviter que ses lunettes ne se couvrent de buée, mais en vain. Sa voix rebondit contre le mur.

— L'argent… toujours parler d'argent. Il y avait même pas d'église là-haut ! Où c'est qu'ils doivent aller tous ces gars pour assister à la messe, hein ? Il y avait pas d'école non plus. Pas de médecin. Et s'il tombait malade ? Rien, je lui disais. Tout le temps je lui répétais la même chose : à quoi bon avoir de l'argent quand on n'a pas d'église ? Tous ces hommes là-haut, qu'est-ce qu'ils font ? Ils achètent de la drogue. Ils achètent de l'alcool. Il vaut quoi cet argent, hein ?

Alfred secouait la tête, en essayant de changer de conversation.

— O.K., O.K. (Il baissa la voix de nouveau.) Elle voudrait que je trouve un boulot ici et que je vive à la maison. Elle voudrait que j'aille à l'église tout le temps. Hé, mec, qu'est-ce que je dois faire ?

— Je t'entends, tu sais. Ne crois pas que j'entends pas ce que tu dis. Tu me parlais pas comme ça avant d'aller travailler avec tous ces Blancs qui…

Elle s'interrompit, me regarda, et piocha au fond de la cocotte-minute, d'un air absent, laissant tomber la fin de sa phrase au fond de la marmite.

Deux grands bols en inox étaient posés sur le comptoir à côté de la planche à découper. L'un et l'autre débordaient de gros morceaux de saumon. La chair était d'un rouge sombre, la peau d'un gris argenté. Un chien à poil court et gris entra dans la pièce, ses griffes claquaient sur le plancher. Édith le chassa en sifflant entre ses dents, le chien baissa la tête et ressortit.

Alfred me regarda. Ses yeux s'éveillaient et les marques de sommeil avaient disparu sur son visage.

Je demandai :

— Alors, qu'est-ce que tu fais maintenant ?

Et je bus une gorgée de café, en respirant l'arôme du breuvage chaud pour ne pas sentir l'odeur de l'alcool dans sa tasse. J'attendis la fin du silence. Dans les premiers temps où je le connaissais, j'essayais toujours de lui arracher les réponses plus rapidement. Je croyais qu'il ne m'avait pas entendu, ou qu'il ne comprenait pas, mais en réalité, comme un tas d'indigènes, il aime les silences. La balle est dans son camp et il le sait. Il sait aussi que ça me rend fou.

Il fit durer celui-ci, jusqu'à ce qu'il sente que j'étais sur le point de répéter ma question, alors il dit :

— Je vais à la pêche avec mon oncle, derrière le cap. Il a un petit bateau. C'est pas énorme, mais, bon, on pêche assez de poisson pour se nourrir et pour vendre quelques...

D'un mouvement de tête, il désigna les saumons. Sa mère lui donna une tape sur l'épaule, puis elle passa dans son dos pour lui arracher la tasse des mains, et la remplacer par un verre de jus d'orange.

— Ce qu'il veut dire, c'est qu'il essaye de vivre comme un Indien. Mais il le dit pas. Il pense que c'est pas bien.

Alfred roula les yeux et bus son jus d'orange.

— Écoute, Alfred, je cherche Steven Mathews. Tu peux m'aider à le trouver ?

Il secoua la tête et avala une grande gorgée de jus d'orange.

— Il a acheté une baraque aux abords d'Angoon. Il est pas passé inaperçu. Il a commencé par venir à toutes les réunions, et il se levait pour prendre la parole. Personne ne savait qui c'était. Il parlait de « communauté », de « prendre le contrôle de *nos* terres ». Personne connaissait ce type.

Il laissa parler le silence.

— Il a même organisé ce qu'il appelle un « potlatch ». Il a fait venir quelques copains à lui du Quarante-Huitième, en avion, et il a filé un tas de trucs. C'était marrant, franchement, parce que les vieux se sont regardés, en se disant : « Et puis flûte ! ». Mais ils y sont allés quand même. Ils avaient aucune idée de ce que faisait ce type, mais il distribuait des chouettes trucs. Y avait des actrices qui tapaient sur des tambours, vêtues de jupes en daim. Les gens du village y sont allés, et ils lui ont tout raflé. Ça n'aurait pu être qu'une fête stupide, une bévue, mais il s'est pointé en portant un t-shirt avec un épaulard cousu dessus.

Il s'interrompit et se tourna vers sa mère qui sortait les pots en verre de la cocotte-minute fumante. Il suçota l'allumette et secoua la tête.

— C'était une erreur. L'épaulard est l'emblème de clan d'un grand nombre de personnes par là-bas. En voyant ça, mon oncle a brisé la radio qu'il voulait emporter et il a craché sur les morceaux. Personne n'avait autorisé Mathews à porter un épaulard. Mathews, lui, affirmait que grâce à ses affinités avec les baleines, il considérait qu'il faisait partie du clan de l'épaulard. Ce type n'a rien compris. Il ne tiendra pas longtemps. Une des mes tantes est repartie avec un radio-cassette, mais tout le monde l'a obligée à le casser et à le jeter sur la plage. Apparemment, c'est une sorte d'écolo mystique.

Alfred me sourit, avant d'enchaîner :

— Mathews prétend communiquer avec les baleines et les arbres. Mais personne à Angoon n'a jamais entendu parler de lui.

— Sais-tu quelque chose sur ses rapports avec Louise Root ?

De nouveau, le silence.

— Attends, laisse-moi réfléchir. (Nouvelle pause.) Je ne dis pas que je sais quelque chose ou pas… Il est tôt, mec. Reviens plus tard, éventuellement. Peut-être que je me souviendrai de quelque chose. Qui sait ?

Même si Alfred Tom savait quelque chose, il ne dirait certainement rien. Et s'il ne savait rien, il ne voudrait pas que je le sache.

Nous nous levâmes tous les deux, et Mrs. Tom leva les yeux, intriguée, peut-être, que je ne reste pas pour manger. Je la remerciai pour le café. Alfred enfila ses mocassins, taillés dans une paire de bottes en caoutchouc, et nous sortîmes sur la véranda. De l'autre côté de la rue, un vieil homme blanc et un enfant tlingit tressaient des nasses pour la pêche aux crabes ; un camion passa dans un grondement, en traînant derrière lui la chaîne de son hayon. Sur la véranda, un moteur cinq chevaux était fixé à la balustrade, et en dessous se trouvait une poubelle remplie d'eau. Plongeant la main sous le plancher, Alfred écarta quelques bouées, deux ou trois récipients en plastique vides, pour sortir finalement un vieux poncho de l'armée enveloppé de corde de parachute. Il me le tendit, et nos yeux se croisèrent une fois de plus.

— Tu vas aller voir ce Steven Mathews ? Il la connaissait bien. (Il se tenait tout près de moi, et il ne souriait pas.) À ta place, je serais prudent. Prends ça. Il risque de pleuvoir.

Il me fit un grand sourire, sachant qu'il allait certainement pleuvoir.

Je le regardai, et cette fois, je forçai son silence.

Il haussa les épaules. Il repoussa ses cheveux sur son front et souleva son t-shirt pour se gratter le ventre.

— Quand les Blancs se disputent pour des questions de terres, c'est toujours pour de l'argent. Leurs hommes d'affaires ont du bagout, je devrais dire *nos* hommes d'affaires ont du bagout, mais en définitive, ils se foutent pas mal du sort des ouvriers ou des terres du moment qu'ils voient arriver le fric. L'argent peut tout arranger, paraît-il, mais c'est toujours la dèche.

Il frissonna, pivota sur ses talons pour rentrer dans la maison, et lança par-dessus son épaule :

— T'as retrouvé le chien, au fait ? Ça c'est du vrai boulot de détective. Laisse tomber l'histoire de la mine.

Le vieil homme qui réparait les nasses dit quelque chose au gamin ; celui-ci se pencha et lui tendit une paire de pinces. Le chien gris descendit furtivement la rue en direction des corbeaux et des mouettes qui se battaient toujours autour de la poubelle renversée sur le trottoir.

— Impossible de lui mettre la main dessus, répondis-je, et Alfred m'adressa un sourire qui m'agaça, car je me dis qu'il savait déjà que le chien était mort.

SEPT

La rue était calme, à l'exception du bourdonnement des générateurs des installations frigorifiques, que je n'entendais plus depuis longtemps. Une pluie fine s'était mise à tomber. À l'instar du bruit des générateurs diesel, j'avais cessé d'y prêter attention, comme n'importe quel autre temps. Dans le Sud-Est, la pluie devient une seconde nature, comme les vêtements que vous portez. Vous vous levez, vous sortez, il pleut. Et voilà.

Des corbeaux s'étaient regroupés autour de la poubelle renversée. Ils faisaient de petits bonds par-dessus une couche de bébé et une boîte de jus d'orange vide pour atteindre le filtre à café détrempé dont le contenu s'était déversé, ainsi qu'une écorce d'orange : orange vif sur la chaussée luisante. Au moment où je passais au milieu d'eux en pataugeant dans l'eau, le plus gros des corbeaux s'empara de l'écorce d'orange, fit trois petits sauts et prit un envol maladroit pour s'enfuir et disparaître au coin de la rue.

Alors que je descendais lentement la passerelle, Paul, debout sur l'entretoise avant de son avion, appliquait de la cire pour les meubles à l'extérieur du pare-brise, qu'il essuyait ensuite avec une poignée de serviettes en papier, afin que la pluie dessine de jolies traînées perlées dans le souffle de l'hélice. Paul venait de l'Utah, et apparemment, il possédait des terres là-bas. Une fois par an, il prenait son avion pour aller camper sur un terrain sec. Il aimait tellement son Beaver qu'il lui ajoutait des roues et volait jusqu'à la bande de terre herbeuse qui s'étendait au-dessus de son verger, chez lui là-bas dans l'Utah. Il m'avait expliqué qu'il plantait simplement sa tente à une dizaine de mètres des ailes de l'appareil et il campait là. Le soir, il s'asseyait devant le feu de bois, et il chantait, comme un cow-boy avec son cheval. Au bout d'une semaine environ, il chargeait tous ses déchets à l'arrière de l'avion et il repartait vers le nord.

Il portait une chemise en flanelle dont il avait roulé les manches. Il avait une taille très fine et des bras de culturiste. Il pivota brusquement sur lui-même au moment où j'atteignais le bout du quai, sous l'aile de l'appareil.

— Good morning, sunshine ! s'exclama-t-il avec la bonne humeur crispée d'un animateur de camp de vacances.

Paul me haïssait, car il était persuadé que je l'avais mouchardé à sa petite amie ou alors que je couchais avec elle, or ce n'était pas exactement la vérité. C'est pourquoi je savais que son « Good morning, sunshine ! » était sa manière de faire de l'ironie.

J'avais un copain de lycée qui était mort dans un accident d'avion à l'époque où il travaillait pour les Eaux et Forêts. J'étais assis à son chevet au Centre des grands brûlés de Seattle, et il m'expliqua comment les nuages s'étaient refermés sur lui au moment où il pénétrait dans l'étroit défilé, et comment le pilote avait essayé de calculer sa trajectoire avec l'aide de la boussole jusqu'à la sortie. Il me parla du régime du moteur qui faiblit légèrement, alors que le pilote envisageait de faire un virage sur l'aile pour s'échapper par le haut, et de l'étrange et inquiétant tic-tac que semblait produire l'hélice tandis qu'ils fendaient le brouillard, puis la cime des arbres, et l'unique craquement, violent, au moment où le train d'atterrissage fut arraché ; et les rochers couverts de mousse au sommet de la gorge surgirent devant son visage. Le reste, il ne s'en souvenait pas, à l'exception du silence du moteur éteint et du grondement des flammes.

Je m'assis à l'avant du DeHavilland Beaver et bouclai mon harnais de sécurité. Paul contourna l'avion par l'avant, en marchant sur les entretoises sous l'hélice. Il grimpa sur le siège du pilote à côté du mien et se mit à pomper avec les manettes pour expédier du carburant dans l'énorme moteur en étoile.

Paul aimait voler avec le Beaver, de la même manière que la plupart des types qui pilotent cet engin. Le Beaver est le tracteur volant du Nord. Toutes les petites communes, ou presque, sont desservies par cet appareil canadien à l'ancienne mode. Ce sont des appareils lourds et lents, propulsés par un gigantesque moteur en étoile à pistons, assoiffé de carburant. Le cockpit, spartiate, dégage une atmosphère industrielle avec ses grosses manettes métalliques sur un tableau de bord en ferraille. En fait, cet appareil ressemble davantage à un engin de chantier qu'à un avion moderne.

Il se mit en marche avec fracas; l'explosion du moteur dispersa les gouttes de pluie à la surface du pare-brise. Paul s'empara d'un rouleau d'essuie-tout et s'en servit comme il le ferait d'une éponge pour essuyer l'intérieur du pare-brise, afin de voir à travers. Puis il le jeta derrière son siège et m'adressa un signe de tête.

— Tu as entendu le speech. Attache ta ceinture.

Voilà pour les vérifications avant le décollage. Je supposais que le champagne et les cacahouètes n'étaient pas compris dans le prix. Nous avançâmes dans le chenal, au moment où il avisait un passage possible au-delà des chalutiers et des barques qui entraient au port. Il hocha de nouveau la tête, en jetant un coup d'œil à ma ceinture, et mit les gaz. L'avion rebondit au sommet des vagues; le vacarme des pistons actionnant l'hélice faisait rugir l'air. Au moment où les flotteurs décollaient de la surface de l'eau, il décrocha et nous nous envolâmes dans l'air cahoteux.

Nous suivîmes la courbe de la côte, en restant sous le plafond des nuages à sept cents pieds. Lorsque nous bifurquâmes vers l'intérieur, le plafond s'éleva, et Paul mit le cap vers les défilés en direction d'Admiralty Island. Je regardais par le hublot latéral, en essayant de respirer profondément, de manière régulière, et passant en revue tout ce que je me souvenais d'avoir lu au sujet de Mathews.

Steven Mathews avait grandi dans le Connecticut. Il revendiquait des origines indiennes, sans toutefois jamais entrer dans les détails. Apparemment, il avait fréquenté l'école libre. Il était allé à Dartmouth, avant de laisser tomber pour partir sur la route et s'engager dans la marine marchande. Il évoluait en marge des poètes «beat» et prétendait s'être saoulé en compagnie de Kerouac, Ginsberg et Snyder dans la plupart des bars de North Beach. C'était un individu compartimenté qui avait eu plusieurs vies antérieures : universitaire, militant et conteur populiste. Il avait dirigé un ranch dans l'est de l'État de Washington, et tenté de créer un institut de recherches pour le développement de «l'esthétique écologique du XXIe siècle». Il avait des disciples, mais n'écrivait plus de poésie. Il rédigeait en permanence des textes théoriques engagés, de plus en plus longs, sur «la gauche écologique et démocratique».

J'aimais ses anciens poèmes, mais sans doute faisais-je partie d'une minorité, car les critiques de la Côte est les détestaient. Il avait écrit un poème sur un chat jaune qui se trouve nez à nez avec un lièvre blanc, dans le jardin de sa maîtresse. Je me souvenais de l'avoir lu par un après-midi ensoleillé, descendant à bord d'un canot la Tanana River, de Fairbanks à Nenana. Ce poème était si frappant; je l'avais lu une première fois et bu une bière, puis je l'avais relu, et c'était comme me souvenir d'un rêve encore vivace que j'avais fait la nuit précédente. C'était un truc idiot, peut-être un peu bancal, à la manière d'un mauvais orchestre qui exécute une super-chanson avec beaucoup d'entrain. Le truc parfait pour une balade en rivière.

Aujourd'hui, Mathews écrivait des textes qui réunissaient la science, la spiritualité et la poétique, mais qui étaient avant tout politiques. Il avait adopté ce ton écœurant du politicien dynamique qui veut vous aider à faire un choix. Ma sœur, la grande avocate, m'avait envoyé ses derniers essais, et je les avais posés sur ma pile de courrier à côté du téléphone. J'aimais les voir rester à la même place pendant des semaines, et se ramollir dans l'air humide, comme des feuilles sur un matelas de compost.

Nous nous engagions dans une gorge de 2600 pieds, et le plafond demeurait relativement stable à 3000 pieds. De temps à autre, les cimes des montagnes jaillissaient de l'humidité cotonneuse, ressemblant à des îles déchiquetées surgissant tout à coup. En regardant tout en bas, je vis défiler la côte, et la fondrière parsemée d'arbres chétifs et d'étangs. Je le vis céder place à la forêt escarpée, puis aux plantes alpestres. Nous pénétrâmes dans une poche d'air et chutâmes de trente pieds. Je plantai mes ongles dans ma jambe. Paul se redressa dans son siège et saisit à deux mains le manche à balai. Il regarda mes poings serrés sur mes cuisses et sourit. Se penchant vers moi, il hurla par-dessus le vacarme du moteur :

— On va s'enfiler là-dedans. Ça risque de secouer un peu, mais on a largement la place de s'arrêter pour faire demi-tour !

Et il éclata de rire, ce rire exaspérant de celui qui maîtrise parfaitement une situation effrayante.

Hannah était excitée à l'idée que Mathews vienne s'installer dans le sud-est de l'Alaska. Elle m'avait envoyé les articles de journaux racontant qu'il avait acheté une vieille cabane pour y vivre. Elle m'avait envoyé une coupure d'un journal de Seattle. Le gros titre était : LE GOUROU DE L'ÉCOLOGIE PART VIVRE EN ERMITE DANS LES RÉGIONS SAUVAGES DE L'ALASKA ! Sur la photo, il se tenait bien droit, campé sur ses deux pieds, adressant à l'objectif une sorte de sourire en coin. Le texte reprenait ses propos, tirés de son livre le plus récent, intitulé : *Ici et maintenant : l'éthique de la nouvelle pauvreté.* Un truc assommant sur les conditions de vie au bout de la chaîne alimentaire. Je n'avais aucune envie de le lire. Quelque chose dans sa façon de poser pour cette photo m'incitait à me foutre doublement de ses opinions.

Hannah était folle de ce type. Pendant un temps, je crus même qu'elle allait se raser le crâne et le suivre partout. Il y avait quelque chose chez «cet homme qui affrontait son pouvoir pour en faire les bases servant à alimenter une activité créatrice» qui la séduisait, mais bon Dieu, j'aurais eu du mal à expliquer pourquoi.

L'avion s'engagea dans la gorge, et le sol sembla se précipiter vers nous; alors je retins mon souffle et agrippai encore plus fort mes cuisses. Des filaments nuageux tendus comme des guirlandes sur les parois du défilé ressemblaient à des morceaux de coton éparpillés sur un tapis. On n'apercevait pas les sommets, mais les ombres derrière les nuages étaient noires et irrégulières. Paul sourit et me fit signe que tout allait bien en tendant le pouce, comme un agent d'assurances qui admire votre nouveau patio. Ce n'est pas une question de confiance, c'est un boulot de vendeur. Il y eut un nouveau trou d'air; les ailes tremblèrent légèrement et ployèrent. Le rythme du moteur se modifia, et je décidai de fermer les yeux. Si on s'écrasait, je serais aux premières loges, inutile de voir tout ce qui se passait avant.

Mathews avait liquidé son ranch à l'est de l'État de Washington pour aller s'installer dans un vieux relais de pêche à proximité du village d'Angoon. La famille d'Alfred était originaire d'Angoon. C'était un village très attaché à son héritage. Les gens racontaient encore des histoires sur le jour où l'hélicoptère de combat américain avait mitraillé le village après qu'un groupe de Tlingits eut demandé réparation à la suite du décès d'un des leurs. Les anciens d'Angoon se méfiaient du développement et faisaient grand cas de leur identité culturelle ; peut-être était-ce ce qui avait incité Mathews à choisir ce village. Mais jamais ils n'avaient réclamé son aide.

Ma peau était moite de peur, tandis que nous frôlions la crête nord du défilé. Au-dessus de nos têtes, la visibilité était bonne, mais malheureusement, le sol n'était pas au-dessus de nos têtes. Des nuages et une fine pellicule de brouillard constellaient notre vision du sol. Sur la vitre latérale du Beaver se trouvait un ventilateur en plexiglas, que j'orientai afin de respirer une pleine dose d'air glacé paralysant. Je pris une seule profonde inspiration et sentis l'oxygène frapper les vaisseaux sanguins de mes yeux, et mon estomac se remplir de froid, ce qui était préférable à la limaille de fer qui, songeais-je, allait jaillir avant que je touche à nouveau le sol. Paul me tapota le genou.

— J'ai fait la nique à la mort une fois de plus ! beugla-t-il par-dessus le vrombissement.

Il désigna le chenal au large d'Amiralty, et les îles qui parsemaient l'entrée de la petite baie. Il réduisit les gaz et je sentis tout mon corps s'alléger sur mon siège alors que nous plongions à travers l'unique espace d'atmosphère dégagée entre le rivage et les nuages.

Lorsque nous atterrîmes dans l'anse, j'étais furieux

contre le pilote, furieux contre le temps, et furieux contre cette Amérique industrielle qui faisait du transport aérien artisanal un moyen de locomotion rentable. Et j'avais mal au cœur.

Paul conduisit lentement l'appareil vers le rivage, et vira face au vent. Il sauta de son siège et décrocha une pagaie de canoë fixée le long d'un des flotteurs, afin de conduire l'appareil vers le rivage, lentement. Au moment où nous atteignions en marche arrière les fonds rocailleux, il ouvrit ma portière et se faufila derrière.

— C'est un transport de marchandises. Je fais un saut jusqu'à Angoon, Tenakee ensuite, et peut-être le retour à Sitka. Je repasserai dans deux heures environ. Si tu veux que je te ramène, fais-moi des signes sur le rivage. Sur ce, t'as plus qu'à sauter du bout du flotteur. La marée est pas bonne pour rester là à bavarder.

Je récupérai mon sac et avançai sur le flotteur jusqu'à l'extrémité, je remontai mes bottes en caoutchouc et sautai dans une quinzaine de centimètres d'eau, avant de gravir la pente abrupte de la grève. Après m'avoir adressé un signe de la main, Paul s'empressa de refermer ma portière, de grimper à bord et de redémarrer. Il ne voulait pas que ses flotteurs en aluminium cognent contre les pierres.

Sous la voûte des arbres, en haut du rivage, à proximité de la bordure des rochers se trouvait un banc massif fait de rondins échoués sur la plage. Un homme y fumait la pipe, vêtu d'une chemise en flanelle, assis à califourchon sur le banc, avec une hache de bûcheron plantée dans le bois entre ses jambes. Il portait des gants en cuir et tenait à la main une lime plate d'une vingtaine de centimètres. Alors que je gravissais le rivage, il tapotait sur sa cuisse avec la lime, à travers son pantalon en toile. Il m'observait par-dessous la visière d'une casquette de baseball. Je n'étais pas attendu, et j'ignorais quel genre d'accueil me serait réservé.

L'avion rugit et l'explosion de son décollage envahit tout le mouillage. L'homme regarda l'engin rebondir à la surface de l'eau, puis faire un saut en l'air et s'envoler. Au moment où les flotteurs s'arrachaient, le moteur baissa de régime, et le calme revint.

L'homme se retourna vers moi et m'observa fixement pendant une demi-seconde, avant d'ôter son gant droit, qu'il coinça sous son bras pour me tendre la main.

— Bienvenue. Vous arrivez un peu tard pour le déjeuner, hélas, mais j'ai du thé, si vous voulez. Je me présente, Steven Mathews.

— Je m'appelle Cecil Younger. Je viens de Sitka.

— Est-ce que j'attendais votre visite, Mr. Younger? Je n'en suis pas certain, mais il me semble avoir déjà entendu votre nom.

Je regardai mes bottes, puis la porte de la vieille cabane.

— Je ne sais pas. Ça dépend à qui vous vous adressez. Mon père était le Juge. Ma sœur est avocate… (Il continuait à me dévisager d'un air interrogateur.) Mais sans doute avez-vous entendu mon nom à propos d'une histoire de coup de feu.

Il sourit.

— Oui, bien sûr! Le détective. Cecil Younger. (Il continuait d'afficher ce sourire désarmant.) J'adore les rumeurs. Pas vous, Mr. Younger? J'écoute tous les gens qui passent près de moi. Je n'écoute pas pour… comment diriez-vous ? Je ne cherche pas la vérité historique, non, je m'intéresse à ce qu'on apprend sur la personne qui raconte. Les rumeurs sont comme l'art abstrait ou les graffiti ; elles vous donnent l'état d'esprit d'un lieu. Elles vous donnent le contexte émotionnel. J'aime ce que j'ai entendu dire sur vous, Mr. Younger.

Nous remontâmes jusqu'à la cabane. La fumée de sa pipe s'élevait en volutes parmi les ombres que projetaient les arbres. Une pile de rondins non équarris était entourée de bûches taillées pour le poêle. Un cerf était suspendu à l'intérieur de la réserve à bois ; une théière gargouillait sur le poêle. Il me tendit une grande tasse de thé. J'étais désorienté par le trajet en avion, incapable de me rattacher à l'idée que je m'étais faite de cet homme. C'était comme si je flottais.

Assis sur le pas de la porte, je contemplai le terrain dur et aplani devant la cabane. Mathews s'assit à mes côtés, en sirotant lui aussi une tasse de thé.

— Je crois savoir pourquoi vous êtes venu jusqu'ici. Pourrais-je quand même dire quelque chose ?

Je levai la tête ; ses yeux étaient brillants et, curieusement, à la fois joyeux et remplis de gravité.

— Les choses dont on n'a pas besoin, il faut les laisser tomber.

C'était pire que d'avoir une dette envers un flic. Un témoin qui commence à faire des mots d'esprit, avant même que la première question ne sorte de votre bouche, ce n'était pas ce qu'ils conseillaient dans ces écoles de détectives privés dont on trouvait la publicité en dernière page de la *Gazette de la police.*

— Mr. Mathews, connaissez-vous Louise Root ?

Il se recula et me jaugea du regard. Il remit son gant de protection à la main droite et se massa l'autre main comme s'il s'était blessé.

— Pour commencer, vous pouvez m'appeler Steven, à moins que vous ne travailliez pour la « Global », dans ce cas vous pouvez m'appeler par l'interurbain, par l'intermédiaire d'un avocat. (Ses yeux fatigués n'étaient ni brillants ni gais.) Est-ce que vous m'apportez un message de leur part, Mr. Younger ?

Puisqu'il lui avait fallu le temps record d'une poignée de mains et d'une tasse de thé pour commencer à m'embrouiller la tête, je décidai d'essayer de le prendre de vitesse sur ce terrain.

— J'ai commencé par travailler pour Louise Root. Puis l'État d'Alaska m'a suggéré de rester en dehors de cette affaire. Ensuite, j'ai été acheté, en bloc, par la « Global ». Franchement, je me demande ce que je vais faire maintenant, Mr. Mathews.

— Vous n'avez pas d'obligations envers les clients qui vous payent ?

— Une éthique, vous voulez dire ? Je ne sais pas. S'ils m'avaient engagé pour enquêter sur le crime, et si je les défendais au tribunal, je les protégerais. Cela ne me pose aucun problème. Mais ils restent vagues avec moi, alors je me dis que je peux rester vague avec eux.

— Tout en acceptant leur argent ?

— Dans cet État, c'est leur argent que tout le monde dépense. Si je ne prenais pas leur fric, je serais obligé d'en revenir aux couvertures et aux armes à feu.

— Ah, nous sommes collectivement coupables, donc collectivement absous ? C'est cela ?

— J'ai leur argent et j'ai mes raisons. Vous n'êtes pas obligé de m'aider, même si je sais que vous le pouvez.

— À qui avez-vous eu affaire à la « Global » ?

— Ce sont eux qui sont venus me voir. Un nommé Altman et un type discret avec de drôles de chaussures, un certain Potts.

— Altman ? Faut que ce soit du sérieux. S'ils ont fait intervenir Altman, ça veut dire qu'on n'en est plus au stade régional, ce sont les types du Texas qui ont pris les commandes. Altman tient Potts en laisse, et il le tient serré. Que vous ont-ils dit ?

— Pas grand-chose.

— Et Louise, que vous a-t-elle dit ?

— Rien. Elle est morte, figurez-vous.

Steven Mathews posa sa tasse de thé. Sa main tremblait. Il regardait sa tasse. Il respira à fond plusieurs fois, lentement.

— Vous êtes sûr ? Seigneur.

— On l'a égorgée et on l'a balancée dans les marécages, là-bas à Ketchikan.

— Elle suivait mes cours à l'institut Early Winters à Washington. La police a trouvé le meurtrier ?

Il était exalté. Sa pipe fumait comme une machine à vapeur.

— Pas à ma connaissance. Et vous ?

— Vous avez le don du mélodrame, Mr. Younger.

La voix de Mathews tremblotait, et un léger agacement perçait dans son ton. Il ne cessait de se frotter la main gauche. Il avait l'air d'un homme qui n'aime pas les surprises, sauf quand elles venaient de lui. C'était également un homme qui n'aimait pas reconnaître qu'il ignorait certaines choses.

— Non. Non, je ne sais pas qui l'a tuée. Les types de la « Global » sont des crapules, mais un meurtre... quand même, un meurtre carrément ? Ça me paraît un peu trop salissant pour eux. Pourquoi tuer quelqu'un quand on a les moyens d'acheter tout ce qu'on veut ? Le meurtre, ça me semble un peu... excessif pour une entreprise en pleine expansion.

— Quand avez-vous vu Louise Root pour la dernière fois ?

— Elle est venue ici quelques jours... c'était... la semaine dernière peut-être. En fait, elle est venue avec le même pilote qui vous a amené ici. Elle venait de Ketchikan.

Sa voix s'estompa. Et soudain, il me regarda droit dans les yeux.

— Lou était mal en point. Elle portait un énorme fardeau de souffrance et de colère dans son cœur, mais elle... jamais elle ne se serait embarquée dans une histoire... de vengeance. Pas vrai ?

Je me sentais mal dans ma peau, parce que ce type posait plus de questions que moi.

— Parlez-moi d'elle. Dites-moi quelque chose.

Il me regarda, et je sentis qu'il essayait de déterminer s'il devait me faire confiance ou pas. Il était comme la plupart des gens dès qu'il s'agit d'un meurtre. Même si c'était ridicule, il finirait par parler.

— Louise était... bon sang, c'était une fille remarquablement intelligente. J'ai fait sa connaissance il y a sept ans environ. Elle étudiait à l'institut, et elle voyageait. Elle ne comptait pas parmi mes meilleurs étudiants. Mais elle était... passionnée, vous comprenez ? Sans cesse elle me reprochait d'être trop impliqué avec l'élite. Elle affirmait que jamais la philosophie ne pourrait sauver la planète. Et que si des changements importants se produisaient, ils ne pouvaient venir que des ouvriers. Voilà pourquoi elle continuait sur les exploitations forestières et minières. C'était vraiment adorable. Sans faire de sermons, elle essayait de mener une vie éthique, en espérant que les personnes concernées se serviraient d'elle comme d'un ressort pour le changement.

— Vous étiez amants, elle et vous ?

— Amants ? Non, je pense que le terme ne convient pas. Mais je suis certain qu'elle était très éprise de moi. (Il leva ses deux mains gantées, comme pour dire : « Qui ne le serait pas, hein ? ») Mais elle n'a jamais eu le... courage de se déclarer. C'est resté très noble, pour sa plus grande frustration.

— Elle vous en voulait ?

— Elle en voulait à tout le monde après l'incident à la mine.

— Que vous a-t-elle raconté à ce sujet ? demandai-je.

— C'était le jour de son anniversaire. Il y a eu pas mal de chahut, beaucoup d'alcool. Lou avait toujours été sympa avec tous les hommes. Elle avait une théorie à ce sujet. Elle voulait montrer à ces types que les féministes étaient des filles drôles, libérées, capables de parler de sexe. Dans son esprit, c'était un élément subversif, un peu comme si elle espérait les rallier à sa cause en parlant leur langage. Mais apparemment, elle n'envoyait pas le bon message. Ou bien, pardonnez-moi, les hommes ont remplacé son message par le leur. En tout cas, ça s'est mal terminé. Elle a été violée. La police ne pouvait pas grand-chose pour elle. Le temps qu'ils enquêtent, les coupables avaient mis au point leur histoire. Et il n'y avait aucune preuve physique. La compagnie n'a rien fait. Ou plutôt, ils ont fait tout leur possible pour s'assurer que cette affaire ne parvienne pas aux oreilles des journalistes.

— Louise Root a-t-elle un rapport avec la fermeture de la mine ?

— Vous voulez savoir si elle l'a provoquée, ou quelque chose comme ça ? Non. « Global » avait la situation bien en main. Les installations ont été construites au rabais. C'est fréquent. La protection de l'environnement coûte excessivement cher : il y a les manchons des zones de test et les fondements des puits de résidus, les dispositifs d'alarme, et tous les systèmes d'intervention rapide en cas d'incident. C'est le prix à payer pour faire des affaires aujourd'hui. Les actionnaires donnent ordre de payer. Tant que vous pouvez manipuler les prix de vos autres activités pour couvrir les frais, tout va bien. Le service administratif calcule tous les coûts. Mais les types « sur le terrain » acceptent mal les nouvelles règles. Pour eux, tous ces règlements ne sont qu'un tas de conneries. Il ne peut rien arriver, pas vrai ? Et même si ça arrive, ce truc n'est pas dangereux. Enfin quoi, c'est naturel, non ? Conclusion, ils taillent dans les dépenses, et c'est tout bénef. Ils réalisent le projet à moindre coût. La direction sait ce qui se passe, mais ils ferment les yeux. Le responsable du chantier s'en met un peu dans les poches, les ouvriers émargent une ou deux semaines pendant qu'ils sont en vacances, et le tour est joué. Les organismes de contrôle sont trop paresseux, ou trop peureux pour faire autre chose que survoler les lieux en avion et effectuer de temps à autre une visite d'ensemble pour des questions de relations publiques.

... Mais apparemment, les gars d'Otter Creek se sont fait pincer avec des structures non conformes aux normes, et ils ont fermé la mine pour effectuer des modifications. Cette histoire a été complètement étouffée, mais tout le monde s'en fout du moment qu'ils font les travaux.

— Quel rôle a joué Louise dans cette fermeture ?

— Aucun, à ma connaissance. Elle aimait se promener sur le chantier entre la préparation du déjeuner et du dîner, et elle a commencé à me raconter ce qu'elle avait vu des travaux de construction, mais ensuite, il y a eu la soirée d'anniversaire, et tout s'est arrêté là. C'est pour ça qu'Altman tient la bride courte à Potts. Ils ne peuvent pas se permettre de le laisser courir en liberté.

— Que voulez-vous dire ?

Il me jeta un regard étonné.

— Potts. C'est lui. Le type qui l'a violée. Je pensais que vous le saviez. D'après ce que j'ai entendu dire, ils le gardent là-haut sur le chantier, ou bien tout près d'Altman.

La course du vent se modifia légèrement ; Mathews cogna sa pipe contre le coin de la cabane, puis il enfonça son index dans le fourneau pour ôter les restes de tabac carbonisé.

— Louise et moi, nous en avons parlé pendant qu'elle était ici. Potts a étouffé le coup, en s'assurant que ça ne rejaillirait jamais sur la compagnie. Je n'en sais pas davantage. Louise ne m'a jamais raconté en détails ce qui s'est passé cette nuit-là. On a juste parlé de colère et de guérison.

Je pensai à Hannah qui voulait une arme, et je pensai à Potts là-haut sur la North Slope.

— Vous êtes sûr qu'il s'agit de Potts ?

— Ce n'est pas facile pour deux hommes assis là sur le pas de la porte de parler de viol.

La voix de Mathews possédait ce ton patient et las de celui à qui de nombreuses années d'expérience ont appris à communiquer avec des êtres inférieurs.

— Je suis sûr que vous le savez, ajouta-t-il, et je ne vais pas essayer de vous imposer une quelconque responsabilité collective, ou je ne sais quoi. Elle souffrait et, effectivement, elle était furieuse. Elle m'a raconté que cet homme, Potts, l'avait violée. Elle aimait la vie qu'elle menait et la cause qu'elle défendait. Quand cette chose s'est produite, c'était une agression dirigée contre toutes les choses auxquelles elle croyait. Elle a toujours eu un comportement bizarre et, je dirais, sceptique envers les hommes. Mais dans l'ensemble, c'était une fille honnête. Elle aimait les hommes, elle aimait le travail qu'ils accomplissaient, et elle savait les faire travailler pour elle. Elle aimait leur humour et leur présence physique. Sur ces chantiers, elle se sentait chez elle. Après cette histoire, elle s'est aigrie.

— Vous avez dit qu'elle était honnête *dans l'ensemble* ?

Il haussa les épaules et alluma sa pipe.

— Je n'ai pas fourré mon nez dans ses affaires, marmonna-t-il.

Assis l'un et l'autre sur le pas de la porte, nous laissâmes la conversation s'éteindre. Un harle avec une tête émeraude et des ailes blanches se pavanait dans l'eau, à moins de dix mètres du rivage. Le vent se leva et la fumée du feu de bois tournoya autour de nous comme un nuage de poussière. Les arbres ployèrent en soupirant. Je savais que je devais m'en aller d'ici et retourner à Juneau pour rattraper Hannah qui, supposais-je, se trouvait certainement à Deadhorse à l'heure qu'il est, sur la piste d'Altman et de Potts.

Mais je ne pouvais rien faire d'autre qu'attendre l'avion. Je passai donc plusieurs heures en compagnie de Mathews et j'exécutai quelques corvées. Je fendis les bûches qui se trouvaient près du billot. J'empilai le petit bois à côté du poêle à l'intérieur de la minuscule cabane en contreplaqué. Les plus grosses bûches, je les empilai dans la réserve. Mathews, quant à lui, alla chercher de l'eau en empruntant le chemin sur le rivage qui conduisait à l'estuaire. Il possédait un joug; il accrochait les seaux à chaque extrémité et installait le tout en équilibre sur ses épaules. Il effectua trois trajets pour remplir une petite citerne installée devant la fenêtre, tout près d'un petit évier tourné vers la baie. Il portait encore sa chemise en flanelle à son retour du troisième voyage, et après avoir vidé les seaux, il l'ôta et s'assit sur la souche, avec son t-shirt en coton trempé de sueur. Debout près de la réserve à bois, je finis de rassembler les bûches. C'était un boulot plaisant; le bois dégageait une forte odeur douceâtre, aux endroits où les veines de résine avaient été tranchées et exposées à l'air. La masse imposante du tas de bois étaient belle et rassurante, même s'il ne m'appartenait pas.

Mathews se tourna vers moi; il reprit sa hache, la coinça entre ses cuisses et entreprit de l'aiguiser avec la lime plate, comme quelqu'un qui est obligé de faire quelque chose d'utile quand il s'adresse à un étranger.

— Je me souviens de Lou dans le jardin de Methow Valley. C'était par un après-midi d'une clarté aveuglante, elle bêchait la terre... Je la voyais à travers la clôture, un grillage de plus d'un mètre de haut qui entourait le potager. On avait des fleurs tout autour des plantations de légumes, et elle était agenouillée ; elle binait en déplaçant le seau à côté de ses genoux. Elle portait un short et une chemise fine. (Il leva les yeux vers moi, puis les rabaissa aussitôt, gêné.) Non, pas ça. Pas ça, dit-il, et il reporta son attention sur son travail, avec un sourire. Elle incarnait la perfection... J'ai prononcé son nom, je ne sais pas pourquoi. Je l'ai prononcé de manière involontaire, alors elle s'est retournée et s'est levée. Et le soleil l'a éclairée de manière parfaite, avec ses cheveux qui tombaient dans sa nuque et sur sa poitrine. Elle avait une très... comment dire... très jolie bouche. Debout comme ça, ses genoux couverts de terre noire humide, elle a souri. Immobile avec un panier rempli de mauvaises herbes et de pois en fleur.

Il grimaça en donnant un grand coup de lime, et leva son gant ensanglanté. La hache avait traversé le cuir, et le sang gouttait sur ses jambes de pantalon.

— Bon sang, ça m'arrive à chaque fois.

Il ôta son gant et referma son autre main autour de sa main blessée. Je proposai de jeter un œil, mais il me repoussa d'un geste. Malgré tout, ni le sang, ni la douleur momentanée ne parvinrent à l'arracher au souvenir du jardin.

— Elle était là, et moi je souriais comme un abruti. Elle s'est remise au travail. Ça n'a duré qu'un court instant. Elle possédait une sorte de pouvoir. Je m'exprime mal. Mais elle avait quelque chose qui me rendit plus humble. Et je vis la richesse d'une autre façon.

Juste au moment où sa voix s'estompait, j'entendis l'avion qui passait en rase-mottes au-dessus de la petite crête derrière la cabane et effectuait son approche pour atterrir. Je lui serrai la main et m'éloignai vers le rivage. J'étais perturbé, peut-être à cause de ce changement brutal d'opinion au sujet de Mathews, ou peut-être à l'idée de devoir remonter à bord de cet avion et franchir à nouveau le défilé.

Ce n'était pas le même pilote. Celui-ci portait une chemise brillante légère et des bottes en serpent que je regardai de manière presque impolie en avançant sur les flotteurs. Ses bottes en peau de serpent étaient trempées, tout comme le bas de son pantalon. Il y a toujours eu un tas de types dans les industries énergétiques : le pétrole, la mine, et beaucoup d'entre eux portaient des bottes de cow-boy, mais rarement en peau de serpent, et jamais je n'avais vu une paire aussi trempée que celle-ci.

— C'est mauvais pour les bottes.

Je levai les yeux vers lui; il portait des lunettes d'aviateur avec des verres miroirs dans lesquels je me voyais en train de le regarder en plissant les yeux. Ses cheveux clairsemés étaient plaqués sur un côté, selon la technique de camouflage d'un Lothar chauve. Il portait autour du cou une chaîne en or avec une grosse pépite qui se balançait au milieu des poils de son torse.

— Putain ouais! Quand j'ai changé d'avion avec ce

type… il… il… il m'a pas dit que j'allais devoir me poser sur une plage. Moi, je suis habitué à voler d'un embarcadère à l'autre, vous voyez ?

— Oui, je comprends, dis-je. Davantage d'embarcadères, voilà ce qu'il faudrait dans ce pays, un port dans chaque tempête, et un embarcadère dans chaque baie.

Je racontais absolument n'importe quoi, mais je me rends compte que c'est habituel chez moi avant de monter dans un avion avec un étrange pilote du Grand Nord. Je me dis, d'une certaine façon, que si je suis sympa avec lui, et que j'essaye de le faire rire, il y a moins de risques qu'il nous tue dans un crash.

Le pilote se tourna vers Mathews, qui m'avait suivi, et dit :

— Les types de l'embarcadère d'Angoon m'ont dit qu'un colis était arrivé pour vous. On dirait des bouquins ou je sais pas quoi. Y a votre photo sur le côté de la caisse. Je dois aller y faire un saut. Je peux vous emmener si ça vous dit.

Mathews observait le pilote, d'un air visiblement perplexe, mais quand je me tournai vers lui, il s'efforça de prendre un air indifférent.

— Oui, bonne idée, dit-il et il s'avança en chancelant vers le flotteur de l'avion.

— Mais d'un autre côté…

Il battit en retraite et retourna sur le rivage, en regardant le pilote d'un air inquiet.

— Je préfère m'en occuper plus tard. Merci quand même.

— Comme vous voulez.

Le pilote le salua d'un geste et éloigna la queue de l'appareil des galets.

Je montai par la portière avant et m'attachai sur le siège passager à côté du pilote. Le levier de commandes était tiré à fond, presque à hauteur de mes genoux. La corde cirée enroulée autour des poignées cognait contre mon ventre. Les pédales étaient près de mes pieds. Je ne touche jamais à ce genre de trucs, convaincu, avec une certitude enseignée par ma mère, que si je touche à des choses qui ne sont pas faites pour moi, il y a toutes les chances qu'elles explosent. Je me blottis au fond du siège, et coiffai mon casque à écouteurs. Le pilote monta à son tour et se hissa sur son siège. Sur le côté de sa chemise bleue, j'aperçus une grande tache de sang écarlate. Il claqua la portière et actionna les commandes. Et à ce moment-là, je sentis l'odeur, presque semblable à l'intérieur d'un réfrigérateur sale, mais plus lourde d'une certaine façon… salée.

Le moteur toussota plusieurs fois, avant de démarrer, et l'avion s'éloigna pesamment du rivage. Je jetai un coup d'œil au tableau de bord du Beaver, et sur le cadran de l'anémomètre, j'aperçus des traces – rouges – et des empreintes de doigts. Je me retournai pour voir Mathews derrière nous, mais déjà l'avion s'éloignait de la grève en prenant rapidement de la vitesse. Trop rapidement. Le pilote ne testait pas le moteur, il ne cherchait même pas à s'aligner. Il se propulsait dans les airs. Je désignai les instruments de contrôle, et hurlai par-dessus le vacarme :

— Vous avez transporté des chasseurs ? On dirait qu'ils ont mis du sang partout.

Il se tourna, sans comprendre tout d'abord, puis il sourit.

— Ah, m'en parlez pas ! Y a des types qu'ont tué

un orignal. Je sais bien que c'est pas la saison. Ils se sont grouillés de le balancer à l'intérieur. Je me suis donné un mal de chien pour tout nettoyer. Vous direz rien, hein ? Je pourrais avoir des emmerdes avec le boss.

J'écartai les bras, en hurlant :

— Je m'en fous ! C'était pas mon orignal, et c'est pas mon avion.

Je me demandais bien où quelqu'un pouvait avoir tué un orignal en cette saison, mais il n'était pas question que je reproche à ce type d'avoir violé les règlements de chasse ; alors qu'il nous propulsait à toute allure vers l'extrémité d'une plage rocailleuse à près de cent kilomètres heure.

On pilonnait la surface de l'eau. Il était penché sur le manche à balai comme si ses yeux tentaient de semer ses pensées. Concentré. L'avion faisait des bonds, et je constatai que nous frôlions à toute vitesse des rochers à peine immergés. Ses mains agrippaient violemment le manche. Les miennes agrippaient violemment mes cuisses par courtoisie professionnelle.

— Dites donc, je parie que vous connaissez rudement ce mouillage.

Il ne tourna pas la tête. Il tentait d'arracher l'avion du sol. Nous n'avions pas la vitesse de l'air, nous balancions méchamment et rebondissions sur les vaguelettes. À chaque cahot, l'intérieur de l'appareil résonnait comme l'intérieur d'un fût en métal. J'entendis les fixations du filet retenant la cargaison à l'arrière céder ; l'air sembla soudain solidifié par l'odeur de réfrigérateur sale.

Saisissant la boucle de ma ceinture de sécurité, je me retournai. Je vis alors une tête blonde et des épaules couchées sur le plancher de l'avion. Du sang scintillant s'échappait de la plaie dans le cou et formait une flaque d'un rouge vif. C'était Paul, le pilote qui m'avait déposé. Ses yeux étaient ouverts et ne cillaient pas. Sa langue était à demi sectionnée, d'un coup de dents.

Nous étions maintenant à plus de cinquante mètres du rivage, et les flotteurs s'apprêtaient à quitter l'eau. Je regardai sur ma droite. L'eau défilait comme une tache floue couleur vert-de-gris. J'ouvris la portière et sautai.

Je me souviens de m'être propulsé dans le vide, en traversant les courants d'air. J'étais allongé à plat ventre, écartelé maladroitement, agrippant mon sac, les bras tendus comme un nageur au départ d'une course. Mon tibia heurta l'entretoise d'un flotteur, et je tournoyai sur moi-même, en détournant ma tête de la direction suivie par l'avion. Au moment d'entrer en contact avec l'eau, je vis en un éclair la grave erreur que j'avais commise, car de toute évidence, j'avais atterri sur du béton gelé. Je me recroquevillai en boule et roulai sur moi-même. Des formes azurées aveuglantes, semblables à des poissons tropicaux, nageaient devant mes yeux, tandis que mon corps se transformait en viande concassée et détrempée, qui ramollissait tandis que je commençais à ralentir, puis à sombrer.

HUIT

J'ai toujours eu peur de mourir, peut-être davantage que la plupart des gens. Quand j'étais gosse, j'obligeais ma mère à venir me voir en pleine nuit dans mont lit, pour vérifier que je n'étais pas mort. Si elle oubliait, je m'introduisais à pas feutrés dans sa chambre pour le lui rappeler. Et j'envisageais de faire la même chose maintenant que le froid s'emparait de chaque parcelle de mon corps, comme de la poussière de verre me cinglant la peau. Flottant et sombrant. Quelque part, un gémissement dans l'eau. Le coulé et les pauses sonores des vagues qui heurtent ma tête. Je m'accrochai à mon sac et m'allongeai sur le flanc. Il y avait le ciel gris chancelant, l'eau verte, et je n'étais nulle part sur terre. Ma mémoire titubait.

Riverton, Wyoming. Je fus ramassé par une bande d'Indiens Dakota travaillant sur les plates-formes pétrolières. Les hommes avaient de longues nattes qui pendaient dans leur dos, et une des femmes avait un tatouage bleu et rouge représentant un cheval au galop. J'entendis le gémissement se rapprocher, et des braillements lorsque ma tête heurta quelque chose de très dur. Ils m'expliquèrent qu'ils faisaient du trafic d'armes avec la réserve de Pine Ridge, et je les crus. Nous dansâmes dans les bars de bouseux, et quand quelqu'un nous proposait de nous battre, nous ressortions sur le parking et fichions le camp.

Je me réveillai avec les fesses pendant à travers une chaise de jardin défoncée, quelque part au bord d'une rivière au courant faible. J'avais une migraine sévère, mais le scintillement de l'eau ressemblait au scintillement de l'eau grise ce jour lointain où j'avais sauté d'un avion et trouvé la mort.

Une pie était posée sur la branche basse d'un peuplier qui ployait au-dessus de la rivière, elle observait, et la femme au tatouage apparut pour m'apporter un Bloody Mary et des œufs enveloppés dans une tortilla. Ses bijoux produisaient un léger cliquetis, comme l'eau sur des cailloux. Ses lèvres étaient rouges et chaudes. Lorsqu'elle se pencha pour m'embrasser, elle écarta ses cheveux mouillés devant son visage. Puis elle retourna dans la cuisine pour prendre son petit déjeuner avec ses frères et son mari, qui consultaient des cartes du Dakota sur lesquelles les routes secondaires et les postes de police étaient marqués en rouge. J'avais une dent brisée et j'empestais le poisson mort abandonné au fond d'une barque en aluminium. Je vis son mari, le type de Pine Ridge, piloter le bateau, et le ciel était du même gris ardoise que le jour où j'étais mort. Mais j'arrivais trop tard, car j'arrivais toujours trop tard.

— Tu n'es pas mort. Tu rêves simplement.

Le poêle vrombissait comme un moteur à réaction. Un jeune type était assis, torse nu, à côté du lit sur lequel j'étais allongé. Il avait la peau foncée et des cheveux noirs et raides. Dans la pièce flottaient des odeurs de chou bouilli, de graisse à fusil et de thé à l'orange. Les gouttes de sueur roulaient sur sa poitrine. Il portait un bandana autour du front, et il s'épongeait le visage avec un autre.

— Faut être complètement dingue, hein ?

Il me tendit une tasse de thé. Je fis un terrible effort pour me redresser et la tenir dans ma main, respirant les vapeurs d'orange et de cannelle. Je lui souris, me rallongeai et me rendormis.

Alfred Tom me réveilla. Il fallait que je mange quelque chose, me dit-il, et il me fourra un sandwich au fromage dans la main. J'ouvris les yeux et regardai autour de moi. La cabane était exiguë, quatre mètres sur cinq environ. Les murs étaient en contreplaqué et les fenêtres étaient de petits carreaux donnant sur la baie. Il y avait des coquillages sur le secrétaire, et des verres remplis de galets polis. Une plume d'aigle reposait sur le rebord de la fenêtre, une plume de huard au bord du bloc de feuilles. La pièce était éclairée par la lumière paresseuse de la lampe à pétrole, et mes vêtements se trouvaient suspendus à un sèche-linge au-dessus du poêle.

— Tu te sens mieux ?

Je levai les yeux. Il était assis sur une chaise, en train de s'éponger le front. Mes vêtements se balançaient dans la chaleur qui montait par vagues au-dessus du poêle. La plume de huard sur le bloc de feuilles se balançait d'avant en arrière sur le secrétaire. Pour moi, reprendre conscience commence dans le rêve qui précède. Constatant que je ne me trouvais pas au bord d'une rivière lente, je regardai cet homme, et pour la première fois je le reconnus véritablement. Je mordis dans le sandwich.

— Oui, j'ai chaud. Merci, dis-je en essayant de me frotter les yeux, mais ma main retomba sur le côté.

— C'est mon cousin qui t'a découvert. Il a jeté un coup d'œil dans ton sac. Il a vu que tu étais de Sitka, et il m'a appelé. Tu as du pot. Il traînait dans le coin, à la recherche d'appâts. Et il t'a vu en train de flotter dans la flotte. (Il se leva et se pencha vers la porte.) Ça t'ennuie si j'ouvre un peu ? demanda-t-il. Je cuis là-dedans.

Je hochai la tête. Il s'approcha de la porte et l'entrouvrit. J'abaissai la fermeture éclair du sac de couchage.

Il se rassit et s'adressa à moi lentement :

— Tu as raconté des trucs. Tu as vraiment vu un type mort ? Tu es sûr ?

Je réfléchis. Paul était quelque part dans les parages, avec la gorge tranchée et son sang qui se répandait sur une couverture verte. Doggy se tenait à proximité, et il y avait des touristes sur la promenade en bois au-dessus de Creek Street à Ketchikan. Je déteste que les gens me demandent si je suis sûr de quelque chose.

— Oui, j'en suis sûr.

La lampe se balançait au clou fixé sur la poutre, et les ombres de la cabane titubaient comme des ivrognes. Je portai ma main à mon front, en regardant fixement le plafond.

— Mathews a changé d'avis, il est resté sur le rivage. Il a certainement vu quelque chose. Paul est mort. Tu peux appeler la police ?

Alfred Tom se pencha au-dessus de moi pour examiner de près mes yeux, essayant de déterminer si j'étais dans son monde ou pas.

— La police t'a déjà appelé. Le type nommé Doggy. Il a dit que tu devais rentrer directement à Juneau. Il t'interrogera à ton retour.

— Est-ce qu'il va faire quelque chose au sujet de l'avion ?

Alfred Tom écarta les bras en signe d'impuissance.

— J'en sais rien. Je leur ai répété tout ce que tu racontais dans ton sommeil, mais ce n'était pas très précis.

— Doggy a parlé de l'avion ?

— Non. Écoute, Cecil, détends-toi. Ce n'était peut-être qu'un rêve ou je ne sais quoi. Peut-être que tu te fais des idées.

— Non. Mathews était bien là. Le pilote a dit qu'il transportait du fret. Normalement, c'était juste... un saut rapide.

Je me recouchai, et j'eus l'impression que ma tête réintégrait sa place dans un tourbillon. Je pris appui sur un coude.

— Mathews est retourné à sa cabane ?

— Non, mais ça ne veut rien dire. Il a l'habitude de se balader. À en croire mon cousin. Il est allé faire un tour là-bas, et tout était normal. D'après lui, rien n'indiquait que Mathews avait fait ses bagages.

— Doggy ne t'a rien dit ?

Alfred Tom s'approcha du poêle pour fermer le registre de derrière. Il ouvrit un paquet de fromage et en coupa une tranche, puis referma soigneusement le paquet et le remit dans la glacière près de la porte.

— Si. Il a dit qu'ils avaient arrêté le type qui a assassiné Louise.

Je levai les yeux vers les poutres et les ombres dansantes. Je la revis couchée sur le quai, la gorge tranchée, et soudain, je fus moins certain que tout ce trajet en avion n'était pas un rêve.

Alfred revint vers le lit.

— Ils ont obtenu des aveux détaillés. Il a insisté pour que je te le dise. Il a ajouté qu'il devait te parler, pour te mettre au courant.

— Qui est-ce ?

Alfred se tourna vers la fenêtre ; son visage avait une expression amère, comme si le fromage avait viré à l'aigre dans sa bouche.

— Phil Dominic.

— Non, impossible !

Il écarta les bras encore une fois, de l'air de s'excuser, comme si on ne pouvait pas expliquer une chose aussi ridicule.

— C'est ce qu'il m'a dit.

À l'époque où je travaillais au Bureau d'Aide Judiciaire à Juneau, nous faisions quasiment office de conseillers permanents pour la famille Dominic. Les hommes de la famille avaient eu des ennuis presque toute leur vie, à cause de l'alcool et des bagarres. Mais il n'y avait pas de meurtrier chez les Dominic. Phil était rentré du Vietnam, et un soir qu'il était ivre, il était tombé des quais. Il avait failli se noyer, et durant les quelques minutes pendant lesquelles son cerveau fut privé d'oxygène, il devint un visionnaire incapable de s'intéresser aux mécanismes du monde réel. Je voulais bien croire que Phil Dominic était le mythique Kooshtaka, l'homme-loutre des légendes tlingits, lorsqu'il restait immobile dans l'obscurité des rues de Juneau, avec son regard fiévreux et ses cheveux emmêlés. Mais je ne pouvais pas imaginer un instant qu'il ait tué Louise Root.

Alfred continuait à regarder fixement par la fenêtre. Et soudain, il dit :

— Doggy m'a également demandé où était Hannah.

Il revint vers moi et s'assit sur le tabouret près du lit. Il souleva le sac de couchage pour examiner le bandage autour de ma jambe.

— Il semblait très intéressé par cette question, déclara Alfred, comme s'il s'adressait au bandage. Il voulait savoir comment elle s'était procuré le pistolet de Jake, et si tu y étais pour quelque chose.

Je sentis mes souvenirs se démêler, et je mordis de nouveau dans le sandwich. J'ignorais tout de cette histoire de pistolet. Jake en avait acheté un pour se protéger des ours à l'époque où il espérait remplir son congélateur de truites arc-en-ciel et de saumons. Mais je ne savais même pas s'il l'avait encore.

Alfred prit un journal posé sur le bureau, le *Juneau Empire*.

— C'est déjà dans le journal.

Et il le lança sur mes genoux.

La photo montrait Phil Dominic le corps bandé de chaînes, les poignets attachés à la taille par des menottes. Il portait une combinaison de détenu, et un policier le tirait par le bras pour le conduire à l'intérieur de la salle de tribunal. Les yeux de Phil regardaient fixement l'objectif de l'appareil photo, par-dessus l'épaule de son avocat, avec l'intensité d'un loup surpris dans le faisceau d'un phare de voiture. Son avocat était Sy Brown.

Je posai le journal et serrai les poings.

— Tu pourrais contacter Sy Brown par radio pour lui demander de venir m'attendre à l'arrivée de l'avion ? J'ai de quoi payer le voyage. Tu veux m'accompagner ?

Alfred regarda par la fenêtre, en continuant à mâchonner son fromage.

— Non, j'ai des trucs à faire.

Son cousin, qui était resté dans son atelier durant le temps où j'occupais sa cabane, me conduisit en voiture à l'embarcadère d'Angoon le lendemain matin. Alfred reprenait le ferry pour rentrer à Sitka le soir même.

Mon sac à dos avait eu le temps de sécher ; je l'abandonnai sur le quai pour faire un tour dans les environs et demander à plusieurs personnes si elles avaient vu Steven Mathews. Personne ne l'avait vu, et tout le monde semblait s'en foutre.

Le ciel était chargé et le port d'un calme absolu, tandis que j'attendais l'avion. Quelques gamins jouaient avec leurs bicyclettes, et près du quai deux chalutiers fendaient les flots dans la direction de Chatham Strait et de l'ancienne conserverie. Un garrot barbotait près de l'appontement, un petit canard noir et blanc pataud. Il accéléra au moment où le vrombissement de l'avion venant de Juneau résonna dans le port. Un corbeau bondit sur le garde-fou en tenant une miette de pain blanc dans son bec. Il ne bougea pas lorsque les flotteurs de l'hydravion heurtèrent l'embarcadère ; le pilote sauta hors de l'appareil, sur les flotteurs, pour lancer une corde autour du cabrion, afin de ralentir et d'immobiliser l'avion. Je demandai au pilote s'il avait des nouvelles en provenance de

Sitka concernant Paul ; il secoua la tête, en disant simplement :

— J'ai entendu dire qu'il s'était absenté quelque temps.

Je montai à bord, bouclai ma ceinture et fermai les yeux pendant presque toute la durée du vol paisible jusqu'à Juneau.

Sy Brown était un des meilleurs avocats de la défense de tout l'État, encore meilleur maintenant qu'il avait arrêté de boire. Il ne m'aimait pas parce qu'il croyait que je le dénigrais auprès de ma sœur, dont il rêvait de faire son associée. Il aurait voulu également que je m'inscrive à la fac de droit, et il me débitait sans cesse des sermons sur la manière de m'améliorer. Je lui répondais que, pour moi, être avocat c'était comme avoir des devoirs à faire tous les soirs de l'année.

Quand je le vis à l'embarcadère de l'hydravion, il portait un long imperméable du type cache-poussière, un chapeau à larges bords, et de curieux bijoux en argent. D'un geste nerveux, il aplatissait sa moustache sur sa lèvre supérieure, tandis que l'avion coupait les gaz et glissait jusqu'à son emplacement. J'attendis que le pilote eût attaché l'avion à l'appontement pour ouvrir la porte.

— Pas mal votre manteau, Sy. On va attaquer une diligence ou quoi ?

— Ah, très drôle, Younger. Vous, vous avez plutôt l'air d'un véritable clodo. Bon Dieu, vous pourriez au moins commander des fringues dans un catalogue.

— Cool, Sy. Il paraît que avez hérité d'une nouvelle affaire de meurtre.

Il joua avec son bracelet en argent et regarda, par-dessus mon épaule, la surface du chenal.

— Ouais, une nouvelle affaire. Vous parlez d'une merde. Non seulement ce type a fait des aveux, mais c'est tout juste s'il ne passe pas à *Good Morning America* pour raconter le meurtre en détails. Putain, pourquoi n'ai-je pas droit à une affaire défendable pour une fois ?

— Haut les cœurs. Avez-vous parlé à Doggy ?

— Ouais. J'ai parlé à Doggy. Il m'a raconté que vous faisiez du foin au sujet d'un pilote disparu, un dénommé Paul, et d'un avion disparu lui aussi, mais aucun avion n'est porté manquant, et Paul est parti en vacances dans l'Utah. Il a fichu le camp cet après-midi. La compagnie lui a fait cadeau de quelques jours de congé en guise de bonus. Il était crevé, et il envisageait de démissionner. Ils lui ont offert ce voyage dans le Sud pour lui faire plaisir. Doggy m'a raconté que vous aviez vu un macchabée à bord d'un avion. Vous n'auriez pas fait une petite expédition dans le genre tequila et buvard à l'acide, par hasard ?

— Malheureusement non. Je n'ai rien dit à Doggy.

— Je viens de l'avoir au téléphone. Il paraît que vous avez rendez-vous avec lui pour bavarder.

— Je suis sûr que Paul est crevé, en effet. Et une fois qu'il sera dans le Sud, je parie qu'il changera d'avis et décidera d'y rester quelque temps. Un long moment.

— Pourquoi ?

— Parce qu'il est encore un peu fâché qu'un salopard lui ait tranché la gorge.

— Ressaisissez-vous, Younger.

— Vous avez réellement appelé Doggy ?

Il prit une profonde inspiration comme un parent exaspéré.

— Oui, je l'ai appelé. Il n'avait pas envie de me parler. En fait… c'est faux. Il m'a posé un paquet de questions au sujet de vous et de votre ancienne petite amie… Hannah, c'est ça ? Une jolie fille, si je me souviens bien. On peut dire que vous avez sacrément merdé le jour où elle vous a plaqué, mon vieux. Bref, il m'a fait le numéro du qui-quoi-où. Je croyais qu'il écrivait un bouquin, nom de Dieu, mais pour finir, il m'a juste dit que la police de Sitka examinerait sans doute vos plaintes éventuelles. Et il a dit que vous deviez le contacter, que vous pouviez le joindre ou laisser un message au siège de la police montée en ville.

— Laisser un message ? Il a dit que je pouvais laisser un message ? Vous êtes sûr ?

— Hé, il faut vous y habituer. Il ne vous aime plus autant qu'avant.

— Quel genre de message suis-je censé lui laisser ? « Cecil Younger a téléphoné pour dire que quelqu'un égorgeait les gens et que vous essayiez apparemment d'étouffer l'affaire. Soyez gentil de le rappeler. »

— Du calme. Je pense que vous faites peut-être toute une montagne d'un rien… Je sais ce que vous croyez avoir vu, mais c'était peut-être autre chose. Vous avez subi pas mal de stress, et l'esprit nous joue parfois des tours. Si ça se trouve, c'est peut-être lié au manque d'alcool. Ça pourrait être biochimique. Moi, quand j'ai arrêté de boire, il m'est arrivé un tas de conneries bizarres.

— Il vous arrive toujours un tas de conneries bizarres, Sy. C'était pas physiologique. Il y avait bien un type mort à l'arrière de l'avion, avec de sérieux problèmes respiratoires, comme Louise Root.

— Ah, je vois. Et alors? Vous voulez bien enquêter sur mon affaire oui ou non?

— Je suis certainement témoin dans cette enquête, Sy. Si je travaillais pour vous, ça pourrait devenir compliqué.

Il me saisit par le bras pour m'aider à grimper sur la passerelle.

— Tout juste. C'est pourquoi vous allez me faire un prix.

— Pourquoi avez-vous besoin de moi dans cette affaire? Il faut aller chercher vos costards au pressing?

— Putain, comme vous êtes susceptible! C'est arrivé une seule fois.

— Qu'est-ce que vous voulez?

— À peine ont-ils sorti le corps de la fille du bourbier que la nouvelle fait les gros titres. Phil Dominic est parti rendre visite à sa tante là-bas. Je suppose qu'il a pas mal picolé. Il se met à pleurer dans un bar, en racontant à qui veut l'entendre qu'il a balancé une fille dans la flotte. Les flics fouillent son domicile et découvrent des vêtements tachés de sang. Phil Dominic se trimbale avec un couteau de chasse pliant dans un étui accroché à sa ceinture. L'étui est toujours là, mais le couteau a disparu. La tante reconnaît le filet et les morceaux de ferraille qui ont servi à ligoter et lester la fille; ces objets traînaient dans son jardin. Et voilà que Doggy obtient une confession très détaillée de la bouche de Phil. Je n'ai pas encore écouté les enregistrements, mais les flics parlent d'aveux complets. Vous savez comment ça se passe. Je vous parie qu'il était trop bourré pour savoir ce qu'il disait, mais je suis certain que ces bandes sont bourrées d'emmerdes. Je vais les écouter aujourd'hui, mais j'aimerais que vous alliez lui parler. Essayez de me rapporter des bonnes nouvelles; je ne tiens pas à connaître toute cette putain de vérité. Essayez simplement de voir si on peut bâtir une défense concrète qui soit plausible; un alibi quelconque, ou en cherchant du côté des facultés mentales réduites. Essayez de voir si je dois l'envoyer chez le psy.

La pluie crépitait; nous gravîmes la passerelle. Deux types debout sous l'abri près de l'arrêt de bus partageaient une bouteille de vin. Un troisième était accroupi près de la bouche d'incendie, fumant une cigarette. Un dimanche paisible dans la capitale.

Sy m'arrêta en haut de la passerelle, et m'obligea à lui faire face.

— Vous et moi, on connaît Phil Dominic. S'il a tué cette fille, c'est qu'il y a autre chose que les flics ne savent pas. Pour l'instant, c'est la merde. Mais je veux l'aider. Contactez-moi.

Sur ce, il pivota sur ses talons et gravit la colline pour regagner son bureau; son cache-poussière flottait dans son dos.

L'enchevêtrement des montagnes poussait Juneau dans l'eau à reculons. La plupart des commerces étaient fermés, et en tendant l'oreille on entendait les ruisseaux qui dévalaient à flanc de colline. J'apercevais la neige dans la cuvette, presque à la verticale de l'endroit où nous nous trouvions. Les aulnes jaunissaient au sommet des couloirs d'avalanche. Les derniers mûriers sauvages pourrissaient sur les branches, et plusieurs types installés à l'arrêt de bus portaient deux sweat-shirts et un pull parce qu'ils n'avaient pas de manteaux. À la nuit tombée, les baribals sortiraient en douce des ronces pour fouiller sans bruit dans les poubelles derrière le bâtiment du parlement où quelques fonctionnaires jetaient les restes de leurs fettucini au saumon.

Sy m'avait donné un peu d'argent pour le taxi. J'avais encore du liquide dans mon sac, mais je dépensai une petite partie du fric de Sy pour me payer un café au coffee-shop bohémien. Des adolescentes avec des coupes de cheveux asymétriques et des tenues de guérilla urbaine fumaient des cigarettes en parlant «ciné». Leurs petits copains balançaient leurs cheveux par-dessus leurs épaules, d'un petit geste, en acquiesçant quasiment à tout ce qui se disait. Je lus les affiches, et je fis signe à un taxi.

La prison est de plus en plus jolie à mesure qu'augmente le nombre de prisonniers sous surveillance minimum. Il y avait encore quelques œillets de poète dans les parterres de fleurs en béton derrière la première clôture de sécurité. Les autres plantes avaient été abattues par la pluie, mais curieusement, les œillets de poète étaient toujours debout. En franchissant la première porte, je vis un vieux type, un Blanc, en bleu de travail de la prison, agenouillé pour rassembler de la terre autour de la tige d'une plante. Il la tapotait délicatement pour la tasser. À cinq ou six mètres de là, un gardien avec une veste bleue brillante tenait un fusil automatique muni d'une lunette. Appuyé contre un des piliers de la porte principale, il discutait avec une femme qui tenait un classeur brun. Je m'excusai et me faufilai derrière eux pour entrer. Un gardien se déplaça légèrement pour me laisser passer. Sa ceinture où pendait tout son attirail grinça comme une vieille selle.

J'eus quelques difficultés pour obtenir le droit de voir le client de Brown. Ça faisait un moment que je n'avais pas mis les pieds en prison, que ce soit comme pensionnaire ou comme visiteur, et la plupart des gars en service ne me reconnaissaient pas. Ils évoquèrent des procédures qui devaient être respectées, mais personne ne savait exactement quelles étaient les procédures me concernant, et personne n'avait hâte de se renseigner. Autrefois, je prenais ça pour de la négligence ou une mauvaise organisation, mais maintenant je suis certain que c'est délibéré. Ils changent les règles assez souvent pour rendre toute discussion inutile. Une fois qu'ils ont opté pour un système, ils sont obligés de le défendre.

Enfin, on me conduisit au parloir, et le gardien referma la porte avec un lourd déclic. S'agissant d'une affaire juridique, je pouvais m'asseoir dans la même pièce que le prisonnier. On ne m'emmerderait pas en entrant ou en sortant. Mais les prisonniers, eux, sont soumis à la fouille corporelle après chaque visite de ce type.

Je m'assis sur la chaise en métal et attendis. On procédait à l'appel des détenus. Les gardiens passaient devant le parloir, je les apercevais à travers la vitre blindée. Des portes en fer glissaient sur des rails, se refermant l'une après l'autre, et le bourdonnement rythmé des voix résonnait dans les haut-parleurs. « Cent quarante-quatre présent. Cent quarante-cinq… présent. »

Chaque fois que je me retrouve enfermé, il faut que

je pisse. J'envisageai de décrocher le téléphone pour demander la permission d'utiliser les waters, mais je savais que ça ne faisait pas partie de la procédure de l'appel. Alors je restai assis. Ma plaie à la jambe m'élançait, et distraitement, je me mis à arracher la croûte, en faisant le vide dans mon esprit. Attendant… attendant que les portes s'ouvrent. C'était cela la méditation de la prison.

Les portes cessèrent de se fermer bruyamment et les haut-parleurs cessèrent de grésiller. L'appel était terminé. Le silence régnait dans le hall, et étant donné que mon client était détenu dans le quartier de haute sécurité, je savais qu'ils avaient fait évacuer le couloir principal afin de le conduire jusqu'au parloir. Il arriva quelques instants plus tard.

Phil apparut derrière la vitre, flanqué de trois gardiens. Il portait la combinaison rouge des détenus placés en isolement. Il avait des fers aux pieds, une chaîne autour de la taille et des menottes aux poignets. Un des gardes dit quelques mots dans sa radio, et la porte produisit un déclic. Il la poussa. Le premier garde entra et m'ordonna de me lever. Il examina la minuscule salle de parloir, dans les moindres détails, pour vérifier que tout était bien rivé au sol. Ceci étant fait, il adressa un signe de tête aux autres qui firent entrer le prisonnier, détachèrent les menottes fixées à sa taille et l'enchaînèrent à une barre fixée dans le mur face à mon siège devant la table. Phil avait le regard vague. Ses cheveux étaient mouillés, et il dégageait une légère odeur de savon. Mon client m'adressa un sourire et hocha la tête.

— Je sortais de la douche quand ils m'ont dit que vous étiez là.

Je me souvenais de Phil, mais je ne savais pas tout de lui. Il semblait avoir dans les trente-cinq ans. C'était un Blanc qui avait grandi au sein d'une famille élargie dans laquelle on trouvait des Philippins, des Indiens et des Noirs. Il avait de longs cheveux noirs. Je savais qu'il profitait de ses séjours en prison pour les laver et il aimait plaisanter en disant que c'était la seule fois où il avait réellement besoin de se nettoyer. Il avait une guitare tatouée sur la main droite, et un poignard sur la gauche. Sa tête dodelinait légèrement pendant qu'il me regardait, comme si quelque rythme traversait tout son corps.

— Salut, Cecil.

J'ai un protocole quand j'interroge des clients accusés de meurtre. Je leur dis que je ne veux pas savoir ce qui s'est passé. Ils devraient écouter les interrogatoires de la police. Ils devraient lire les rapports avant de raconter à quiconque – à quiconque – ce qui s'est passé. Je veux juste savoir si je dois rechercher telle ou telle chose.

Y avait-il un témoin qui pourrait affirmer que Phil se trouvait ailleurs au moment du meurtre ? Avait-il connaissance d'une preuve matérielle que la police ignorait, et qui pourrait montrer, d'une manière ou d'une autre, que ce n'était pas lui le meurtrier ? N'importe quoi, sauf ce qui s'était passé.

— Alors, Phil, qu'est-ce que ça signifie ?

Il me dévisagea et me sourit tristement. Puis il leva les yeux vers le plafond, sans rien dire.

Je reposai ma question :

— Que se passe-t-il, Phil ? Ils disent que vous avez avoué le meurtre de Louise Root. Pourquoi avoir fait ça, nom de Dieu ?

Il me regarda et fit non de la tête.

J'essayai encore une fois :

— Y a-t-il des témoins qui peuvent certifier vous avoir vu commettre ce meurtre ?

Il étira les bras devant lui, aussi loin que le lui permettaient les menottes, et il secoua la tête.

— Je ne sais pas. Les poissons remontaient le courant. Une mouette peut-être, murmura-t-il.

J'attendis. Au-dehors, le hall grouillait à nouveau du bruit des détenus qui montaient à l'atelier ou descendaient aux dortoirs. Des voix et des rires résonnaient le long des couloirs froids.

J'essayai d'afficher un sourire détendu, comme si nous parlions du temps qu'il fait ou si nous parions sur un match de foot.

— Êtes-vous conscient de la situation ? Vous savez que vous êtes dans de sales draps ?

Il acquiesça, et son regard se fixa sur le mur couleur crème derrière moi

— Je suis certain qu'il y a pas d'autre preuve matérielle. Je veux dire… y avait peut-être quelqu'un là-bas, j'en sais rien. J'étais assis dans le bar, et dehors, il faisait soleil… Je sais pas. J'aime pas être dans le bar quand il y a du soleil dehors.

— Vous êtes allé à Ketchikan ?

Il hocha la tête.

— J'étais venu voir ma tante. J'entassais du bois pour elle dans sa maison de Ward Cove. Elle m'a déposé près du centre, je devais retrouver mon cousin après le boulot. J'ai aperçu un type. Il se baladait avec la fille. Ils sortaient de l'hôtel. Il faisait belle impression. Il avait l'air d'avoir un bon job. Un truc de yuppie ou je sais pas quoi. Et il était avec cette jolie fille.

En fait, il avait l'air d'un vrai connard. C'est tout ce que je peux vous dire. C'était un Blanc, et il avait l'air d'un connard. Vous voyez le genre ? Sa façon d'être. Il est monté dans un taxi, et on aurait dit que la fille se disputait avec lui. Le type s'est retourné, je l'ai vu dire quelque chose et la jolie fille, elle n'a plus rien dit ensuite. Je voyais toute la scène du bar, et je commençais à avoir les nerfs. J'ai commencé par avoir les nerfs, et ensuite, je me suis foutu en rogne. Je sais pas pourquoi, ce type me rendait fou de rage. Lui et sa copine. Comment est-ce qu'il pouvait bavarder et se barrer avec cette belle nana, et ensuite la foutre en colère ? Pourquoi est-ce que moi j'étais dans ce putain de bar, les poches vides, avec cet enfoiré de barman qui allait me pomper tout mon fric pour ce putain verre, et refuser ensuite de me faire crédit. Le salopard. J'arrêtais pas de penser à ce type. Avec son pull bien propre et son taxi. Ça pourrait être moi, que je me suis dit. Mais ça m'a rendu encore plus dingue, nom de Dieu, parce que je sais bien que c'est pas possible. Ils s'en apercevraient. Il leur faudrait pas longtemps. J'ai déjà eu des boulots, il fallait jamais longtemps. Ils s'en apercoivent toujours. Je suis pas comme ce type. À chaque fois que j'ai essayé, ils ont découvert que j'étais pas comme eux. C'est pas parce que je picole. Merde, y a un tas de yuppies qui picolent. C'est simplement que… je suis différent. Bon Dieu, les animaux le savent bien : les chiens, les vaches…, les femelles s'en aperçoivent plus vite que les mâles. Les femelles le sentent. Hé, qu'est-ce que je pourrais lui dire à ce type ? À sa bonne femme ? Dès que j'ouvrirais la bouche, ils sauraient… ils comprendraient. C'est ça qui me rend dingue.

...Le barman a fait exactement ce que je pensais ; il m'a foutu dehors, il a pas voulu me faire crédit, l'enfoiré. Je me suis dit qu'il me fallait du fric. Je suis sorti du bar et j'ai vu le type s'arrêter pour regarder le pneu à plat du taxi. Putain, c'était juste une question de temps et ils sauraient. Ils m'adresseraient même pas la parole. Ils me regarderaient de haut, comme cet enfoiré de gamin qui travaille pour le patron du bar.

Je l'arrêtai d'un geste de la main.

— Écoutez, vous n'êtes pas obligé de m'en dire plus. Vous devrez vivre avec tout ce que vous me racontez.

Il me regarda de nouveau comme si je venais de surgir d'un nuage, et il prit un air narquois.

— Ah oui ? Je croyais que vous vouliez connaître la vérité ?

— Nous aurons bien assez de temps pour parler de la vérité. Dites-moi simplement deux ou trois choses. À quoi ressemblait-elle... la fille ?

Il m'observa en plissant les yeux, avec un mélange d'étonnement et de pitié, comme si je divaguais.

— Elle ressemblait à sa photo.

— Sa photo ? Vous l'aviez vue sur une photo ?

— Évidemment. La police me l'a montrée.

— Quand vous ont-ils montré cette photo ?

— La première fois où ils ont débarqué.

— Qu'avez-vous fait à cette fille ?

— Je me suis approché et j'ai proposé de changer la roue du taxi. Peut-être que je pourrais me faire un peu de fric, mais le chauffeur de taxi m'a gueulé dessus, le type et la fille ont foutu le camp. Je les ai suivis. J'étais furieux après le type. Je saurais pas dire pourquoi, mais il a proposé de me payer à boire La fille pleurait, le type est entré dans l'épicerie pour acheter une flasque. Et il me l'a filée. Après, je me souviens plus très bien. Uniquement C'est un truc dingue, Cecil.

Phil se mit à sangloter; les chaînes tintaient au rythme de sa poitrine qui se soulevait.

— Vous êtes sûr de l'avoir tuée ?

— Bon Dieu, Cecil, j'étais ivre ! Ils disent qu'ils ont des preuves. Ils disent qu'ils ont retrouvé mes chaussures, du sang sur mes vêtements. Je me souviens d'avoir sorti mon couteau. Et il a disparu.

— Où ont-ils trouvé vos chaussures et tout le reste ?

— Ils les ont pris quand ils m'ont arrêté à Ketchikan. Ils les ont trouvés dans la maison de ma tante.

... Je sais pas comment, mais on s'est retrouvés près de la rivière sous les quais. Les saumons remontaient le courant, il y avait plein de poissons morts sur les rochers. Les poissons étaient argentés, les rochers étaient noirs. Tout était luisant. Je me souviens du sang partout, et des oiseaux qui gueulaient. Ils hurlaient, la vache ! Barre-toi ! Barre-toi ! Barre-toi ! Je les entendais qui me parlaient. Les poissons étaient en train de mourir. Le sang dans l'eau, sur les rochers. Je crois que je suis tombé sur les rochers. Ma tête me faisait mal. Et la fille, elle ne bougeait plus. Tout le reste bougeait encore, tout, le type... les oiseaux, les poissons, l'eau, tout bougeait sauf la fille. Ça m'a fichu une sacrée frousse. Je l'ai remontée pour la planquer sous les quais. Je suis rentré chez moi pour chercher des trucs. J'ai pris son portefeuille. Je sais pas pourquoi. Je l'ai perdu quelque part. J'ai jeté mon couteau dans la flotte, près de l'usine. Et je suis revenu. Je l'ai balancée dans la rivière, à l'endroit le plus profond.

— Et le type, où il était ?

— J'en sais rien, Cecil, sincèrement, j'en sais rien. Je me souviens juste qu'il me rendait dingue. Mais… je pourrais même pas dire s'il était sous les quais. Je me souviens plus trop de ce qui s'est passé à cet endroit. Du sang et un sifflement. Du sang et la fille qui pleure. Et… mon couteau.

Il se tordait les poignets, entravés par les menottes, en tirant légèrement sur ses chaînes. Sa tête retomba sur sa poitrine, et les mèches de cheveux noirs comme du jais balayèrent en douceur son visage.

— Vous avez de l'argent sur votre compte en banque, Phil ?

Il redressa à demi la tête, sans toutefois me regarder en face.

— Non. Enfin, pas grand-chose. Pas assez pour payer un avocat. Juste de quoi payer un mois de loyer, ce genre de truc. J'avais le fric de la marée noire, mais il reste plus rien.

— Écoutez, je vais mettre de l'argent sur votre compte. Je vais discuter avec Sy, et je pense qu'on pourra peut-être vous faire libérer sous caution ou un truc dans ce genre. Mais ne dites rien à personne, d'accord ?

Il leva les yeux vers moi et secoua la tête.

— Qu'est-ce qui va se passer à votre avis, Cecil ? (Il me regardait désormais et ses yeux étaient mouillés, les larmes coulaient sur ses joues.) Vous savez que j'ai souvent déconné, mais jamais j'ai fait un truc pareil. Qu'est-ce qui va m'arriver, hein ?

— Je vais essayer de le savoir.

Je décrochai le téléphone situé de mon côté de la table pour appeler le gardien du poste de contrôle. J'étais prêt à m'en aller.

Les serrures électriques s'ouvrirent violemment, avec un déclic brutal qui nous fit sursauter l'un et l'autre. Sans brusquerie, les gardiens détachèrent Phil du mur et le firent se relever. Dans un cliquetis de chaînes, il se retourna vers moi.

— Quand est-ce que vous reviendrez, Cecil ?

— Je ne sais pas, Phil. Je regrette, je ne sais pas.

J'esquissai un geste nonchalant, songeant déjà à quel point j'avais hâte de franchir cette porte en fer. J'entendis tinter les chaînes, tandis qu'il disparaissait dans le couloir.

Ma porte s'ouvrit enfin ; je franchis les contrôles et rendis mon badge de visiteur. Je parvins à passer les deux portes et à traverser le corridor de clôture galvanisée et de fil de fer barbelé. J'attendis le car qui me ramènerait en ville. Le vent était froid, mais le soleil avait fait son apparition. Je savais que mon client était en train de subir la fouille corporelle. Ils le faisaient s'accroupir et tousser pour vérifier que je ne lui avais pas glissé en douce des médicaments ou des armes. Mais il ne m'avait rien réclamé et je ne lui avais rien donné. J'avais du mal à croire qu'il ait tué Louise Root, mais ma conviction ne lui servait à rien. J'avais envie d'aller discuter avec George Doggy.

Je tapai du pied pour me réchauffer. Un héron passa au-dessus de moi, volant en direction des marécages, la tête et le cou rentrés, ses grandes ailes fendant l'air avec des battements sonores.

Des environs me parvenait une musique rap qui pulsait derrière une fenêtre fermée. Le vent était en train de tourner, et je captais l'odeur diffuse de la plaine boueuse. Si Phil avait voulu me mentir, il aurait trouvé quelque chose de mieux. Il m'aurait inventé une histoire d'autodéfense, ou bien il aurait rejeté directement la faute sur l'homme mystérieux. Non, son histoire était si mauvaise qu'elle avait indéniablement le parfum de la vérité. Si Phil Dominic était innocent, j'allais devoir envisager l'éventualité d'un complot, et c'était comme si j'allais au devant d'un problème de dissociation paranoïaque. D'après mon expérience, investir dans les théories du complot était ridicule. La plupart des gens qui les adoptent cherchent à vous vendre quelque chose. Généralement, c'est politique. Et la plupart du temps, les faits qui soutiennent les théories s'étendent jusqu'à englober tout l'univers connu, et le complot devient aussi évident que le rayonnement de fond. Ce sont les flics. C'est la Commission Trilatérale. Ce sont les hippies, les républicains. C'est tout le monde, sauf moi.

J'étais toujours furieux de penser que Phil avait dû s'accroupir et tousser devant ces types, alors que je ne lui avais même pas apporté une aspirine pour sa migraine. Même pour un type possédant une grande tolérance pour l'ambiguïté, comme moi, je commençais à en avoir marre de me débattre seul dans cette histoire.

Un gamin du Département des Peines s'arrêta au volant de sa voiture devant l'arrêt de bus et baissa sa vitre. Il me tendit un papier. Je suivais partout cette étrange musique des faits, en rêvant d'un indice, ou peut-être d'un petit renseignement que je pourrais retenir un instant. Je dépliai la feuille, le message disait : *Appelez votre mère.*

NEUF

Ma mère fut la première personne à me dire que la terre était ronde. On devait cette découverte, m'avait-elle expliqué, aux femmes de marins qui attendaient que leurs maris reviennent de mer. Elles se tenaient sur les balcons de leurs maisons, elles attendaient en guettant l'horizon. Lorsque les bateaux commençaient d'apparaître, les drapeaux ressemblaient à de minuscules perturbations au-dessus de la ligne d'horizon scintillante. Puis les mâts devenaient visibles. Et ensuite les coques. Les femmes passaient toute l'après-midi à regarder au loin, alors que les bateaux se rapprochaient de plus en plus, gravissant la bosse de la terre, jusqu'à ce qu'elles parviennent à distinguer les maillots rayés des marins accrochés aux gréements. Elles plissaient les yeux pour voir si leurs maris se trouvaient sur le pont. Elles guettaient et répétaient à voix basse leurs prénoms, tandis que chaque visage se dessinait, tandis qu'on mettait à l'eau les chaloupes, que les amarres jaillissaient de la proue, que l'on jetait l'ancre et que la chaîne cliquetait. Les femmes descendaient alors de leurs perchoirs pour se rendre au port et apprendre si elles étaient veuves.

Ma mère adorait les histoires, mais elles avaient toutes ce même goût. Les ingrédients étaient l'amour, le désir et la mort. Elle fumait des cigarettes et restait assise sur la banquette sous la fenêtre de chez nous qui dominait la baie au bout de la route à Juneau. Moi aussi je regardais dehors. Sa voix m'enveloppait comme un édredon, alors que la fumée s'élevait vers la fenêtre ouverte. L'horizon était trop étroit pour voir les bateaux apparaître, mais des embarcations légères filaient sur l'eau, tanguant sur les petites vagues.

Évidemment, une fois devenu adolescent, j'avais balancé toutes ses histoires que je considérais comme des sottises romantiques. Je m'avouai qu'elle buvait devant la fenêtre et, n'étant pas un imbécile, je compris qu'elle dévoilait en réalité une projection de son propre désespoir. Elle m'avait inculqué des erreurs, qu'elle baptisait vérité. Je me jurai alors de me consacrer à une forme plus noble d'information. La terre était ronde, un point c'est tout. L'attente de la veuve n'était que le portrait de sa propre faiblesse. Durant toute mon adolescence je trimbalai ce dangereux secret tel un canif glissé dans ma botte.

Je levai les yeux vers les murs de la maison et la contournai pour aller dans le jardin de derrière. Les fougères étaient touffues dans les massifs de fleurs et dans les plates-bandes les plus éloignées, l'herbe était assez haute pour cacher un jeune enfant. Je trébuchai sur un vieux fer à cheval provenant d'un jeu auquel nous n'avions pas joué depuis des années. Je le ramassai ; la forme avait laissé une empreinte jaune et humide parmi les herbes mortes. Je le lançai dans la direction où, pensais-je, se trouvait le puits autrefois et j'entendis, faiblement, le tintement du métal contre le métal. Je refis le tour de la maison. J'entrai et montai directement dans la grande chambre dans laquelle la radio diffusait une version terne d'un thème de Duke Ellington.

Vêtue de sa robe d'intérieur, elle était assise près du lit, les mains croisées sur les genoux, contemplant l'édredon comme si elle lisait la texture de sa surface. Une cigarette brûlait dans le cendrier, un livre était ouvert sur la table de chevet, un verre d'eau était posé sous la lampe à côté d'un flacon de pilules.

Elle leva la tête et déclara :

— Tu vas coopérer avec George, Cecil. C'était un très bon ami de ton père, tu le sais.

— Je sais. Mais… George n'est pas très sociable avec moi, maman. Je ne vois rien de juste là-dedans.

Elle me regarda, au-delà de la fumée aspirée par la fenêtre.

— Moi non plus je ne sais pas ce qui est juste ou pas, Cecil, mais je devine que George peut s'en approcher plus que toi.

Je ne relevai pas, et me dirigeai vers la penderie de mon père. Je palpai la veste en laine épaisse qui y était toujours suspendue. Depuis quand était-il mort ? C'était la première fois que je revenais à la maison depuis l'enterrement. Le Juge était mort à Las Vegas, mais on avait parlé de l'enterrement, qui avait eu lieu ici, dans les journaux d'Anchorage et de Fairbanks, et même de Seattle. Il y avait eu un large effectif de gens en deuil, de flagorneurs et de parents éloignés. Nous avions été submergés de petits plats cuisinés que ma mère avait congelés, sans jamais, suspectai-je, les décongeler. Au cours des mois suivants, elle avait fait une croisière aux Caraïbes avec sa sœur et mis sur pied les œuvres de bienfaisance créées grâce aux fidéicommis légués par le Juge. Mais elle était à court de distractions et avait finalement réintégré sa banquette sous la fenêtre où elle regardait des albums de photos et examinait les offres rédigées par les agences immobilières qui s'intéressaient à la maison.

Pour elle, il était mort depuis quelques jours seulement.

— Que dois-je faire avec ses vêtements, Cecil ? demanda-t-elle.

— Mets-les dans des cartons. Donne-les à l'oncle Jack, ou aux bonnes sœurs du bout de la rue. Ou alors, si tu veux…

— Ce que je *veux*, répondit-elle d'un ton mordant. Ce que je veux… je ne veux pas m'occuper de ces vêtements. (Elle leva vers moi un regard furieux.) Ils sont tous là. Ils sont suspendus là-dedans comme s'ils voulaient sortir, mais je ne veux pas qu'ils sortent. Je ne veux pas les toucher.

— Je m'en occuperai.

— Non, pas question ! N'y touche pas !

Elle serra ses poings minuscules. Elle ferma les yeux.

— Laisse-les. Ils sont bien où ils sont.

Je repensai à la musique de big band qu'ils passaient pour nos anniversaires. Le trombone fou de Jack Teagarden et les belles enjolivures de Benny Goodman. Ma mère se levait de table, quittait la pièce en se déhanchant et esquissait un petit pas de danse en direction du placard où étaient rangées les bougies. Mon père, assis sur la véranda, attendait. Elle demandait à ma sœur d'éteindre les bougies et elle apportait le gâteau sur la table, où je posais les yeux comme pour la première fois. Son visage rayonnant flottait au-dessus du glaçage, de la musique, de l'odeur de cire tombant sur le chocolat, et cette brève odeur âcre après qu'on eut soufflé les bougies. Et juste avant que les lumières ne se rallument, elle chuchotait « Ne dis pas ton vœu. Ne dis pas ton vœu. » Année après année.

Aujourd'hui, elle restait assise près du lit ; la maison l'enveloppait comme un nuage d'orage, la pluie crépitait sur les carreaux, et le vent soufflait dans les épinettes. Elle n'était pas prête à affronter l'hiver. Elle ne serait jamais prête.

Mon père était mort depuis bientôt deux ans, et même si je n'en étais pas certain, j'aurais parié que son attaché-case et sa boîte à outils se trouvaient toujours au même endroit gênant derrière la porte du cellier, avec son pardessus accroché à la patère au-dessus du poêle. En m'engageant dans la grande allée qui était autrefois, durant la Prohibition, l'entrée du relais de chasse devenu plus tard notre maison de famille, je ne pensais pas réellement à mon père, ni au fait qu'il n'avait pas parcouru cette allée depuis des mois, mais en voyant apparaître la maison, j'eus la sensation que tout avait été flétri, légèrement, par le chagrin. La pelouse envahissaient les allées et plusieurs bardeaux du toit pendaient de manière insolite près des pignons dominant la baie.

— Crois-tu que nous méritons tout ce que nous désirons ? me demanda ma mère et ses yeux pétillaient.

— Tu me poses vraiment la question ? Ou est-ce

que tu deviens une vieille femme effrayante, un personnage à la Bette Davis ?

Elle me sourit.

— Je savais que je pouvais compter sur toi. Tu veux manger quelque chose ?

Nous descendîmes l'escalier étroit jusqu'au rez-de-chaussée et empruntâmes le couloir du fond conduisant à la grande et vieille cuisine. Les placards étaient peints en rouge, le billot au centre de la pièce était tout usé et creusé après avoir servi pendant des années à découper le flétan et le cerf que les invités du pavillon de chasse apportaient et confiaient aux cuisiniers chinois pour qu'ils les nettoient. Ma mère fit le tour de la cuisine en prenant des poêles sur les étagères du bas et s'affairant bruyamment autour de l'ancienne cuisinière à gaz. Bientôt, les grésillements de l'huile d'olive s'élevèrent au fond d'une poêle et moi, debout devant le billot, je hachais des oignons.

George Doggy débarqua comme si tout avait été arrangé à l'avance. Il s'assit dans un coin avec un verre à la main, en m'observant, détendu et désintéressé, mais m'observant malgré tout.

— Vous avez arrêté de boire, hein ? dit-il par-dessus le bord de son grand verre. Quand elle est partie...

— Putain, j'essaye, dis-je.

— Vous devriez y aller mollo avec les jurons si vous tenez vraiment à récupérer Hannah, vous ne croyez pas ?

— Oh, et merde. Un vice à la fois, O.K. ?

Ma mère essuya le billot de boucher, et déclara d'un ton désinvolte, agaçant :

— Ça ne te ferait pas de mal assurément.

— Qu'est-ce qui ne me ferait pas de mal assurément ?

— Je ne sais pas… de te contrôler. Tu es un brave garçon quand tu ne te conduis pas comme un petit salopard.

— Beau langage. Ta bouche te sert aussi à manger ? Tu ne devrais pas parler comme ça. Tu es censée dire des choses douces et du genre « Je suis sûre que tout va s'arranger », des conneries comme ça.

Elle ricana.

— C'est toi qui es amoureux d'une bonne chrétienne. Pas moi. Balance les oignons là-dedans.

Elle tapota dans la poêle à frire avec une cuiller en bois.

Les oignons plongèrent dans l'huile et se ramollirent, tandis que la vapeur sucrée s'élevait et enveloppait nos têtes, se mélangeant à l'odeur de cire des placards. Je restai au-dessus de la poêle, en agitant les mains. Les souvenirs d'enfance me picotaient les yeux. Ma mère, qui m'avait déjà vu partir dans ces états rêveurs, me ramena sur terre. Elle posa sa main entre mes épaules et me massa de haut en bas, pétrissant les muscles le long de la colonne vertébrale.

— Tout va bien.

— Fais chier ! (Mes yeux étaient remplis de larmes, mais je restai à proximité des oignons pour avoir un alibi.) J'ai tout le temps envie de boire. Quand je suis à jeun, j'ai l'impression de devenir dingue, mais quand je suis juste au bord de l'ivresse, je me sens bien dans ma tête.

Doggy s'était approché de moi lui aussi.

— Mais vous ne pouvez pas rester au bord en permanence, c'est ça ?

Ma mère entreprit de découper des morceaux de viande, concentrée les mouvements rapides du couteau.

Doggy piocha dans la poêle un morceau d'oignon qu'il laissa tomber dans sa bouche.

— Le Juge, lui, savait rester à la limite, si je vous ai bien compris. Il buvait juste assez, et très rarement au point de se causer… et à nous aussi… des ennuis. Comment vous expliquer, Cecil, c'était pour lui un point d'honneur, et d'une certaine façon on attendait ça de lui. Ça faisait partie de lui.

— Oui, je crois que je ne suis pas un aussi bon ivrogne en fait, dis-je au milieu de la vapeur.

Ma mère me donna un petit coup de hanche.

— Le Juge avait peut-être beaucoup de défauts, mais ce n'était pas ivrogne *triste.*

Doggy prit la jatte que lui tendait ma mère et versa la viande dans la poêle. Elle se rendit dans la glacière pour prendre une bouteille de lait que son amie du bout de la rue lui avait donnée. Elle ouvrit le tiroir à farine et s'empara de la pelle. Elle se tourna vers moi, puis vers Doggy.

— Je ne supporte pas les ivrognes tristes, Cecil. Je préfère encore les ivrognes arrogants, stupides ou même méchants. Parce qu'un ivrogne triste sera tout ça tour à tour.

Debout devant le billot, j'observai d'un œil morne l'oignon et la viande qui gargouillaient dans la poêle géante. Le regard fixe, je tentai encore une fois de dériver vers l'état de rêve de mon enfance. Une fois encore, ma mère me ramena brutalement sur terre.

— Oh, ne boude pas, pour l'amour du ciel ! Tu sais, rien ne t'oblige à être un ivrogne triste. Tu pourrais être simplement une personne triste. Si tu étais un peu plus heureux, peut-être que tu pourrais boire.

Doggy posa sa main sur mon épaule et déclara :

— Libérez votre esprit, Cecil. Ôtez un poids de vos épaules. Vous pourriez être heureux et ensuite... peut-être que vous pourriez boire un verre.

Doggy me tapota l'épaule avec sa grosse main, comme si j'étais un gamin qui jouait au baseball et venait de se faire envoyer sur la touche.

— Détendez-vous. C'est bientôt terminé.

— Qu'est-ce que vous racontez ?

Ma mère se mordit la lèvre inférieure.

— George est dans le pétrin. Tu devrais te réjouir de pouvoir l'aider.

— Me réjouir ! Je viens de sauter d'un avion en marche, et j'étais bien moins à plaindre que le passager planqué dans la soute à bagages avec la gorge tranchée. Bordel de merde, maman, on ne peut pas parler d'un simple pétrin !

Elle hocha la tête d'un air indifférent, et je sentais bien qu'elle se retenait pour ne pas murmurer « Oui, mon chéri », mais elle chuchota, entre ses dents :

— Ton langage... ton langage...

Doggy se redressa et essuya la buée qui recouvrait l'intérieur de la fenêtre de la cuisine. Il contempla le jardin laissé à l'abandon.

— L'avion et le pilote qui vous ont conduit jusqu'à la cabane de Steven Mathews ont disparu. Le bureau de la navigation aérienne m'a averti qu'un truc clochait. La compagnie – une filiale de la « Global », soit dit en passant – affirme que l'avion a été mis hors service justement cet après-midi. Il a quitté Sitka en faisant route vers le sud, et maintenant il est censé se trouver dans un hangar à Craig. Des hommes à moi tentent actuellement d'y pénétrer pour vérifier. Mais ils sont coincés. Il leur faut un mandat, et le juge est retenu par des audiences.

— Doggy. Vous parlez. Mais vous ne dites jamais rien.

— Allons, du calme.

— Ne me dites pas de me calmer ! Vous vous foutez de ma gueule depuis le début. Vous connaissez toute l'histoire et vous continuez votre petit jeu. Moi, je ne joue plus.

Doggy m'observa avec attention. Il portait un costume gris pimpant et ses habituelles pompes de flic.

— Je ne sais pas ce qui se passe, Cecil. Le bureau du gouverneur a commencé par réclamer la relaxe, mais ils ont fait trop de concessions.

... Il y a quelques mois, la mine d'Otter Creek a dû fermer. Les cuves renfermant la solution de cyanure destiné au traitement de l'or fuyaient. La « Global » avait déjà tellement d'emmerdements avec les autorisations et le Département de protection de l'environnement qu'ils voulaient écraser le coup. Ils ne pouvaient pas tout simplement vider les réservoirs dans la baie, à cause du scandale provoqué par les déchets se déversant dans l'eau claire. Alors, la société a racheté quelques-uns des pétroliers vides de la Valdez pour pomper le produit et le transporter jusqu'au centre de traitement de Long Beach en Californie.

— Attendez une minute, Doggy. Des pétroliers qui transportent des déchets toxiques ? C'est autorisé ça ?

— Louise Root était au courant de tout, elle en parlé à Mathews. Tous les deux faisaient pression sur la compagnie pour obtenir du fric destiné à subventionner la fondation de Mathews, et maintenant la «Global» a peur de perdre le contrôle de la situation. Ils veulent récupérer tous les documents. Les trucs que possède Hannah. Les documents qui étaient dans le sac à dos de Louise Root. Des renseignements de première main. Ça serait du plus bel effet dans le journal, et ça causerait énormément de tort à la compagnie. Ils veulent que toutes les informations transmises à Mathews par l'intermédiaire de Root soient récupérées et détruites.

Doggy avait les yeux fatigués.

— Cecil, ces types ont de gros problèmes. Hannah en fait partie, et vous aussi, si vous savez où sont les documents. Ou ce qu'ils contiennent. Tout ce qu'ils veulent, c'est régler leurs problèmes, et poursuivre leurs petites affaires.

— Qu'est-ce que ça peut te faire? Vous avez Phil Dominic sous les barreaux. Vous pouvez toujours essayer d'obtenir sa condamnation.

Doggy agita les glaçons dans son verre.

— Écoutez, Cecil, je suis certain d'obtenir la condamnation de Phil. Mais je peux vous dire qu'il y a autre chose. Et c'est tout ce que je peux vous dire pour l'instant.

— Qu'est-ce que vous attendez de moi?

— Ne retournez pas chez vous dans l'immédiat. Aidez-moi à retrouver Hannah. Elle aussi a besoin de protection. À la prison de Sitka, elle serait tranquille, en attendant que j'y voie plus clair dans cette histoire.

— Je la protégerai.

Il m'adressa un sourire condescendant, et secoua la tête.

— Hannah a été aperçue à Fairbanks, à bord d'un camion qui roulait en direction du nord. Je crois qu'elle a pris l'avion de quatorze heures pour se rendre là-bas. Elle allait vers le nord, en direction de Prudhoe. Je sais que Hannah transporte des preuves importantes trouvées dans le sac de Louise Root, et je sais également qu'elle a emprunté un pistolet. Je veux juste savoir ce qu'elle a l'intention de faire.

Dans ses yeux se lisait cet affect morne du flic qui fouille un corps à la recherche d'indices. Il ne plaisantait pas.

— Le moment est mal choisi pour essayer de vous racheter, Cecil. C'est du sérieux, et c'est dangereux pour vous, et aussi pour Hannah. Je peux intervenir, et je sais que vous ne le pouvez pas.

Doggy était fatigué. Ça ne se voyait pas tant autour de ses yeux ou sur son visage, que dans sa façon de se tenir. Il ressemblait à un homme qui a gardé trop de secrets pendant trop longtemps. Il s'était coupé en se rasant, et les coupures formaient de petites croûtes au milieu de sa barbe de plusieurs jours dans son cou.

Je demandai :

— Et le pilote, celui qui a foutu le camp avec le cadavre de Paul ?

— Pour l'instant, je n'ai pas grand-chose sur lui. Mais il bénéficie certainement d'une protection J'ignore où il se trouve. Peut-être qu'il a fait demi-tour pour retourner s'occuper de Mathews, qui vous a sans doute vu sauter de l'avion. Mais sincèrement, Cecil, je n'en sais rien. Après avoir redécollé de la baie ce jour-là...

Il leva les bras et haussa les épaules. Puis il se rassit et poursuivit :

— Bon sang, je ne comprends pas comment on en est arrivés là. J'aimerais rejeter toute la faute sur les politiciens. Mais… j'étais dans le coup moi aussi. J'étais à leurs côtés depuis le début.

Il laissa échapper un soupir qui semblait être le dernier.

— Vous avez eu raison de ne pas devenir flic.

— Je crois que je n'avais guère le choix, dis-je.

Il n'écoutait pas, sa tête était inclinée sur le côté. J'entendais le vent souffler en rafale contre les carreaux, et la pluie s'engouffrer sous les corniches. Doggy souleva son verre. Sa voix plongea à l'intérieur et ressortit accompagnée d'un léger écho.

— Moi j'ai eu le choix. Je me souviens de la première fois où j'ai annoncé à une femme que son fils était mort. J'aurais pu tout plaquer ce jour-là. Depuis, ça m'est arrivé une centaine de fois. Son fils était ivre, il a piqué une bagnole et il a percuté un mur de soutènement. Il n'y avait pas grand-chose à voir. Mais quand je lui ai annoncé la nouvelle, c'était comme si elle éclatait. Elle a pleuré. Je n'ai jamais vu personne pleurer de cette façon. Et moi je suis resté planté là. Je ne savais pas quoi penser. Je ne savais pas quoi dire. Après tout, son fils avait bu, si je l'avais arrêté, je l'aurais coffré. Peut-être qu'il serait toujours en vie, je n'en sais rien. Mais il était ivre, et il est mort. Coupable à cent pour cent, mais mort.

Je repoussai son tabouret contre le mur de la maison de mon père. Doggy s'appuya contre le comptoir de la cuisine.

Il ajouta :

— Les gens pensent que le crime est comme un puzzle, et ils me demandent toujours de rassembler les morceaux. Mais merde, Cecil, ce n'est pas un puzzle, c'est une explosion. Tout ce que je peux faire, c'est ramasser les morceaux. Je ne peux pas les rassembler.

— Le divisionnaire et ces types de la «Global», ils vous ont demandé de rassembler les morceaux avant que quelqu'un d'autre ne mette la main dessus? C'est pour cette raison que vous vous occupez de l'affaire?

— J'aurais dû comprendre quand ils ont demandé que les entrevues soient confidentielles. Ça ne me gênait pas de réunir des informations sur leurs adversaires politiques. De rendre service de temps à autre. Ça fait partie du jeu que tout le monde joue. Mais quand ils ont cessé de me convier aux réunions, quand ils ont commencé à parler de «stratégie de planification proactive», j'aurais dû quitter le navire. Je n'avais pas besoin de ça.

— Il n'est pas trop tard.

— Ça ne changerait rien. Ni pour vous ni pour moi. Je suis dans le coup.

Il examina ses jointures. Ses mains tremblaient légèrement.

— Comment avez-vous fait pour foirer votre vie à ce point? demanda-t-il brusquement.

— Putain, Doggy, je n'en sais rien. Peut-être que je n'ai pas le sentiment de l'avoir foirée tant que ça.

Il baissa de nouveau les yeux.

— Je suppose que vous n'avez sans doute pas envie de m'entendre dire ça, mais votre père était un type bien.

— Oui, je sais. Vous êtes sûr que ça va? Vous me foutez la trouille.

— Je vous ai entraîné dans un sale histoire. J'ai eu

tort. Ce truc… cette histoire de demande de relaxe, c'est bidon. Mais…

Il inspira de nouveau pour éclaircir ses pensées. Puis il regarda ma mère. Et se leva.

— Personne ne veut me dire où est le pilote. Personne. Ni mes réseaux officiels, ni mes informateurs. Le silence absolu. Il a décollé de la baie au nord d'Angoon, et de là… plus rien. Maintenant, il faut que vous me disiez où est Hannah. Je vous en prie, Cecil, personne ne me dit rien.

Je l'observai attentivement, et fis non de la tête.

Il jeta sa serviette dans son assiette et s'en alla. Je savais qu'une voiture de police l'attendait dehors, à l'entrée du chemin. La porte se referma. Ma mère regardait son assiette.

Elle murmura :

— Je suis désolée, Cecil. Il voulait que je l'aide.

Elle tendit le bras pour allumer la radio. Après une mélodie entraînante, il y eut les infos, où des gens débattaient pour savoir pourquoi les harengs se rassemblaient près des côtes et se comportaient comme s'ils allaient frayer à l'automne. La tempête menaçait toujours au large et cela faisait perdre la raison à certaines personnes.

DIX

Ma mère me conduisit jusqu'à l'aéroport de Juneau, sur la route obscure. Dans la voiture je mangeai un petit pain au lait et bus une tasse de café provenant de son thermos. À six heures du matin, il faisait sept degrés dans la forêt pluviale au sud-est de l'Alaska et moins trente-cinq degrés à Deadhorse, victime d'une étrange vague de froid qui confortait chacun dans son idée que la terre était détraquée. J'embarquai à bord de l'avion et somnolai d'un bout à l'autre de ce monde uniforme fait d'allées moquetées et de noisettes enrobées de miel, tandis que nous traversions dans les airs la forêt pluviale, la plaine boueuse subarctique d'Anchorage, pour atteindre la forêt boréale à proximité du désert de Fairbanks, avant de nous poser finalement dans la plaine arctique.

L'hôtesse ouvrit la porte arrière de l'avion, après qu'on eut fait rouler la passerelle sur la piste, pour nous permettre de descendre. Elle ouvrit la porte et se recula. L'air chaud s'évapora par l'ouverture, et je sortis dans le crépuscule de l'après-midi arctique.

Je ne sais pas ce que j'imaginais. Ce n'était pas la

première fois que je débarquais sur le versant nord de la chaîne de Brooks, mais chaque fois j'étais stupéfait. J'avais parcouru près de deux mille kilomètres vers le nord, et bien que j'aie emporté des vêtements chauds, et même si je m'attendais à découvrir un monde différent, rien de ce que j'ai vécu ne peut me préparer à ce spectacle.

Quand on détache son regard des bâtiments, la terre est vaste et plate. Immobile sur la piste, j'étais pris d'un sentiment de vertige : mon centre d'équilibre basculait vers la mer de glace, au-dessus de l'étendue de neige. L'air froid me transperçait la peau comme des aiguilles, et lorsque j'inspirai à fond, les poils de mes narines gelèrent.

Je m'attends toujours à me retrouver au bord d'une plaine au calme abstrait, mais il y a le grincement et les quintes de toux métalliques des machines, et pourtant malgré cela, le silence se heurte à l'odeur de sel portée par le vent qui souffle de la mer de Beaufort. Le ciel, la mer et la terre sont si semblables que l'horizon est éphémère, comme un rêve dont on ne peut se souvenir.

Il était difficile de marcher sur ce sol gelé, et une fine neige poudreuse tombait, alors que je traversais le parking pour me rendre au bureau de la «Global» de l'aéroport. Le vent soulevait de petits tourbillons capricieux qui s'enroulaient autour de mes chevilles et remontaient jusqu'à ma taille. J'ouvris la porte du premier bureau que je trouvais; l'air chaud et moite se jeta sur moi, suivi inévitablement par l'odeur de nourriture et les effluves de café. Paisible et chaud, l'air ici avait le goût de l'air dans n'importe quel Ramada Inn ou tout autre motel de bord de route en

Amérique. Moquettes beiges et fenêtres donnant sur la zone industrielle arctique. Des hommes avec des chemises en flanelle assis les bras croisés et regardant fixement les écrans de télé. Personne ne leva ni hocha la tête, et je ressortis.

La lumière était aussi délayée qu'une tache de lait. Des vapeurs de diesel emplissaient mes narines; les grondements des camions résonnaient dans l'air. L'extraction du combustible pour le monde entier. Je songeai à Altman et à son sermon semblable à un disque rayé : Toutes les richesses proviennent du sol.

Le mouvement des machines est emprisonné sous la surface. Il faut des hommes forts pour le pomper à la surface, et le faire couler ensuite sur plus de mille kilomètres jusqu'à un port libéré des glaces. Le déplacement des voitures et la production de jouets bon marché en Chine. La grandeur de nos machines et les conceptions qu'elles nécessitent.

Le type de la compagnie me repéra immédiatement. Je sortis sur le parking, dans les fumées d'échappement des pick-up désœuvrés. Il sauta d'un des camions bleus, en ayant déjà enlevé son gant, la main tendue. Il avait des cheveux blancs clairsemés sur le dessus, un visage blanc et flasque. Il portait des mocassins et une chemise en flanelle sous une coûteuse parka en nylon, avec un grand col en fourrure.

— Hé, Cecil !

Nous ne nous étions jamais rencontrés, mais il s'empara de mon sac et me prit par le bras comme si j'étais un parent venu lui rendre visite.

— Ravi que vous ayez pu arriver jusqu'ici. On a eu quelques problèmes avec la météo ces derniers temps, et pas mal de types n'ont pas pu venir pour le changement d'équipes, mais on dirait que le temps va se maintenir toute la journée.

Il fourra sa main dans la mienne, en même temps qu'il ouvrait la portière du van côté passager.

— Ed Walters de Global Company. Altman de notre bureau d'Anchorage m'a annoncé votre visite et m'a demandé de vous fournir tout ce que vous vouliez.

— Altman est l'image même de l'efficacité, hein ?

Ed me regarda, un peu surpris. Il savait que je ne m'attendais pas à être accueilli. Ma réplique n'avait aucun sens. Les types des relations publiques ont énormément de mal à s'assimiler l'ironie d'emblée. Si on laisse un peu de temps aux meilleurs d'entre eux, ils peuvent l'incorporer dans leur numéro, mais même aux meilleurs il faut plus qu'une poignée de main et un accueil à l'aéroport.

Walters annonça :

— Je vais vous conduire au foyer du personnel, vous pourrez vous installer et ensuite, nous irons manger un morceau. Vous avez déjeuné ?

Outre l'extraction du pétrole, la véritable activité sur le site, c'est se nourrir. Le plus et le plus souvent possible.

— Non, j'ai juste pris mon petit déjeuner il y a deux heures.

— Très bien, on pourra manger un morceau. Ils commencent à servir dans une demi-heure ; nous pourrons nous installer et parler de ce que vous voulez faire ; et je verrai si je peux rassembler les gens que vous souhaitez.

— Charlie Potts est ici ? J'aurais besoin de lui parler.

— Pas de problème... Comme je vous le disais, allons manger un morceau et nous essaierons d'établir une sorte de plan. Vous voulez essayer de reprendre l'avion de ce soir ?

— Je ne sais pas encore. Ça dépend de ce que j'arriverai à faire, disons, et de ce que Potts a à me raconter.

Je n'avais pas l'intention de mentionner le nom de Hannah, préférant attendre de voir s'il sortait de la bouche de quelqu'un. Ed regardait fixement son volant.

— Le temps est incertain. Vous pouvez rester aussi longtemps que vous le souhaitez, bien évidemment, mais on ne sait jamais à quel moment ça va se gâter, et vous risquez de rester bloqué ici plus longtemps que vous le souhaitez.

Ayant dit cela, il se tourna pour me regarder en face.

Chaque fois qu'un crime a été commis, la plupart des suspects ne cessent de jacasser, en essayant de se justifier, et presque toujours, ils donnent une image de coupable. Les compagnies coopèrent toujours. Leurs représentants affirment vouloir vous aider autant que possible ; ils se mettront en quatre pour faire progresser votre enquête, mais ils veulent en référer à leurs avocats. Et toutes les enquêtes concernant des compagnies commencent par la rencontre avec votre chauffeur. J'allais devoir bousculer Ed si je voulais voir quelque chose qui puisse nous être utile à Doggy ou à moi. La tâche aurait été plus facile si nous nous étions trouvés presque n'importe où ailleurs, mais pas en bordure de la mer de Beaufort, dans ce Disneyland arctique de l'Entreprise nord-américaine. Ce n'était pas un endroit idéal pour se déplacer à pied. À vrai dire, vous n'attireriez pas davantage l'attention si vous mettiez le feu à vos vêtements. Il y a plus de piétons à Los Angeles que sur le chantier.

Nous pénétrâmes dans la zone principale de Deadhorse, là où les compagnies les moins importantes ont installé leurs boutiques et leurs bureaux. Dans l'ensemble, c'est une succession d'abris en tôle et de caravanes étanches, regroupés sur de petits terrains en location. Des éléments de machines et des réservoirs pressurisés. Ça ressemble à n'importe quel site d'exploitation pétrolière, n'importe où dans le monde. Nous suivîmes la route bosselée qui longeait l'immense plaine plate, jusqu'au poste de contrôle. Techniquement nous étions sur le territoire de l'État, mais les services de sécurité de la compagnie vérifièrent nos identités et inspectèrent le véhicule à la recherche de produits de contrebande et d'armes.

Prudhoe Bay. Le gémissement d'un jet et l'odeur du diesel. Des traces de pneus gelées depuis des mois dans la boue. L'horizon vaste et le soleil bas dans l'air brumeux. L'étrange mélange de gaz et d'odeur marine. Les longues rangées de camions dont les moteurs tournent sans cesse. Les fumées d'échappement. Les routes de gravier cahoteuses, les pare-brise fêlés. La voiture la plus petite est un pick-up King Cab.

Au loin, le gaz flamboyant souffle une bulle de lumière. Les flammes dépassent les tours, d'autres dessinent des panaches, alignés à l'infini comme des bougies d'anniversaire. Une couche de gaz naturel recouvre le pétrole dans la terre, et parfois le gaz remonte dans les puits et les flammes le consument. Les plus grands puits projettent une flamme immense qui tourbillonne et s'entortille comme un drapeau par un jour venteux. Leur lumière se répand rageusement sur le sol plat, jetant des ombres inégales et inquiétantes.

Les derricks sont des merveilles de lumières halogènes, de tuyauteries, de jauges, de réservoirs en acier, enroulés sur eux-mêmes, penchés au-dessus du cœur battant du fer qu'on enfonce dans la terre. Il y a des stations de pompage et des réservoirs, des dépôts de fournitures et les sièges des compagnies, tout cela sur le réseau de routes en gravier gelées, à travers la toundra. Semblables à celle sur laquelle Ed et moi avancions en cahotant.

Le van s'arrêta devant le complexe administratif. En ouvrant la porte, Ed baissa la tête pour éviter le jet de vapeur qui jaillissait à l'entrée, et nous franchîmes la double porte pour pénétrer dans le vestibule. Là, nous ôtames nos chaussures pour enfiler des sortes de chaussons en caoutchouc, fournis par la compagnie, afin qu'il n'y ait pas de traces de pétrole à l'intérieur des lieux de vie. Nous poussâmes les deuxièmes portes pour pénétrer dans le centre. On entendait de la musique en sourdine et le frottement des chaussons en caoutchouc sur la moquette. Des femmes passaient avec des dossiers dans les bras, des types en combinaison de toile bleue, affalés dans des canapés en cuir, regardaient la télé. De la cuisine toute proche s'échappaient le tintement étouffé des couverts et le sifflement de l'eau qui coule.

— Attendez, me dit Ed, et il s'arrêta si brutalement que je lui rentrai dedans. Je vais vérifier que vous êtes bien sur la liste, et ensuite nous irons manger un morceau.

Il disparut derrière le guichet de la sécurité, derrière nous, où deux types en uniforme montaient la garde. L'un d'eux parlait dans un talkie-walkie. Je fis quelques pas pendant ce temps, en traçant des dessins sur les poils de la moquette avec le bout de mes chaussons, avant de me diriger vers le salon à côté de la cuisine.

L'endroit s'enorgueillissait d'une énorme cheminée, dotée de ce qui ressemblait à un poêle à bois, mais était en réalité un chauffage à mazout à circulation accélérée. Les sièges étaient en cuir et en toile, les tables en pin brut. Quatre types mangeaient des glaces au caramel chaud et parlaient de jouer au golf quand ils rentreraient chez eux la semaine prochaine. Ils portaient des combinaison brunes; l'un d'eux avait même gardé son anorak, bien qu'il fasse au moins vingt degrés à l'intérieur.

Sans me presser, j'entrai dans les cuisines et passai devant les tables où les cuistots de jour préparaient le repas. Il y avait des pinces de crabe et de la côte première, de la salade de pommes de terre chaude et des boulettes de farine de maïs, du maïs à la crème, du chou bouilli et du fromage, du serran à la sauce au beurre, du riz, des carottes rapées et de la salade verte, des «doughnuts» et des gâteaux. Des machines à crème glacée et des barils de sauce au chocolat. Toute cette nourriture luisait derrière la vitre antimicrobes. C'était surréaliste, comme la première fois où j'avais dépecé un cerf et vu la graisse briller à la surface de la viande; j'avais approché la main pour la toucher du bout des doigts, sachant ce que c'était, mais ne voulant pas croire que c'était réel.

— Hé, on peut dire qu'on a de la chance!

Ed avait surgi derrière moi.

— ... On va pouvoir manger, et Charlie Potts est justement là-haut. Les types du centre lui ont fait signe, et il leur a fait savoir qu'il nous rejoindrait dans la salle de réunion juste après qu'on aura mangé un morceau.

— Je crois que je m'en passerai. J'ai l'estomac rempli pour l'instant.

Ed jeta un coup d'œil en direction des assiettes, puis il se massa le ventre en regardant les pinces de crabe.

— Je... j'espère que ça ne vous ennuie pas, dit-il, mais moi j'aimerais bien grignoter un petit quelque chose. Comme je vous le disais, Potts ne peut pas venir tout de suite.

Il avait déjà pris un plateau, et je lui répondis de ne pas se gêner pour moi ; j'irais faire un tour dehors et je reviendrais ensuite pour boire un café... ça ne posait pas de problème.

Ed était perplexe. Il ne savait pas comment réagir face à une personne qui refusait un repas, pensai-je. Il était partagé entre ses deux envies, mais il finirait par succomber à la plus urgente.

— D'accord, allez jeter un œil dehors. Mais faites bien attention aux panneaux de sécurité et aux zones interdites. Oh, tenez, je vais vous donner votre badge avant d'oublier.

Je traversai la cuisine en sens inverse, tandis qu'Ed se dirigeait vers le bout de la queue. Je sortis sur le quai de livraison des cuisines et vis alors quelque chose s'enfuir au-delà de la frontière nette de l'obscurité, derrière la zone des poubelles.

Les renards arctiques sortent en silence de la

pénombre et de la neige, attirés par la promesse de la nourriture. Les hommes ont pour consigne de ne pas les nourrir, mais ils le font quand même. Les renards se faufilent à toute allure devant les portes de derrière des cuisines, vers les bennes à ordures où s'entassent certains des déchets les plus riches en calories qu'on puisse imaginer, dans l'attente d'être incinérés. Des os de bœuf et des peaux de cantaloup, des restes de chocolat chaud et des frites enrobées de jaune d'œuf, des cœurs de laitue, et des dizaines de kilos de marc de café. Je repérai un renard. La fourrure de l'animal virait au blanc, et ses yeux étaient très rapprochés. Noirs comme de l'onyx, ils étaient faits pour aspirer le peu de lumière qu'offrait l'hiver arctique. Il scruta les environs. Il scruta la benne à ordures, et sa truffe harcela l'air, pour chercher à savoir d'où provenait cette tenace odeur chaude de graisse animale. Le renard aperçut le gros cuistot, et poliment attendit que celui-ci eût déposé la grande poêle à frire dans le coin entouré par les ombres.

Le cuistot fouilla du regard l'obscurité qui l'entourait et s'immobilisa, écoutant le bruit sourd des machines et le bégaiement du vent sur la neige. Il recula d'un pas à l'intérieur, alors le renard s'avança dans la lumière, brièvement, avant de replonger dans l'obscurité où la poêle était remplie de la graisse des côtes premières et de pain trempé dans le jus. La compagnie interdisait formellement de nourrir les renards, car les biologistes savaient qu'à long terme les animaux sauvages deviendraient dépendants de cette charité, et incapables de survivre dans leur monde. Mais ce gros cuistot et ce renard n'étaient pas des créatures du long terme, et ils savaient qu'il était dans leur nature d'enfreindre les règles.

Je pivotai sur moi-même et traversai la cuisine. Je pris au passage une tasse sur l'étagère en acier, de l'autre côté du lave-vaisselle industriel. Le gros cuistot rentra, mais nos regards ne se croisèrent pas. Je me dirigeai vers l'endroit où s'était assis Ed, en train de lire les informations disposées sur chaque table et évoquant les risques d'accidents cardiaques dus à une alimentation trop riche. Il secouait la tête.

— Oh, la vache. Vous avez vu ça ? Certes, je ne mange pas beaucoup de viande rouge. Mais je suppose que cette saloperie peut se développer dans votre organisme. Vous êtes sûr que vous ne voulez rien manger ? Nous avons des légumes, du poisson, de la glace, tout ce que vous voulez.

Je fis non de la tête. Il piqua avec sa fourchette une autre bouchée de pince de crabe et de côte première qu'il fourra dans sa bouche. Il se tamponna les lèvres avec sa serviette et regarda par-dessus mon épaule avec dans les yeux une lueur de confusion qui virait à la panique. J'entendis des bruits de bousculade.

Un des gars de la sécurité luttait avec un homme qui semblait porter une tenue de golf : un cardigan couleur pêche, un pantalon bordeaux, et des chaussures blanches. Le vigile se débattait comme un beau diable, essayant d'agripper suffisamment de pull pour plaquer son adversaire au sol. Mais le golfeur refusait de se laisser attraper, en beuglant si fort que les types affalés devant la télé sortirent de leur torpeur hautes calories pour lui jeter un regard embrumé.

— Bande de salopards ! Vous vous comportez comme si vous étiez les maîtres du monde ! Ce type veut des renseignements sur Charlie Potts. Je vais lui parler de Charlie Potts moi. S'il faut le faire, alors faisons-le.

Ed murmura :

— Bon sang. Excusez-moi une seconde, O.K. ?

Il passa devant moi juste au moment où le vigile saisissait l'homme par les poignets et l'obligeait à se retourner, et tous les trois se dirigèrent vers la porte de la guérite de surveillance. Je les suivais, en essayant de me rapprocher, quand l'homme parvint à se libérer, l'espace d'un instant, et je vis nettement son visage ; il essaya alors de dire quelque chose, mais la porte blindée se referma devant mon nez et je les entendis disparaître de l'autre côté, dans le bruissement de talkies-walkies et des portes se refermant sur la scène.

Plusieurs minutes s'écoulèrent. Ed réapparut, m'entraîna vers les cuisines et me donna une tape dans le dos.

— Un simple petit incident. Rien de grave.

Nous nous retournâmes vers la table d'Ed où un type des cuisines était en train de verser du café chaud dans sa tasse, et de m'en verser à moi aussi, à côté d'une assiette de fruits et de légumes dont j'avais sans doute besoin, d'après quelqu'un.

— Vous devez bien comprendre, Mr. Younger, que tout ce périmètre est une zone de sécurité, où l'alcool est interdit. Mais parfois... (Ed fit un petit bruit de succion avec sa bouche), parfois nous avons des gars qui ne peuvent pas s'en passer, et ça peut causer quelques problèmes. Ici, nous sommes... comment dire... très attentifs à la santé de nos employés et à la morale.

— Où est-il maintenant ?

Ed fit un geste avec sa main, mimant un avion qui décolle.

— Nous l'avons expédié au centre médical. Il sera certainement renvoyé du site jusqu'à ce qu'il ait subi le programme de désintoxication. Ne vous en faites pas, il reviendra. Il perdra simplement sa place sur la liste d'embauche pendant quelque temps et il devra patienter.

Nous étions arrêtés près de la porte du couloir de sécurité ; Ed prit un cookie aux pépites de chocolat dans un panier posé près du téléphone de la sécurité. Je me balançais d'un pied sur l'autre.

— Bien… dis-je enfin, dans un soupir, en essayant d'adopter l'air le plus nonchalant. Et si j'allais bavarder avec Mr. Potts maintenant ?

— Oui, bonne idée. Je vais me renseigner auprès de Jerry.

Il frappa au carreau.

— Hé, Jerry, Charlie Potts est toujours dans la salle de réunion ?

L'agent Jerry arborait la parfaite panoplie du flic de location, et une expression à la fois douloureuse et impassible, comme si on lui faisait un sermon devant toute l'école. Il ne regardait pas à droite ou à gauche, il ne consultait pas de registre ou de feuilles sur une une planche. Rien.

— Non, je suis désolé, Mr. Walters. Mr. Potts a dit qu'il ne pouvait pas attendre, mais qu'il essaierait de vous rencontrer un peu plus tard, Mr. Younger et vous ; il suffit de lui téléphoner.

Il fit glisser un petit papier jaune collant sous la vitre du guichet.

— Ah, zut, fit Ed avec juste ce qu'il faut de désarroi. Bah, je suis sûr que nous pourrons le voir après avoir fait le tour des installations. Nous aurons encore le temps avant que votre avion ne décolle.

Cette visite se transformait en mission de baby-sitting. Apparemment, Altman n'avait pas dit à Ed que j'avais rencontré Potts chez moi. Aussi Ed ne craignait-il pas que je le rencontre par hasard et que je le reconnaisse. Mais je sentais que j'étais condamné à la simple visite standard dans le style «Fichtre-quelle-merveille-le-progrès!».

Je demandai alors à Ed s'il était possible de trouver une pièce inoccupée avec un téléphone pour passer quelques coups de fil à mon bureau à Sitka. Ed parut un peu embarrassé. Mais le ton de ma voix laissait entendre qu'il risquait d'y avoir de sérieux problèmes s'il continuait à me mener en bateau. Alors il me conduisit à un téléphone, dans un réduit près des photocopieuses. Il y avait une porte, une paroi vitrée et une fenêtre donnant sur le monde extérieur. Il me fit asseoir et m'indiqua les codes pour effectuer un appel débité sur une carte de crédit. Il referma la porte et s'assit dans la bureau voisin, échangeant quelques mots avec un des Blancs costauds, qui passait par là, en tenant sous le bras des plans roulés. Je composai le numéro du standard de la «Global» à Anchorage et obtins celui d'Ed ici sur le site. Puis j'appelai le bureau d'Ed qui, je le supposais, se trouvait dans le couloir, en priant pour que la personne qui décrocherait ne connaisse pas les voix des gros pontes du siège.

— Allô? Ici le bureau d'Ed Walter.

— Altman à l'appareil. Passez-moi Ed.

— Je suis désolée, Mr. Altman, mais Mr. Walters est occupé avec quelqu'un pour l'instant. Puis-je lui transmettre un message ?

Ça semblait marcher.

— Oui. Dites-lui de me rappeler immédiatement. C'est urgent. Il doit être mis au courant. Il a mon numéro.

— Je vais le prévenir tout de suite.

Je raccrochai. Laissant le combiné plaqué contre mon oreille, je pivotai sur mon siège pour regarder par la fenêtre les puits enflammés à travers la toundra, et observer Ed dans le reflet sombre. La bulle de lumière gazeuse flottait au-dessus de la toundra comme une île industrielle. Les flammes serpentaient dans les ténèbres et illuminaient la vapeur qui se déversait des bouches d'aération. Je me concentrai sur le reflet sur la vitre. Je voyais ce qui se passait derrière moi : une femme au visage grave s'adressait à Ed. Ce dernier secoua la tête plusieurs fois, jeta un coup d'œil à sa montre, et se retourna vers moi. Je hochai la tête, en tenant le combiné contre mon oreille, pendant qu'une voix mécanique me répétait inlassablement de raccrocher et de composer le numéro. La femme repartit, en tapotant sa hanche avec une feuille de bloc, mais Ed resta assis. Je regardai la lumière des puits danser sur la neige comme un tourbillon de feuilles mortes, et attendis quelques instants avant de recomposer le numéro d'Ed.

— Bureau de Mr. Walter, j'écoute.

— Altman à l'appareil. Vous n'y êtes sans doute pour rien, mais Walters ne m'a pas rappelé, et s'il ne le fait pas, cela risque d'avoir de sérieuses conséquences pour moi. Et pour lui par la suite. Dites-lui que je me fiche de savoir s'il est dans la panade ou au bord de la panique. Il doit me rappeler dans les cinq minutes.

Sur ce, je raccrochai. J'avais dû lui paraître suffisamment en colère, et mystérieux, pour qu'elle ne prenne aucun risque. J'observai un convoi de véhicules de la sécurité qui roulait vers les grilles de la station de pompage au loin, et vis les petits hommes de la ville flottante faire le tour de la clôture en agitant leurs lampes électriques. Dans le reflet de la vitre, la secrétaire avait la bouche près de l'oreille d'Ed, et celui-ci acquiesçait avec gravité. Une fois encore il consulta sa montre et fit la grimace. Il acquiesça de nouveau, désigna l'arrière de mon crâne et glissa rapidement quelques mots à la fille. Elle me jeta un regard vague et hocha la tête, pendant qu'il lui faisait la leçon. Puis il s'éloigna, et elle me regarda comme un épagneul à l'arrêt. J'attendis encore une minute, après quoi je raccrochai, pivotai sur mon siège et me dirigeai vers elle.

— Je viens de recevoir un appel urgent de Mr. Altman, il se passe des choses. Il faut que je parle à Mr. Walters.

Elle eut juste le temps de dire « Il est... » que j'étais déjà sorti, en esquissant un geste d'impatience et lançant par-dessus mon épaule :

— Je vais dans son bureau pour prendre l'appel. Merci.

Je tournai au coin, poussai la lourde barre qui permettait d'ouvrir la porte la porte vers l'extérieur et sortis dans la plaine arctique.

Le vent froid m'enveloppa comme si j'avais plongé dans un bain glacé. Je n'étais pas habillé pour ce climat. Je fis le tour des bâtiments en courant, jusqu'à l'entrée principale. Dans le vestibule étaient accrochées des dizaines de parkas, suspendues à des patères ; je pris la plus grande qui n'avait pas de nom inscrit au pochoir dans le dos. Après avoir enfilé mes mocassins, je dénichai un casque blanc portant, au-dessus de la visière, la mention Département de protection de l'environnement.

De retour au-dehors, je traversai la route en direction d'un derrick. Je n'avais pas de but précis. Je devais simplement échapper à la visite guidée d'Ed et essayer de trouver Charlie Potts quelque part au milieu de ce petit goulag peinard, et peut-être aussi Hannah.

Le derrick était enveloppé d'un nuage de vacarme industriel : générateurs et compresseurs, élévateurs hydrauliques, et le vrombissement métallique des engins dotés d'ateliers mobiles qui prenaient leur place. Le cœur véritable du derrick était apparent et des hommes en combinaison travaillaient sur l'accouplement du pipe-line, entourant de chaînes le puits et déchargeant d'un camion des longueurs de tuyaux pour les déposer sur un râtelier à proximité du trou.

Tout était propre et aseptisé. On n'apercevait pas de véritable trace de la toundra arctique à l'intérieur du puits. Près du trou, je distinguais uniquement le cercle de terre étroit, et le gros piston de l'étrave enfoncé dedans. Le pétrole n'apparaissait que sous la forme d'un léger saignement autour de l'extrémité du manchon, là où montait en bouillonnant la boue du puits. Ça ressemblait à une opération chirurgicale ; le seul sang visible se trouvait à la pointe du couteau. Tout le reste était nettoyé et aspiré. Je sentis une main se poser sur mon épaule.

— Va falloir qu'on apporte ces tuyaux jusqu'ici. Désolé, mais vous pourriez pas vous écarter ?

— Oui, pas de problème. Dites, vous n'avez pas vu Potts dans les parages ? J'ai des papiers à lui remettre. Il va recevoir du fric.

Le type avait des protège-tympans, et il me répondit en hurlant comme si j'étais dur de la feuille.

— Ah, le veinard ! J'arrive pas à y croire. D'abord les gonzesses, et maintenant le fric. Comment il se débrouille le salaud ?

— Les gonzesses ?

— Une nana s'est pointée tout à l'heure, elle le cherchait. Plutôt mignonne. Je crois qu'ils sont allés dans sa caravane.

Il sourit, regarda le pipe-line au-dessus de la source, et il remua son pelvis d'avant en arrière dans une parodie de copulation.

— J'étais censé le retrouver chez lui. Il n'y a pas quelqu'un qui va par là-bas ?

Il jeta un coup d'œil par-dessus son épaule, vers un tout jeune type qui se tenait près du derrick, et il agita le pouce dans sa direction.

— Si. Frank doit retourner au magasin pour chercher ces conneries de tampons absorbants ! (Il leva les yeux vers mon casque.) Oh, pardon. Je veux dire qu'on les a juste en cas de besoin, vous voyez, s'il y a une fuite de carter à huile sur un générateur, par exemple, et qu'il faut tout nettoyer.

— Oui, oui, ne vous en faites pour ça. Il faut juste que je porte ce chèque à Potts.

— Le gamin va vous conduire. Mais, à votre place, j'irais pas frapper à la porte si la caravane remue.

Et il agita de nouveau son bassin d'avant en arrière.

Je le saluai d'un geste et me dirigeai vers le dénommé Hank, en criant :

— Pas de raison qu'il se paye plus de bon temps que nous ! Je vais voir s'il a besoin d'un petit coup de main.

Dans le camion, Hank écoutait jaillir de ses écouteurs un martèlement de riffs de guitare heavy-metal gémissantes. Nous démarrâmes avec un soubresaut. Tandis que nous parcourions les deux kilomètres jusqu'au camp des caravanes, plusieurs véhicules des services de sécurité de la « Global » nous dépassèrent ou nous croisèrent, gyrophares allumés. J'en conclus qu'Ed me cherchait, mais pas dans ce camion en compagnie de Hank.

Ce dernier s'arrêta derrière un abri métallique où se trouvaient des barils remplis d'un liquide non identifiable et une caravane couleur turquoise, avec un auvent en contreplaqué à l'entrée. L'ensemble ressemblait à un vieux réfrigérateur jeté au rebut et couché sur le flanc dans la neige. Une lumière était allumée. Je remerciai Hank ; il répondit par un hochement de tête de sourd au rythme d'un riff de guitares, tandis que je claquais la portière du véhicule.

La neige était dure. Mes mocassins, avec mes pieds engourdis à l'intérieur, grinçaient, alors que je marchais vers la porte. J'ôtai une de mes moufles et frappai. Personne ne vint ouvrir, et sans trop savoir pourquoi, je me postai sur le côté de l'encadrement et tendis le bras pour frapper une nouvelle fois. Je posai ma main sur la poignée.

Un jour, je m'étais arrêté devant l'« Extase de sainte Thérèse » du Bernin. Il s'agit d'une monumentale sculpture de marbre poli montrant un ange qui décoche une flèche dans le cœur de la bonne sœur sanctifiée. La pierre polie est d'un blanc immaculé, presque transparent sur les bords. Elle s'élève sous forme de plis et de plumes, créant une impression d'envol qui défie la masse de la pierre. Mais le plus fascinant, c'est le visage de la religieuse, reconnaissant et extatique. La tête légèrement renversée, elle accepte la bénédiction de la flèche de l'ange. L'intérieur de la caravane était presque aussi inattendu, et durant quelques secondes ma réaction fut presque aussi extatique, jusqu'à ce que je prenne conscience que j'étais témoin d'un spectacle bien différent.

Les tuyauteries avaient explosé et des arcs de glace descendaient du plafond, formant des mares sur le plancher. Le flot de la glace cristalline et blanche dessinait des motifs tortueux qui suivaient les contours du linoleum fatigué. Les chaises étaient renversées, la table brisée. Sur le côté le plus proche de la porte, une fine gravure à l'eau-forte rouge suivait le flot éclatant et tournoyait comme une spirale. J'avançai sur la glace ; elle se brisa et aussitôt tout le sol s'étoila.

Je suivis le flot rouge qui formait des flaques et des nappes. Une flaque non gelée par-dessus la glace… et qui gouttait de l'homme aux chaussures à glands et à la parka légère, appuyé contre le fond de la penderie.

On lui avait tiré une balle en pleine tête, avec un très gros calibre. Son crâne était pulvérisé, la peau de son visage déformée comme un masque de caoutchouc détendu à force de tirer dessus. Sa bouche était ouverte dans un hurlement rageur, et il n'y avait rien de beau ni de reconnaissant dans son expression. Il avait les yeux ouverts et les dents cassées. L'eau du plafond continuait de goutter, la glace formait une croûte autour de ses épaules et de ses bras. Un de ses bras était replié en arrière autour de sa tête, le second reposait sur le sol, paume ouverte. Rien ne suggérait un envol angélique.

Je ne le touchai pas. Je m'accroupis et regardai attentivement au-dessus et en dessous de lui, le plus loin possible, puis derrière moi pour me souvenir où j'avais posé les pieds et ce que j'avais dérangé.

Au-dessus de lui, quelques chemises suspendues aux cintres avaient été écartées. Des chemises western à boutons pressions et un pantalon de cow-boy pour sortir le soir. Une casquette de golf avec la mention RAM'S HILL sur le devant traînait par terre. Il y avait également un chapeau de cow-boy à bord étroit, couleur ivoire, et qui semblait neuf. Il était posé là, à demi écrasé. Le corps gisait sur une pile de valises, et en dessous, près de ses pantoufles, étaient étalés des billets de cent dollars. J'en comptai treize, éparpillés en demi-cercle à ses pieds telle une offrande. Ils étaient posés à moitié sur la glace, et les extrémités se recroquevillaient comme si elles essayaient de se toucher. On les avait détachés d'une liasse roulée.

Le cadre de lit avait été brisé, les draps arrachés et fourrés en boule dans la penderie. Près du lit se trouvait un fauteuil rembourré, au pied duquel s'étendait une flaque ressemblant à du vomi. Le tableau accroché au mur était de travers. C'était une reproduction dans le style western montrant un Indien chassant à cheval au milieu d'un troupeau de bisons.

Des chemises cartonnées vides étaient éparpillées dans tous les coins, comme des feuilles de bananier. Certaines portaient des étiquettes, d'autres étaient repliées à l'envers. Mais l'une d'elles était soigneusement ouverte sur la table. L'étiquette collée sur le dessus était écrite à la main, au crayon : « Steven Mathews : Comptes. » La chemise était vide, mais en dessous, dans une grosse tache rouge, était collé un chèque annulé, émis par la Potts Service Company, à l'ordre de Steven Mathews, pour un montant de cinq mille dollars.

Lorsque je regagnai le terrain d'atterrissage, je grelottais sérieusement, car si ma parka me tenait chaud au haut du corps, mes chaussures et mon pantalon n'étaient pas assez épais, loin s'en faut. Des véhicules de la sécurité faisaient rougeoyer la nuit. Accroupi derrière la porte ouverte d'un abri de générateur, je les observais qui brassaient le gravier gelé entre les bureaux de la « Global Patrol » et les axes principaux.

J'ignorais où était Hannah, mais j'espérais qu'elle roulait vers le sud sur la route des camions, ou bien qu'elle prendrait l'avion ce soir.

J'essayais de deviner ce qui se passait dans les bureaux de la « Global », mais les seuls signes visibles se limitaient à des claquements de portes et des allées et venues. L'aéroport était calme, à l'exception d'un jet de la compagnie arrêté sur la piste et du personnel au sol qui manœuvrait le camion-citerne en vue de l'arrivée du vol commercial prévue dans une demi-heure.

La vision de Charlie Potts, là-bas dans sa caravane, me hantait, et le vacillement des flammes des puits rendait la chose encore plus pénible là dans mon recoin, loin de la lumière. En face, au dépôt des camions, des chauffeurs rentraient leurs semi-remorques, et je remarquai l'un d'eux debout près de son véhicule. Plus j'avais froid, plus j'avais envie d'être à sa place.

C'était un beau camion, un Kenworth d'un bleu de porcelaine. On aurait dit que son chauffeur l'avait lavé ce soir, ce qui aurait été ridicule ici, au bout de cette route, mais il avait l'air d'un type capable de faire ce genre de chose. Il portait une combinaison bleue impeccable, des gants en cuir souple, des bottes de cow-boy grises, et une casquette de base-ball noire sans aucune inscription. J'essayai d'imaginer l'histoire que ma mère me raconterait à son sujet. Elle saurait qu'il avait une grosse boîte à casse-croûte en fer et un thermos en acier inoxydable de trois litres, une boîte à outils luxueuse à l'arrière de la cabine, avec un chiffon légèrement huilé posé sur le casier des clés. Elle saurait qu'il avait un jour donné une fessée à son fils de trois ans, car celui-ci avait sorti les outils pour jouer sur le sol des toilettes.

Ce type attendait que l'affréteur lui donne un numéro de quai. Il chargerait ensuite les déchets et descendrait la route des poids lourds jusqu'à Fairbanks. Son camion le conduirait à bon port. Je savais qu'il guetterait la moindre étincelle dans les cylindres. Il guetterait le murmure du carbone qui s'accumule dans les valves. Il guetterait, mais rien ne se produirait, car il aimait cette machine.

Je me cachai derrière une benne à ordures, en attendant le dernier appel pour le vol à destination d'Anchorage, afin de monter rapidement à bord sans avoir à discuter avec les types de la sécurité qui traînaient dans les parages, à ma recherche. Le camionneur reçut son chargement, tourna au coin du bâtiment avec son semi-remorque pour quitter l'aéroport, et s'éloigna. Un nuage de diesel, une rafale de neige poudreuse, puis plus rien.

Le vol commercial atterrit. Sur la piste, cinq personnes se rassemblèrent et se dirigèrent vers l'avion privé de la compagnie. Les deux de devant ressemblaient à des membres d'équipage, et les deux de derrière à des gars de la sécurité avec leur ceinture où pendaient leur attirail et leur étui de revolver. Ils tenaient une femme par les coudes. Elle semblait pleurer, les épaules voûtées et agitées de soubresauts, la tête baissée. Dès qu'elle fut à bord, la porte se referma hermétiquement.

Impossible de jouer le coup de manière furtive. Mon pauvre vieux sac à dos en toile était posé comme une prune pourrie à l'endroit où quelqu'un l'avait jeté, sur le toboggan métallique des bagages. Deux vigiles montaient la garde juste à côté. On annonçait l'embarquement du vol commercial, et il fallait que je monte à bord. Abandonnant l'abri de l'embrasure de la porte, je fis trois pas nonchalament, juste au moment où Ed débouchait au coin; il me vit avant que je puisse utiliser mes pouvoirs secrets pour devenir invisible. Il marcha vers moi, puis regarda le sol, s'arrêta, fit demi-tour, et s'éloigna rapidement. Je le rejoignis en trottinant et le saisis par le bras.

— Que savez-vous sur ce qui se passe ? lâchai-je par-dessus le gémissement des réacteurs.

Il me regarda fixement, et je sentis qu'il avait envie de parler. Il crevait d'envie de prendre un bain avec moi, tout en sachant qu'il ne serait pas entièrement propre.

— Les autorités compétentes ont été averties, Mr. Younger. Et je peux vous assurer que nous souhaitons apporter notre coopération à toutes les enquêtes officielles qui en résulteront. Mais dans l'immédiat, j'ai reçu pour instructions d'en référer à notre service juridique à Anchorage. Je suis certain que vous comprenez.

— Évidemment.

Les compagnies coopèrent toujours, et elles laissent leurs avocats jouer les emmerdeurs. Les pauvres sont obligés de jouer eux-mêmes les emmerdeurs, si bien qu'ils passent habituellement plus de temps en prison. Mais pour Ed, la partie était terminée. Ses perspectives de carrière s'assombrissaient alors même que nous parlions, et nul doute qu'il en était conscient. Je ne savais pas quoi penser.

Je continuais à croire que la « Global » était une compagnie trop habile et trop habituée aux médias pour faire sauter la cervelle d'un type. Ça faisait désordre. Il y avait dans cette méthode quelque chose de contraire à l'esprit d'entreprise, d'antiprofessionnel. La personne qui avait fait ça ne cherchait pas une augmentation au mérite. Cette personne s'impliquait dans son travail, et elle aimait ça.

Je traversai le parking; la neige craquait sous mes pieds comme le plancher d'une maison hantée. Le gémissement de l'avion à réaction était un sifflement d'angoisse qui gonflait dans la nuit arctique. Ed se dirigeait vers son véhicule et les types de la sécurité reculèrent d'un pas, sans hâte, au moment où je franchissais le détecteur de métal.

ONZE

Le type qui m'attendait à l'aéroport d'Anchorage ne brandissait pas une pancarte avec un nom inscrit dessus. Il me saisit simplement par le bras, en disant qu'on l'avait envoyé me chercher. Il paraissait aussi imposant que deux distributeurs automatiques posés l'un sur l'autre. Inutile de discuter.

Il me conduisit vers une berline américaine couleur lie-de-vin, avec des vitres fumées, et me fit asseoir à l'arrière à côté d'un second représentant du Comité d'accueil. Pendant le trajet qui nous conduisait en ville nous ne parlâmes pas de la pluie et du beau temps. Pas même de sport. Ils se contentaient de s'agiter sur leurs sièges, comme s'ils étaient gênés par leurs holsters.

J'aime beaucoup Anchorage. Toute cette ville ressemble à une zone urbaine autour d'un grand aéroport. Vous pouvez louer une chambre ou faire le plein d'essence à chaque coin de rue. C'était l'endroit parfait pour surmonter les divers cycles d'expansion et de récession subis par l'État. L'or, les guerres, les tremblements de terre, le pétrole, les catastrophes écologiques, tout profitait à Anchorage. Tout sauf la paix et la stabilité. Si la situation devenait trop paisible, les gens oubliaient pour quelle raison ils étaient obligés de vivre ici.

Les parcs étaient à leur place et au petit matin des orignaux continuaient de brouter les feuilles de tremble, et parfois même ils se frayaient un chemin au milieu de la circulation, non loin du centre-ville, pour regagner les contreforts des montagnes. La voiture passa en douceur devant une cabane de rondins rouges qui pourrissait sur ses fondations de pierre, à côté du salon de massage mobile situé à côté du nouveau restaurant vietnamien avec la fontaine à roulettes sur le parking. J'avais envie de m'arrêter pour commander un rouleau de printemps, mais ma demande tomba dans des oreilles de sourds.

Nous nous arrêtâmes dans le centre, devant l'élégante tour abritant un hôtel et des bureaux. Je savais que nous étions dans le centre, car nous nous trouvions juste en face du parking municipal et du site de stockage de carburant souterrain abandonné. Mes deux accompagnateurs me remirent à un troisième colosse vêtu d'un costume italien, et dans l'ascenseur, nous regardâmes défiler les chiffres en cherchant une remarque intelligente.

On me conduisit ensuite dans une salle à manger privée. Le décor était censé évoquer la cabine du capitaine sur un grand navire à voiles. Il y avait des plaques de cuivre, des ornements en laiton sur le bar en chêne, et des poutres en bois verni comme sur la carlingue d'un navire. Tout était imposant, ou fait pour donner cette impression : la corde de chanvre enroulée autour des colonnes d'angle, l'argenterie et les carreaux épais sur le sol, l'ours en stéatite, les masques d'esprits inuits posés sur les rebords de fenêtre. Derrière les vitres, Anchorage se découpait sur le fond des montagnes Chugach, comme les petites maisons et les hôtels sur un plateau de Monopoly. J'étais distrait par les avions qui tournoyaient au-dessus du terrain de l'aérodrome tels des insectes, les champs de neige au loin, les mélèzes qui jaunissaient aux lisières des vallées. L'air paraissait aussi limpide que du gin, dans l'attente des ombres immenses et du début de l'hiver.

Je le reconnus grâce à sa photo parue dans le journal. Ses amis l'appelaient «le Fonctionnaire», bien qu'il ne travaille plus pour l'État. Il avait occupé le poste de délégué au commerce à l'époque d'un des premiers gouverneurs. Avant cela, il avait travaillé pour le département de la justice et l'administration forestière. Il s'y connaissait en ressources. Depuis dix ans, il travaillait pour le lobby de l'industrie de l'énergie, avec un tel succès que le presse parlait de lui comme du troisième sénateur de l'État d'Alaska. On disait qu'il avait été le conseiller de deux présidents. Et c'était lui qui décidait de la politique de l'État.

Le Fonctionnaire avait un costume vert, et des cheveux gris coupés en brosse. Les muscles de sa mâchoire étaient crispés. Il se leva, ou plutôt se décolla légèrement de son siège et me fit signe de m'asseoir dans un fauteuil de capitaine en cuir, face à lui. Il était plus âgé que moi, et il ressemblait à un ancien athlète universitaire reconverti avec élégance dans les sports moins violents. Il se rassit sur son siège en cuir de selle et regarda en direction de la Baie de Cook. Sans rien dire.

Je regardai en bas dans la rue et vis un homme devant une église. Il portait sur lui plusieurs épaisseurs de vêtements amples, et aux pieds des bottes délacées. Je l'avais déjà aperçu lors de mes séjours précédents et je savais qu'il faisait la manche au coin des rues et s'attaquait également aux cabines téléphoniques en coinçant du papier dans la fente où tombaient les pièces, pendant une demi-journée, qu'il enlevait ensuite à l'aide d'un cintre en fer. Le soir venu, il se mettait en quête de l'asile de nuit, ou bien, si celui-ci était plein, d'une bouche d'aération chaude dans la rue où il pourrait se reposer, avant de retourner relever ses pièges dans les cabines téléphoniques et les poubelles du centre-ville.

Le Fonctionnaire s'arracha brusquement à la contemplation du paysage et se tourna dans son fauteuil pour s'adresser à moi.

— J'ai pris la liberté de nous commander un steak tartare et du bourbon... sec. J'espère que ça vous conviendra.

J'acquiesçai d'un mouvement de tête, puis m'empressai d'ajouter :

— Je préfère de l'eau.

Il sourit. Ce n'était pas la première fois qu'on me jaugeait de cette façon. J'ai toujours l'impression que je devrais présenter mes papiers ou montrer mes dents.

— Je crois savoir que vous avez été enquêteur pour le Bureau d'Aide Judiciaire.

— Exact.

— Avez-vous perdu vos illusions à force de travailler pour les pauvres, les opprimés et les exclus ?

— Non, j'ai été viré.

Je soutins son regard, sans sourire, ce qui me poussa à ajouter :

— Mais vous le savez déjà.

Cette fois, il sourit.

— Voyez-vous, dit-il, j'ai été autrefois avocat commis d'office à Denver. Pendant des années je me suis cassé le cul. C'était amusant de sentir monter l'adrénaline et de combattre le gouvernement. C'était d'autant plus chouette qu'à la fin de la journée, après m'être défoulé contre le système, ce n'était pas moi qu'on emmenait en tôle !

Je hochai la tête et regardai par la fenêtre. Un gros navire traversait le chenal peu profond de la Baie de Cook. Il y avait de l'écume dans l'eau, et je regardai plus attentivement pour voir s'il ne s'agissait pas de bélougas. Il y avait des mouettes à la surface, dérangées par les remous du bateau, mais pas de bélougas.

Un type en costume gris nous apporta à boire dans d'épais verres en cristal taillé, posés sur un plateau en étain bordé de chanvre. Il disposa des dessous-de-verre en argent sur la table en noyer, posa les verres sans un bruit, et disparut.

— Mais j'ai conservé quelques idéaux, Mr. Younger. Car, voyez-vous, je pense que le mouvement écologiste est une lutte des classes. Presque tout le monde pense que l'argent sort d'une boîte aux lettres. Il suffit d'avoir la bonne adresse et vous pouvez recevoir un chèque. L'argent a une fâcheuse tendance à devenir une abstraction dans ce pays, Mr. Younger. L'argent n'est plus qu'un symbole sur une immense dette. Lorsque cette dette devient suffisamment importante, nous devenons tous la propriété du gouvernement, et c'est lui qui décide qui a des boîtes aux lettres et qui n'en a pas.

Il fit un geste en direction de la fenêtre derrière laquelle un gros jet de l'Air Force effectuait son approche, au-delà de l'aéroport, alors que le soleil entamait une descente rapide au-dessus des montagnes au loin.

— Mais l'Alaska… possède les véritables richesses.

Il s'interrompit pour renforcer l'effet dramatique, tandis que nous regardions l'un et l'autre le jet sortir son train d'atterrissage et descendre.

— … Les véritables richesses proviennent du sol. Les gens qui veulent contrôler la terre, ceux qui prétendent prendre sa défense, ne cherchent en réalité qu'à défendre leur propre fortune, leur investissement, si vous préférez, dans cette abstraction que le gouvernement nomme « argent ».

On nous apporta le steak tartare. Composé de hamburger cru, d'œuf et d'épices, il paraissait à peu près aussi appétissant qu'une plaie à vif. il prit sa fourchette et, les yeux fixés sur la viande, il enchaîna :

— Les libéraux aiment parler de donner cet « argent » aux pauvres, mais jamais ils ne sacrifient véritablement leurs positions de pouvoir, n'est-ce pas ? Toutes leurs visions sont celles de l'aristocratie. Ils veulent que leurs laquais soient bien nourris et muets. La vraie révolution dans ce pays se déroule dans les États producteurs de ressources où l'ouvrier peut s'enrichir et se construire une vie basée sur des richesses substantielles : le pétrole, l'or, et le gaz. Vous êtes allé sur le gisement de pétrole. Ces gens sont des Américains libres.

Il leva les yeux vers moi ; un peu de jaune d'œuf

était accroché au coin de sa bouche. Il capta mon regard et il sourit, avant de tamponner sa serviette épaisse contre son menton.

— Mr. Younger, après le merdier de l'*Exxon Valdez*, il n'était plus question de nous laisser prendre au dépourvu. La gauche écologiste est passée à l'offensive. Nous devions prendre des précautions. Les compagnies pétrolières ont engagé des détectives privés, des gens qui font le même métier que vous, plus ou moins. Ils leur ont demandé les trucs habituels : surveiller, fouiller dans les poubelles à la recherche de lettres, espionner les bureaux de nos adversaires. Les stupidités habituelles que vous connaissez bien, j'en suis sûr. Eh bien, cet homme qui est venu vous voir à Sitka et vous a offert l'argent – Mr. Altman – il a comparé les prix et il a engagé un individu... indépendant, pourrait-on dire. Une grave erreur ce recrutement, et j'ai bien peur que le problème ne devienne plus important que le problème initial.

— J'en suis conscient.

Il reposa sa fourchette.

— Vous avez fréquenté les avocats et les professions juridiques pendant assez longtemps pour savoir qu'il existe différents genres d'hypocrites. Au début, Charlie Potts était un excellent ouvrier. Un type bien. Il aurait sans doute pu faire son chemin dans la vie comme il le voulait. Mais il a voulu prendre un raccourci. Oh, je n'ai rien contre les raccourcis. Certains sont très efficaces, et personne ne trouve rien à redire, mais à partir d'un certain stade, on passe de l'efficacité à l'exploitation, et ensuite à l'extorsion. Potts voulait arrêter de travailler et ramasser uniquement l'argent provenant de ce qu'il refusait de faire. Ce n'est pas acceptable.

Il frappa avec sa fourchette contre le fond de son assiette, ratissa encore un peu de viande et l'enfourna dans sa bouche. Remarquant que je n'avais pas touché à mon steak, il haussa les sourcils d'un air quelque peu suppliant. J'acquiesçai, alors il prit mon assiette et en versa le contenu dans la sienne. Je me renversai légèrement dans mon siège et bus une gorgée d'eau.

— Potts faisait chanter la « Global » ?

Il me sourit, la bouche pleine. Et il déglutit avec peine.

— Allons, vous savez bien que je ne peux pas parler de choses que j'ignore. J'ai simplement entendu de vagues rumeurs qui sont parvenues jusqu'à moi. Voyez-vous, je ne m'occupe plus tellement de ce domaine désormais. Mais Potts était mêlé à cette sale histoire là-haut à la mine, et je pense qu'avant cela, il détenait des renseignements concernant des projets et des opérations, qu'il a peut-être confiés à cette cuisinière.

Il fit un signe au serveur qui se tenait dans un coin de la pièce et désigna son assiette.

— Je disais simplement qu'il y a énormément d'argent à gagner pour ceux qui sont prêts à gravir tous les échelons en travaillant. (Il me regarda de nouveau et cessa de mastiquer.) Voilà une chose à laquelle vous devriez peut-être réfléchir. Nous avons besoin d'un bon gars de l'Alaska.

— Où est Hannah Elder ?

Il se renversa sur son siège et secoua la tête.

— Certaines personnes par ici, et parmi elles Altman, ont peur de ce que cette fille pourrait raconter. Tant qu'elle ne possède aucun document, je ne m'inquiète pas personnellement de ce qu'elle peut dire. Au sujet du viol, ou n'importe quoi d'autre. La vie a toujours été dure là-bas dans ces campements. C'est inévitable. Cette fille – je parle de la cuisinière – elle le savait quand elle est partie. Elle savait ce qu'elle faisait, et elle aussi avait son petit rituel de séduction. Cette sale histoire entre Potts et elle, ce n'était rien comparé à ce qui se passe maintenant. Cette accusation de viol, c'est une simple affaire de relations publiques. On peut toujours trouver une solution.

Il but une longue gorgée de bourbon, en habitué. Je portai mon verre à mes lèvres, mais l'eau me semblait presque poussiéreuse.

Il se tourna pour regarder de nouveau vers la fenêtre, et il parla en s'adressant à l'immensité de la Baie de Cook.

— Je pensais davantage à Mr. Steven Mathews. Pour moi, il incarne la pire espèce d'hypocrite : un riche aristocrate qui ne veut pas véritablement se salir les mains, sauf pour quelques petites opérations ostentatoires. Et la poésie, nom de Dieu. La poésie a toujours été la distraction des privilégiés, quand bien même ils se lamentent sur le sort de leurs amis de la «classe ouvrière». Malgré cela, il voudrait dicter ses règles de vie au monde entier. Il croit à la pauvreté volontaire. Combien de ses amis de la classe ouvrière veulent adhérer à ce truc? Il y a là une contradiction dans les termes.

Il reposa sa fourchette et avala une grande gorgée de bourbon. Je sentais l'odeur flotter jusqu'à moi par-dessus la table.

— La fille avait tout raconté à Mathews sur le projet de la mine, elle lui avait remis des documents très compromettants. J'ignore s'ils sont authentiques, vous comprenez. Sans doute les a-t-elle fabriqués. Nous avons cru pendant un moment qu'ils étaient en votre possession, puis nous avons pensé que Hannah Elder les détenait. En vérité, Mathews ne possédait qu'une petite partie de ce que nous cherchons. Mais il a su s'en servir au mieux de ses intérêts, le salopard. Pauvreté volontaire, mon cul… il commençait à nous piquer un sacré paquet de fric. Nous devions faire transiter l'argent par l'intermédiaire de Potts. C'est surtout cette hypocrisie qui me révolte. C'est pas le fric. L'argent n'a pas beaucoup d'importance en fait, même les sommes importantes que nous étions obligés de détourner pour Potts et Mathews car…

Il se pencha en avant et posa ses grosses mains à plat sur la nappe couleur crème. Elles ressemblaient à une peau de melon éraflée. il souffla ; son haleine avait l'odeur sucrée et amer de l'alcool.

— Mathews ne déteste par la richesse. Il déteste la disparité entre les riches et les pauvres. Eh bien… (il se pencha davantage, à tel point que nous nous touchions presque, avec une intimité indésirable), nous pouvons supprimer cet écart, pour lui, pour vous, et tous les habitants de cet État primitif. Nous pouvons les rendre riches. Vous voulez une société avec une seule classe ? Pourquoi pas une classe de riches ? (Il se recula.) Combien d'habitants en Alaska… cinq cent mille ? On peut y arriver. On peut tous les rendre riches. Il ne s'agit pas d'un bobard d'homme politique, Younger. Nous pouvons le faire.

Et il adressa un signe de tête au serveur qui attendait bien sagement dans un coin pour qu'il lui remplisse son verre.

— Y a-t-il assez de pétrole pour ça ? me surpris-je à demander, tandis qu'on nous rapportait à boire.

— Oui, c'est possible, assurément. Le pétrole, le gaz, l'eau… et même le soleil, bordel. Il y aura toujours quelque chose, et il y aura toujours une main pour tourner le robinet. Oui, nous pouvons le faire. Mais ce que nous ne pouvons pas faire, c'est renoncer à notre position près du robinet, car sans lui… (il désigna la pièce d'un large geste, comme s'il était un colporteur dans une foire et que tout cela ne fût qu'illusion)… sans lui, il n'y a rien.

Il posa sa serviette et repoussa son assiette.

— Ce qui me ramène à la grave erreur de Mr. Altman, et au problème que j'aimerais que vous m'aidiez à résoudre. (Il plissa le front, dans un geste calculé.) Je pense qu'Altman vous a sous-estimé, et cela fait partie de son erreur. Nous aurions dû venir vous trouver dès le départ.

Il se tourna et fit un signe avec le menton ; un gars qui se tenait dans l'encadrement de la porte s'avança pour lui tendre une chemise cartonnée. Il l'observa un instant, puis la déposa sur ses genoux. Il me regarda comme s'il essayait d'utiliser une vision à rayons X. Puis il reprit la parole :

— Deux choses. Premièrement, où est Steven Mathews ?

— Je l'ignore. La dernière fois que je l'ai vu, il était sur son rivage, et je m'apprêtais à m'envoler avec un cow-boy et un cadavre. Je ne sais pas où il est, mais j'ai l'impression que quelqu'un travaillant pour vous connaît la réponse.

Il repoussa cette remarque d'un geste vague de la main, comme s'il chassait une mouche tournant autour de son nez. Il déposa la chemise sur la table. Lorsqu'il l'ouvrit, une photo en couleur s'en échappa. C'était un agrandissement de la photo du permis de conduire du pilote aux bottes de cow-boy en peau de serpent.

— Sincèrement, Altman a eu tort de nous impliquer avec cet individu. On nous avait dit qu'il était fiable, hélas nos informations étaient... (haussement d'épaules)... incomplètes.

— Ah bon, vous n'avez pas vérifié ses références ? Pour qui d'autre a-t-il joué les tueurs ?

Il me jeta un regard sévère, plein de reproche.

— Il se nomme Eli Pick, et rien ne me prouve qu'il ait fait du mal à qui quiconque. Je n'ai aucune certitude à ce sujet. Altman l'a engagé pour nous amener Louise Root et... s'occuper du cas Mathews. (Il sembla retenir son souffle légèrement, comme s'il pesait avec soin ses mots.) Maintenant, il est « hors jeu », pourrait-on dire.

— Ça signifie qu'il n'égorge pas les bonnes personnes ?

Il frappa sur la nappe avec sa grosse cuillère.

— Je n'ai pas la preuve qu'il ait égorgé qui que ce soit. Je sais seulement qu'il se trouvait dans les environs, et que maintenant, il ne répond plus à nos appels. Il était censé surveiller Hannah Elder. Au lieu de cela, on apprend qu'il est accusé d'avoir liquidé un pilote d'avion. Et *lui* affirme que c'est Mathews qui a tué le pilote.

— Pourquoi ne l'avez-vous pas remis entre les mains de la justice dans ce cas ?

— Nous ne connaissions pas la nature du problème. Nous avions besoin d'Eli Pick, et nous avions besoin de l'avion avant de faire appel à la justice. Mais Pick a disparu. Il s'est envolé dans un coin reculé des îles, là où n'avions pas de... personnes compétentes pour gérer la situation.

— Vous pensez que Mathews a tué ce pilote qui se trouvait à l'arrière de l'avion de Pick ?

— Pour l'instant, officiellement, il n'y a pas de pilote. Il y a uniquement votre délire débité devant un Indien à Angoon, et repris ensuite sur une fréquence libre à la radio. Je suis comme vous, Mr. Younger. Je suis un sceptique. Je ne crois à rien tant que je n'ai pas la preuve devant les yeux. Pour l'instant, il n'y a aucun cadavre de pilote. Tout ce que je sais, c'est que de nouveaux problèmes surgissent, et Mathews et Pick ont disparu.

Il but une gorgée de bourbon, et fit tinter les glaçons dans son verre.

— En fait, tout provient d'un stupide malentendu. Une... réunion a eu lieu à Juneau. Les plus hauts représentants de l'État et de la compagnie y assistaient ; le problème de Steven Mathews et de ses motivations financières a été évoqué. Le big boss, sans doute pour plaisanter, j'en suis sûr, a déclaré – un peu comme s'il se parlait à lui-même vous voyez : « Allez voir cet emmerdeur et réglez le problème une bonne fois pour toutes. » Peut-être quelqu'un a-t-il pris les paroles du patron au pied de la lettre.

Mon interlocuteur écarta les bras dans un geste d'impuissance, pour bien me faire comprendre que s'il y avait eu des gorges tranchées, c'était uniquement la conséquence d'une méprise de la part d'un sous-fifre naïf.

— Où est Hannah Elder ? demandai-je.

— Elle ne nous intéresse pas. Lui oui.

Il me tendit une description d'Eli Pick figurant sur un listing d'ordinateur. On pouvait y lire son âge, son poids et son signalement, mais rien d'autre.

— La « Global » a fait venir Mr. Pick de Las Vegas. C'est un pilote qualifié, capable de conduire un hélicoptère ou un avion. Toutes les autres informations sur son passé sont fausses ou introuvables. Aucun numéro le concernant – qu'il s'agisse de la Sécurité Sociale, de son permis de conduire, ou même de sa date de naissance – ne correspond à quoi que ce soit dans aucune banque de données du monde entier.

— Et alors ?

— Alors, nous voulons que vous le retrouviez.

— Hein ?

— Nous savons que vous n'êtes jamais armé. Nous savons que vous n'êtes pas un homme violent. Nous ne vous demandons pas de commettre un acte illégal, ni même vaguement contraire à l'éthique. Contentez-vous de le localiser et de le garder au même endroit assez longtemps pour que nous puissions lui parler, et peut-être l'expédier au siège national de la « Global ».

La manière dont il avait prononcé ces mots « siège national » me fit penser à un long couloir de lumière diffusant de la musique New Age.

— Qu'est-ce qui vous fait croire que je suis prêt à faire ce genre de chose ? J'ai vu un peu trop de cadavres ces derniers temps.

— Votre réputation n'est guère flatteuse, Mr.

Younger, malgré tout, je pense que vous êtes capable d'accomplir cette mission simple.

Je cherchais la réplique parfaite, qui je le savais me viendrait dans quelques jours ; cette phrase concise qui transformerait son arrogance en lait caillé et refléterait les cinquante mille dollars que mes parents avaient dépensés pour mon éducation. Mais les mots jaillirent de ma bouche, bruts :

— Vous pouvez toujours courir.

Mon interlocuteur fit la grimace, comme s'il avait envie de cracher. Finalement, il éclata de rire, et se laissa aller au fond de son siège. Il m'adressa un sourire patient, comme un prof de gym sadique qui regarde un gamin obèse vomir parce qu'il a couru trop vite.

— Je crois que vous avez besoin qu'on vous présente les choses sous l'angle de votre propre intérêt. N'est-ce pas ? Très bien, Cecil. Alors, vous le ferez pour Hannah Elder. Mr. Potts a succombé à des blessures par balles. Mrs. Elder s'est rendue sur le chantier, à sa recherche. Elle était armée. C'est affreux de voir quelqu'un que l'on aime commettre un crime épouvantable, de manière imprévisible. Vous avez déjà connu ça, hein, Cecil ? Mr. Potts s'est peut-être suicidé, ou bien peut-être a-t-il été assassiné. L'enquête des services de sécurité de la « Global » décidera des conclusions envoyées au légiste… et au procureur.

Mon estomac se contracta ; mon cerveau était comme de la viande crue épicée. Le Fonctionnaire se renversa dans son fauteuil et ses doigts se mirent à tambouriner sur la table, tandis qu'il me regardait en souriant.

— Évidemment, un tas de choses dépendront du résultat de vos recherches pour localiser Mr. Pick.

Je me penchai au-dessus de la table pour le saisir par le col. Deux mains aussi larges que des gants de baseball me prirent par l'épaule et me rassirent en douceur sur mon siège. L'homme qui m'avait accueilli à l'aéroport et était resté jusqu'à maintenant dans un coin de la pièce arrangea ma veste sur mes épaules, et fit comprendre au serveur que j'aurais peut-être besoin d'un verre.

— Du calme, l'ami. Buvez un coup. Personne n'a intérêt à faire des histoires.

Le Fonctionnaire ricana, comme si ma réaction était pour lui une distraction inattendue. Il poussa vers moi un verre de bourbon et tapota légèrement sur le bord du verre.

— Vous n'êtes pas un homme violent, voilà pourquoi vous nous plaisez, Cecil. Retrouvez Mr. Pick. Immobilisez-le. Ensuite, Mrs. Elder n'aura plus à s'inquiéter des… complications juridiques.

— Pourquoi ne pas le faire arrêter tout simplement ? Envoyez donc votre boy George Doggy le chercher.

— George est un brave homme, et un sacré bon flic. Mais nous ne pouvons pas livrer Mr. Pick à la justice. Les avocats et les enquêteurs de la défense poseraient trop de problèmes. Retrouvez Pick et tout rentrera dans l'ordre.

Il se leva et me serra la main, pour me faire comprendre que je devais m'en aller. Il baissa la voix pour un au revoir plus amical.

— Nous pourrons nous remettre au travail ensuite. Nous salir un peu les mains, mais nous sentir bien après une dure journée. Qu'en dites-vous ? Merci d'être venu.

La tempête avançait lentement vers les côtes. Les aéroports du sud-est peuvent rester fermer pendant plusieurs jours lorsqu'il y a une tempête ; des rideaux blancs de pluie, et parfois même des brisants, s'abattent sur la piste. Lors des rares et derniers vols, les gros avions à réaction vibrent et plongent dans les courants d'air, ils virent au-delà des montagnes pour tenter leurs approches, pendant que les pilotes évaluent les risques encourus à l'atterrissage.

Les paroles du Fonctionnaire ne cessaient de m'inquiéter. Il fallait absolument que je quitte Anchorage et descende jusqu'à Sitka, plus bas sur la côte. Doggy se trouvait à Sitka et il y avait à Anchorage quelques truands qui voulaient s'occuper de moi. Pourtant, même si je gagnais des kilomètres en vue de mon diplôme de voyageur fidèle, je n'avais aucune envie de monter à bord de cet avion.

La tempête se trouvait à des kilomètres plus au sud et notre décollage d'Anchorage s'effectua en douceur. J'attendis que nous ayons grimpé à trois mille pieds, que l'hôtesse nous ait donné à manger et à boire, puis j'inclinai mon siège et m'endormis. Je rêvai de montagnes se précipitant à ma rencontre ; la glace et les rochers, les plantes rabougries qui s'accrochent aux corniches alpestres. Je vis sainte Thérésa et Hannah voler sous l'avion, leurs robes blanches flottant comme des rideaux. Hannah saignait du nez, elle avait la tête tournée vers moi lorsque sa peau vira au gris, au moment où l'ombre d'une aile passait au-dessus d'elle. Je me réveillai en sursaut.

Eli Pick occupait le siège vacant à mes côtés.

— Good morning, sunshine, dit-il avec son accent nasillard de cow-boy, et je me souvins que Paul m'avait dit la même chose le jour où il était mort. Je sais ce que vous ressentez, collègue. Des fois, j'ai l'impression que les seuls moments où j'arrive à dormir, c'est dans ces putains d'avions.

Sa tête se trouvait tout près de la mienne, si bien que son visage emplissait tout mon champ de vision. Il ne paraissait pas aussi effrayant que dans mon souvenir. Il était dodu, et plus âgé que dans l'image que je trimbalais depuis le jour où j'avais sauté de l'avion. Assis là, il semblait même petit. Sa peau était tendue à craquer sur son crâne. Il était légèrement dégarni et à cause de sa vilaine coupe de cheveux, ses oreilles semblaient énormes. Sa bouche était bourrée de dents, et ses lèvres s'étiraient tout autour en un sourire idiot. Il ressemblait davantage à un type qui marie les gens à Las Vegas qu'à un tueur professionnel.

Son souffle était chaud sur mon visage ; il parlait d'un ton affable.

— Hé, vous êtes réveillé, vieux ? Vous avez dû passer une sacrée nuit. Moi, je peux vous dire que oui en tout cas

Et il se renversa contre le dossier de son siège.

Hannah s'éloigna au ralenti sous la couche nuageuse.

Eli Pick m'observa d'un air soucieux.

— Je voulais juste vous dire combien j'étais désolé à cause de cette histoire à bord de l'hydravion, Cecil. Putain, vous m'avez pas laissé le temps de m'expliquer.

— Oui, j'aurais aimé rester pour écouter l'explication. Je suis sûr que Paul a apprécié.

Il baissa la voix et rentra sa tête dans ses épaules comme s'il me confiait un grand secret.

— Allons, Cecil, je sais que ça peut paraître moche. Mais merde, tout devient si compliqué. (Il poussa un soupir, se renversa légèrement en arrière, me tira par le coude, et enchaîna :) Nom de Dieu, vous passez votre temps dans les airs par ici. Je crois que j'ai pas pris autant l'avion depuis que j'étais dans l'armée.

Je hochai la tête. Il me regarda d'un air un peu contrarié.

— Allons, ne faites pas la tête, dit-il. Je vais tout vous raconter. En fait, j'ai tellement voyagé en avion que je me souviens plus de tous les pilotes avec qui je suis monté. Mais ce type, Paul, lui il s'est souvenu de moi. À l'époque où j'étais allé à Ketchikan avec un autre type. C'était déjà emmerdant, et voilà qu'il a commencé à faire le rapprochement avec le dénommé Mathews et cette fille…

… Vous voyez, Cecil, ça se complique. Je suis sûr que vous comprenez. Une chose en entraîne une autre.

— Les gars d'Anchorage veulent vous récupérer. (Je m'adressais au dossier du siège devant moi.) Ils disent que vous êtes devenu incontrôlable et que vous tuez des gens. Vous représentez une gêne pour eux.

Il se pencha de nouveau en avant, et je sentis son haleine parfumée au bonbon à la menthe.

— Faut pas les croire, Cecil. Je sais que je peux me confier à vous. On est dans la même branche. Ces types à Anchorage, c'est une bande de poules mouillées. Moi, je travaille pour Altman. Il m'a engagé pour régler certaines affaires à sa place, et je fais mon boulot. Toutes ces histoires comme quoi je suis une sorte de renégat qui tue des gens pour les foutre dans le pétrin, c'est rien que du baratin. Ces mecs, je les appelle tous les jours pour leur dire ce que je fous. Ils n'ont jamais critiqué ma façon de procéder. Ce sont les huiles qui paniquent. Rien ne leur fout plus la trouille que de se retrouver dans le journal. Je leur ai pourtant expliqué, nom de Dieu, on peut pas faire d'omelette sans casser d'œufs ! Mais ils racontent à tout le monde que c'est ma faute pour couvrir leurs petits culs tout blancs si jamais cette histoire atterrit dans les journaux.

Il me tapota sur l'épaule.

— En fait, reprit-il, c'est votre ancienne petite amie la responsable de presque tout ce bordel. Croyez-moi, voilà une gonzesse foutrement en rogne. Je me souviens pas d'avoir jamais vu ça.

— Hannah ? Qu'est-ce que vous racontez ?

— Une sacrée bonne femme. Elle sait manier un flingue. La vache, on peut dire que cette soirée d'anniversaire l'a sacrément foutue en rogne. Évidemment, je suppose qu'elle est furieuse parce que les types ont culbuté sa petite amie, et je peux comprendre dans une certaine mesure. Mais elle est sur le point de craquer, je vous le dis. Je crois qu'elle commence à perdre la boule. C'est triste. Elle est vachement mignonne. Ça me gênerait pas de faire plus ample connaissance avec elle. Je parie qu'elle fait des trucs un peu bizarre, hein ?

Il secoua la tête et m'adressa un sourire penaud.

— Où est-elle maintenant ? demandai-je.

— Aucune idée. (Il agita ses sourcils à la manière d'une marionnette de ventriloque.) Les gars de la compagnie avaient mis la main dessus, mais ils l'ont laissée filer. Je suppose qu'elle est partie vous rejoindre. (Il me donna un petit coup de coude dans les côtes.) Vous êtes un héros.

Il se redressa sur son siège en ricanant. L'avion changea de cap et nous pénétrâmes dans les poches d'air des basses pressions de la tempête. Les sièges grincèrent, les lumières de la cabine vacillèrent un instant. J'écoutais le grognement des moteurs qui augmentaient la poussée. Pick détourna la tête, puis se retourna vers moi. Il ne souriait plus.

— Dites au professeur Mathews qu'il a intérêt à payer ses dettes et à foutre le camp de Dodge. Il s'est suffisamment foutu de moi. Il ne peut plus se cacher, il doit tenir parole. Si vous le voyez, dites-le lui. O.K. ?

Il se pencha au-dessus de moi pour regarder à travers le hublot, au moment où nous traversions les nuages gris-noir qui entouraient Juneau. Les lumières scintillantes des mobile-homes près du glacier s'élevèrent en dansant sous la pluie. L'avion tangua et chuta au milieu des rafales. J'agrippai mes genoux. Pick se renversa au fond de son siège et son regard fixe attira mon attention comme une pointe de couteau sous le menton. Il parlait à voix basse, d'un ton sec.

— Surtout, Cecil, ne jouez pas au con avec moi. C'est du business. C'est un truc que vous ne comprenez pas.

L'avion roulait vers la porte. Pick se leva et adressa un signe joyeux à l'hôtesse qui le foudroyait du regard. Il me tapota sur l'épaule encore une fois, ignorant les gestes de l'hôtesse pour lui ordonner de s'asseoir.

— Je descends là. Inutile de vous lever. Vous savez, vous devriez vous détendre un peu. Dépensez donc quelques billets verts de la « Global ». Vous pourriez peut-être rester à bord de cet avion, aller au Mexique, vous trouver quelques jolies beautés espagnoles. Bonne chance et… soyez prudent, hein ?

Il prononça ces derniers mots dans un souffle chaud au creux de mon oreille. Puis il m'adressa un clin d'œil, et leva les bras pour récupérer son sac en cuir dans le porte-bagages au-dessus de ma tête, et il fut le premier à descendre de l'avion quand l'hôtesse déverrouilla la porte.

DOUZE

L'avion resta bloqué à Juneau, après quoi il contourna Sitka à cause des pierres sur la piste. J'avais visité trois autres aéroports, mais j'avais oublié où ils se trouvaient. C'est au petit matin que je passai devant le Foyer du Pionnier pour les personnes âgées et le vieux bureau de poste, descendant Katlian Street en direction du port. Je passai devant le bar et l'armurerie, le restaurant chinois, et lorsque j'entendis les bruits de la conserverie de poisson, je vis ma maison et m'arrêtai. Hannah se tenait devant.

La loyauté est la coupe qui renferme mes désirs. Voilà ce que j'avais demandé à me faire tatouer sur le cul. Le type penché au-dessus de moi, avec son aiguille à la main, avait souri à travers sa barbe grise et touffue. « Vous savez, j'ai pas le droit de vous faire ça si vous êtes ivre. J'ai une licence. Revenez une autre fois. Je vous ferai tout ce que vous voulez. »

Ça remonte à plusieurs années, et je ne me suis jamais fait tatouer. La piqûre de l'aiguille, la douleur de se coller un truc permanent, voilà ce qui m'a découragé.

Hannah était en train d'accrocher une plante au

crochet qui servait de poteau indicateur devant ma porte. Elle portait un pantalon de jogging bleu et une chemise couleur lavande avec un poisson de roche joliment dessiné dessus. Ses cheveux pendaient dans son dos ; je la regardai s'étirer, soulever le panier, puis relâcher ses muscles. Elle se massa le crâne et repoussa ses cheveux devant ses yeux. Les mouettes montaient du déversoir près de la conserverie et tournoyaient au-dessus de chez moi, en poussant des cris plaintifs à deux tons. Hannah observa les mouettes et la maison, se balança d'avant en arrière sur ses talons et prit une profonde inspiration.

Les compresseurs beuglaient à l'extrémité du pâté de maisons, un camion-citerne faisait grincer ses vitesses, tandis que le chauffeur hurlait, en essayant de contourner un pick-up immobilisé sur les quais étroits. Mais les mouettes réussissaient à se faire entendre, comme une mélodie au violon. Le soleil apparaissait : l'air se remplit, les ombres s'obscurcirent, et Hannah était devant chez moi.

Je repris mon sac. Je ne voulais plus de cette affaire. Je ne voulais plus d'autres cadavres. Le Juge n'était plus de ce monde, et peut-être pourrais-je supplier qu'on me redonne un vrai boulot, si seulement je réussissais à me dépêtrer de ce merdier.

Elle se retourna et me vit. Ce ne fut pas un sourire, ni la surprise, mais une intense concentration qui s'abattit sur moi.

— Cecil… Todd m'a ouvert la porte. Je l'ai ramené jusqu'ici. Je me disais que ça ne t'embêterait pas.

— Non, bien sûr que non.

Elle recula dans l'encadrement de la porte, sans timidité, en m'observant avec attention.

— J'ai des ennuis, et je n'ai pas trouvé d'autre solution. Je suis venue ici.

La voix de Hannah tremblotait, et elle n'osait pas soutenir mon regard.

Todd sortit de la maison, en nous tendant à chacun une tasse de café. Il se balançait d'un pied sur l'autre, et commença par se racler la gorge.

Il parla d'une voix forte, comme s'il craignait que je sois devenu sourd lors de mes pérégrinations.

— Salut, Cecil. Tu as besoin d'un coup de main pour porter un truc ? Tu as rapporté quelque chose ? Un machin dans une caisse, par exemple ? Tu voudrais que je t'aide ?

Je passai devant Hannah et me plantai face à Todd.

— Écoute, vieux, je t'ai expliqué qu'on ne peut pas prendre n'importe quel vieux chien à la fourrière. C'est une chose qui mérite réflexion. Nous devons consulter la documentation.

Je me souvenais vaguement d'une escale dans un aéroport et d'une boutique de souvenirs où j'avais acheté un livre illustré sur les races de chiens. Je le sortis de mon sac et le plaquai sur la poitrine de Todd.

— Tiens, feuillette ça pendant que je pose mes affaires et que je discute avec Hannah.

Il me sourit et ouvrit immédiatement le livre. Il fit glisser son doigt sur l'arête de son nez pour remonter ses lunettes. Il regardait le livre comme s'il s'agissait d'un menu et qu'il n'avait pas mangé depuis des semaines ; et il rentra dans la maison.

Le temps se modifia brusquement ; des rafales de pluie se mirent à souffler. Hannah se trouvait sous la corniche. Elle fit un geste du menton et nous entrâmes.

Hannah se tenait déjà près du poêle au premier

étage le temps que je monte péniblement jusqu'au palier. Les mains écartées dans le dos, elle se balançait sur la plante des pieds. Au bout du canapé disposé face à la fenêtre donnant sur la mer, Todd lisait son livre sur les races de chiens.

Il me regarda attentivement et demanda :

— Qu'est-ce que tu penses du terre-neuve? Il paraît que c'est un chien fidèle, et il pourra sauver des gens qui se noient dans la mer.

— Ça bave et c'est idiot.

— Et un terrier Staffordshire? Ils sont féroces et fidèles.

— Méchants et stupides.

Il leva les yeux; comme les verres de ses lunettes étaient embués, il agitait la tête de droite à gauche en louchant.

— Dis Cecil, quels sont les chiens intelligents à ton avis?

Je m'apprêtais à dire quelque chose de prétentieux et de méchant. Mais je regardai Todd avec son livre déjà tout écorné à force qu'il tourne les pages avec son pouce, et je me retins.

— Nelson était un chien intelligent.

Je lui ôtai ses lunettes, les essuyai avec un torchon à vaisselle et les remis en place sur son nez. Il me regarda avec un sourire triste et béat qui me mit presque en appétit.

— Oui, c'est vrai, hein?

Hannah souriait à Todd; elle ne me regardait pas. Moi, je l'observais. Une mèche de cheveux échappée de son bandeau caressait son cou. Je me raclai la gorge comme un collégien qui s'apprête à l'inviter à danser.

— On ferait peut-être mieux d'aller ailleurs. Je crois que nous devons aborder certaines choses.

Sans me jeter un regard, elle se dirigea vers l'escalier et prit son manteau. Puis elle revint vers Todd et posa sa main sur son épaule.

— Nous revenons tout de suite.

Todd leva la tête, ses yeux roulaient derrière ses verres épais, et il lui adressa le demi-sourire d'un rêveur, avant de se replonger dans son livre.

Dans la rue, nos pas résonnaient sur le trottoir, tandis que nous marchions en direction du vieux bureau de poste. Hannah avançait un mètre devant moi, les épaules voûtées, les mains enfoncées dans les poches. Tous les deux nous regardions nos pieds.

— De quoi faut-il que nous parlions ? demanda-t-elle à ses chaussures.

— Je suis allé à Deadhorse. J'ai vu Charlie Potts.

Ses épaules se relâchèrent. Elle s'arrêta. Et pour la première fois, elle me regarda.

— Je n'ai rien fait, Cecil. Je l'ai découvert dans cet état.

Nous nous remîmes en marche. Près du bar sur les quais, tout était calme, il n'y avait que le bruissement fait par le gamin qui balayait à l'arrière.

— Je te crois.

— Pourquoi ?

— Parce que j'en ai envie.

Nous nous arrêtâmes devant la porte ouverte d'un autre bar. De la musique douce et le tintement des verres qu'on pose au fond de l'évier en aluminium.

— Nous devons foutre le camp. Ou sinon, ils vont venir t'arrêter.

Elle gonfla ses joues et tourna la tête vers la devanture du bar. Son souffle embua la vitre, et elle dessina un cœur sur la buée avec la pointe de son doigt. Ses lèvres s'affaissèrent en une grimace triste ; les mots sortirent de sa bouche en crépitant.

— Je voulais faire quelque chose pour l'aider. Elle était venue me trouver, car elle avait besoin de parler de ce qui lui était arrivé à la mine. C'était une blessure si profonde. Elle souffrait…

Hannah effaça le cœur sur la vitre avec la manche de sa chemise et appuya sa tête contre le verre froid.

— Je n'ai rien fait pour l'aider. Je lui ai débité les idioties habituelles au sujet de la patience et de la cicatrisation, le besoin de dire la vérité. Mais ça n'a servi à rien. Quand j'ai vu son corps qu'on sortait de la baie, là-bas à Ketchikan, je savais que ce n'était pas ta faute, Cecil. J'ai compris que c'était la mienne.

Elle pleurait. Sa tête était plaquée contre la vitre ; sa joue souillait le carreau.

— J'ai pris le sac à dos, j'ai lu les documents et je n'ai rien pu faire. Quand j'ai compris que Potts était le coupable, j'ai juré de l'obliger à tout avouer. Il fallait que quelqu'un endosse la responsabilité. Mais quand je suis entrée dans la caravane, et quand je l'ai vu avec la tête éclatée… Oh, mon Dieu, Cecil, j'ai eu peur.

Je l'écartai de la vitre et passai mes deux bras autour de sa taille. Ses épaules tremblaient, sa tête s'agitait sous mon menton. Je nous regardais dans le reflet de la vitre, je voyais la vapeur de sa respiration.

Elle leva les yeux vers moi, à quelques centimètres. Elle avalait l'air à pleine gorge pour prononcer ses mots.

— Je voulais juste aider Lou. Je réclamais la justice. Je me suis penchée, j'ai touché le visage de ce type. J'avais du sang sur le doigt. De l'eau coulait, et son sang était en train de geler. Je ne voulais pas ça. Je ne voulais pas ça. Quand nous sommes montés là-haut avec Alfred, nous voulions juste lui parler. Nous...

— Alfred Tom ?

Elle acquiesça.

— J'ai retrouvé Alfred à Fairbanks. Il avait emprunté la camionnette d'un parent, et nous avons suivi la route des poids lourds. Il était amoureux d'elle, voilà ce qu'il m'a dit. Il voulait m'aider.

— Et ensuite ? Comment es-tu revenue ici ?

— En voyant tout ce sang, je crois que j'ai un peu perdu la tête. Je suis ressortie de la caravane en courant, et je me suis enfuie. J'avais froid. Je crois que j'ai marché pendant des heures. Soudain, il y a eu de l'agitation, et un tas de bagnoles de la sécurité qui roulaient dans tous les sens. Quelqu'un m'a ramassée et m'a conduite à l'avion. Ils m'ont réexpédiée à Anchorage. Ils n'ont pas dit grand-chose, à part un type répugnant qui posait un tas de questions.

— Est-ce qu'il portait des bottes de cow-boy extravagantes ?

Elle me regarda et esquissa un hochement de tête, comme si elle découvrait soudainement que j'étais au courant de toute l'histoire.

— Oui. Et il m'a posé des questions sur toi. Il m'a demandé également si je savais où était Steven Mathews.

— Et alors, tu le sais ?

Elle se massa la nuque et s'étira. Elle se tourna vers moi.

— Non, Cecil, je ne sais pas. Quand j'ai retrouvé Alfred à Fairbanks, on aurait dit qu'il avait discuté avec Mathews. Je crois qu'il lui avait parlé le jour même. Mais il ne m'a pas dit où il était.

— Et Alfred Tom ? Qu'a-t-il fait ensuite ?

— Nous nous sommes séparés rapidement. Il m'a déposée à une station-service et il m'a laissée me débrouiller seule. J'ai dû interroger des gens pour trouver Potts. Je crois qu'Alfred Tom sait énormément de choses dans cette affaire, mais pas moyen de lui tirer les vers du nez. Je suppose qu'il est redescendu par la route des camions.

— Sais-tu où il est maintenant ?

— Son cousin m'a appelée pour m'annoncer qu'il devait arriver aujourd'hui par le vol de midi. Si l'avion peut atterrir. Sinon, il doit prendre le bateau pour se rendre dans une cabane située au nord d'Angoon.

L'avion n'atterrit pas ce jour-là. Cette fois, ce fut le brouillard sur Juneau qui perturba les vols. Mais je savais où trouver Alfred Tom. De bonne heure le lendemain matin, un avion me conduisit à la cabane de Steven Mathews. Le plus fort de la tempête était encore à venir, aussi le vol ne fut-il pas aussi épouvantable que je le craignais. À l'exception de la première partie orageuse le long des côtes, nous suivîmes la route maritime jusqu'à destination... Je demandai au pilote de bien vouloir attendre, car il me suffisait de jeter un coup d'œil pour être fixé, et j'avais également besoin d'un témoin.

La porte de la cabane était ouverte. Une marte se débattait avec une boîte de conserve, et des haricots voltigeaient chaque fois que l'animal balançait la boîte d'un côté ou de l'autre. Mon pied glissa sur un rocher incrusté de bernaches et la marte se figea ; son petit nez et ses yeux de poupée pointèrent dans ma direction. Sans doute, pensai-je, croyait-elle que son immobilité la rendait invisible. Je fis un pas de plus en avant et le choix devint évident. La marte s'enfuit.

Arrêté sur le seuil, je regardai à l'intérieur de la cabane. Le matelas était retourné, et tout ce qui se trouvait sur l'étagère était maintenant par terre. De la farine était répandue sur ce fouillis de crayons, d'argenterie et de carnets, de batteries de lampe électrique, de sparadraps, de pièces de tronçonneuse, d'allumettes, de nouilles séchées, et de particules de papiers multicolores. Des empreintes de marte étaient éparpillées dans la farine, ainsi que des crottes de souris dessinant dans la pièce une sorte de spirale frénétique. Le poêle était ouvert, le sèche-linge en bois était brisé en éclats sur le sol.

J'examinai les quatre coins de la pièce : pas de sang, pas de cadavre. Mathews avait fichu le camp, depuis plusieurs jours assurément.

En consultant un carnet, je découvris des listes, des outils indispensables ou des pièces détachées à remplacer. J'en pris un second et découvris un registre de toute la nourriture consommée chaque jour. En première page, on lisait : pain noir et haricots bouillis, café, oranges et chocolat. Ce carnet ne contenait rien d'autre que des listes d'aliments.

Je me souvins qu'il y avait autrefois des livres empilés dans tous les coins libres de la cabane. Il ne restait plus que quelques manuels et deux ou trois romans policiers. Les livres sérieux avaient disparu.

Je ne pensais pas que les souris aient emporté *L'anatomie de la mélancolie* ou *À la recherche du temps perdu* dans un terrier sous le tas de bois.

La table avait été débarrassée. Il y avait uniquement un bloc-notes jaune, vierge, dont la page de garde avait été arrachée et, posé sur le bloc-notes, un stylo en plastique noir avec le capuchon ouvert. À côté du stylo se trouvait un bouchon de bouteille. Il n'y avait aucune empreinte humaine dans la farine, et aucune trace de farine ne conduisait vers le rivage ou les bois, mais près du stylo il y avait une allumette taillée en forme de cure-dent. Je regardai par la porte; Alfred Tom était dans le local à bois. Il avait hissé la barque de son cousin sur la grève.

— Il n'y a personne ici, dit-il en écartant les bras.

— On dirait bien, répondis-je avec intelligence.

— Comment est le ciel? Tu as de l'argent pour prendre l'avion? On ferait peut-être bien de faire un saut à la mine avant de rentrer à la maison. Je te montrerai.

Le pilote attendait près de la queue de son appareil, la mer était d'huile, les flotteurs reposaient à peine sur la petite plage de galets. Il fumait une cigarette et s'amusait à faire des ricochets dans l'eau. Je regardai une pierre rebondir six fois à la surface, et chaque bond produisit un écho de cercles qui se mélangeaient puis disparaissaient. Une macreuse mâle passa en glissant sur l'eau. Un aigle décolla de l'arbre qui surplombait la baie et vira vers le nord, porté par le courant de ses plumes qui battaient l'air.

Steven Mathews n'était pas mort. Mais il avait disparu. Des gens le recherchaient. Les premiers intrus n'étaient pas animés de bonnes intentions. Contrairement aux suivants. Et maintenant, les animaux reprenaient la cabane et les environs à l'homme qui parlait au nom de la nature.

Je fermai la porte en prenant soin de rabattre le loquet pour éviter qu'elle ne s'ouvre, après quoi j'effectuai le tour de la cabane. Le sol était à ce point compact et dur qu'on ne pouvait déceler la moindre empreinte. Je ramassai la boîte de haricots et la déposai sur le billot. Une flamme lumineuse tremblota dans le coin de mon champ de vision, et en me retournant je découvris la marte perchée sur une souche à trois ou quatre mètres de moi, pétrifiée de nouveau, m'observant fixement avec la sagesse de la patience, sachant que l'un de nous deux devenait peu à peu invisible.

Alfred regarda derrière moi et s'éloigna en direction de l'avion. Par-dessus son épaule, il me lança :

— Je vais te raconter une histoire, Cecil. Je ne peux pas la raconter ici. Laissons tout ça à la marte.

— Hé, attends ! m'exclamai-je, et je courus pour le rejoindre, abandonnant la nourriture, la cabane et les indices à leurs nouveaux propriétaires.

Nous survolâmes l'eau, et soudain, une percée apparut dans le défilé à la verticale de Baranof Island. La neige écumait sur les arêtes les plus hautes et plongeait dans la vallée en tournoyant. Des nuages noirs s'étendaient un peu plus loin à l'ouest. Je fermai les yeux. Je me renversai au fond de mon siège et agrippai les attaches de ma ceinture, en essayant de me rappeler quelques prières glanées au fil de mes voyages. Mais je savais que c'était inutile, car je soupçonnais Dieu de ne guère s'intéresser aux convertis opportunistes.

Je sautai à terre dès que l'avion atteignit le quai, et je devançai Alfred Tom, impatient de découvrir les installations côtières de la mine d'Otter Creek. Des réservoirs de gaz naturel bordaient une zone aussi vaste qu'un terrain de football, d'autres réservoirs en acier, plus petits, étaient éparpillés comme d'immenses rouleaux de pièces de cinquante «cents». Sur le rivage, la digue était maintenue à l'aide de rondins entourés d'épais câbles électriques, et les vagues se jetaient contre les rochers empilés au à la base.

Le pilote accepta d'attendre. Alfred et moi gravîmes la passerelle jusqu'au hangar des avions où un type seul était assis, en train d'écouter son magnétophone en buvant du café et en lisant un magazine de chasse. La mine était toujours fermée, et il faisait partie de l'équipe chargée d'entretenir les machines pendant que se poursuivait l'opération de réfection des réservoirs. Alfred le connaissait; il fit un geste de la main en passant la tête à l'intérieur du hangar.

— Hé, quoi de neuf, mec? lui lança Alfred Tom.

— Tiens, mais c'est Mr. Tom! dit le gamin en baissant le magazine avec en couverture le dessin de la tête de cerf empaillée au sommet de la colline. Vous revenez bosser ici? Je croyais que vous en aviez marre de cet endroit.

Alfred lui adressa son sourire du genre : je-suis-un-simple-type-qui-ne-sait-rien, en haussant les épaules.

— On ne se lasse jamais des bonnes choses. En fait, je viens juste chercher des outils que j'ai oubliés. Je peux jeter un œil?

— Euh... c'est quoi que vous avez perdu? Peut-être que je les ai vus.

— J'ai laissé mes jauges personnelles et aussi

quelques fers à souder. Je pense qu'ils sont peut-être restés dans la remise. On va se dépêcher d'aller les chercher.

Le gamin se leva; je sentais qu'il était mal à l'aise. Il tendit le bras vers la radio, sans quitter des yeux les feuilles fixées sur un écritoire à pince.

— Euh, vous savez, Al... (Il bégayait presque.) C'est plus tout à fait la même chose maintenant. On est censé signer le registre en arrivant et ainsi de suite. Seuls ceux qui ont des badges peuvent pénétrer sur le chantier.

Ayant dit cela, il m'observa avec un mélange d'incertitude et de peur, comme si j'étais soudain radioactif.

— Vous êtes pas sur ma liste.

Son regard croisa le mien pour la première fois.

— Je m'appelle Altman. Mon nom est marqué. Cherchez sur la liste du bureau de Houston.

Ses yeux parcoururent frénétiquement toutes les feuilles. J'étais prêt à parier qu'Altman n'était pas le genre de patron à mettre la main à la pâte, et que ce jeune type ne l'avait jamais vu de sa vie.

— Ah oui! Exact, c'est marqué là. Écoutez... je suis désolé. En fait, c'est pas mon boulot de faire ça, mais vu que la mine est fermée, ils m'ont collé là. Je sais pas trop pourquoi. Moi aussi je suis soudeur. Comme Al. Dites, vous auriez pas une pièce d'identité, par hasard?

Je poussai un grognement, levai les yeux au ciel et tapotai ma poche revolver, pour faire moi aussi mon numéro dans le genre : écoute-moi-bien-petit-merdeux-tu-ne-vois-donc-pas-que-je-suis-quelqu'un-de-très-important-et-en-plus-j'ai-perdu-mon-portefeuille. Alfred Tom me fit signe d'avancer, en expliquant que c'était l'affaire d'une minute seulement. Le nom d'Altman devait figurer en tête de liste, car le gamin bafouillait comme si je l'avais surpris dans les toilettes avec des photos cochonnes. Je passai devant lui sans m'arrêter, et il me lança :

— Pas de problème, Mr. Altman. Évidemment, vous connaissez toutes les règles de sécurité ; la zone des réservoirs est classée A, elle est interdite d'accès aujourd'hui.

Alfred Tom et moi étions déjà loin. Nous longions les quais en direction de la zone de stockage des outils située derrière les réservoirs. Nous marchions côte à côte, et je me penchai vers Alfred.

Il n'y avait personne aux abords de la zone des réservoirs. Celle-ci était fermée pour cause de matériaux dangereux. Au sommet de la colline, un groupe électrogène bourdonnait ; mon regard remonta la pente abrupte, jusqu'à la digue de retenue d'eau, les dortoirs du haut et les cuisines. Les trembles étaient jaunes dans les couloirs d'avalanche qui creusaient des saignées de plusieurs centaines de mètres dans la roche, là où la neige dessinait les contours de la pierre.

— Bon, que se passe-t-il ici ? demandai-je.

— Ils cherchent de l'or, pas vrai ? C'est pas juste un trou dans la terre avec Gabby Hayes et sa mule. Ils démolissent la montagne et ils la foutent dans ces réservoirs avec une solution au cyanure. Ils filtrent la pierre dans une bouillie de minéraux et l'or se dépose au fond. Ensuite, ils récupèrent le schlamm et ils le balancent derrière les digues, en remplissant la vallée.

— C'est ça le secret ?

Il me jeta un regard chargé de pitié.

— C'est pas un secret. Tout le monde le sait. Tu as entendu parler du gros scandale à l'époque où ils ont obtenu tous les permis pour la mine ? Eh bien, ils ont eu un tas d'emmerdements à cause des trucs qui se déversaient dans l'eau de mer. La mine balance de la pollution dans la baie, et ils ont reçu une autorisation pour que le rivage soit considéré comme zone de mélange. Cette histoire a foutu un tas de gens en rogne, si bien que le gouvernement est devenu vachement attentif. Ils surveillaient tout ce qui sortait du conduit de vidange. Ils y regardaient de si près que la compagnie faisait sacrément gaffe aux écoulements. Mais...

Un bruit d'éboulis nous fit lever la tête précipitamment, juste à temps pour voir un ours traverser le couloir d'avalanche à une trentaine de mètres au-dessus de nous. L'ours se déplaçait avec aisance sur ce terrain pentu et accidenté. Il s'immobilisa un instant pour contempler le bas de la colline où rebondissaient les pierres, puis détala vers le sommet, de son étrange démarche pataude, avant de disparaître dans un bosquet d'aulnes.

Alfred Tom se retourna vers moi, sans faire de remarque au sujet de l'ours.

— Ils ont été moins prudents au sujet des protections électrostatiques qu'ils ont installées au fond des réservoirs.

— Électrostatiques ?

— Le métal au fond des réservoirs. Avec tous les produits chimiques contenus à l'intérieur et l'eau salée dans l'atmosphère, le métal conduit l'électricité. Et les fonds des réservoirs ont tout simplement pourri. Ils n'avaient pas conçu des protections suffisantes à l'intérieur des réservoirs. Résultat, le cyanure a commencé à s'infiltrer dans le sol.

Nous nous baissâmes pour passer sous une bande jaune à proximité d'un des réservoirs. Continuant d'avancer sur les hauteurs d'un remblai, nous tournâmes au coin le plus éloigné de la mer et le plus proche de la colline. Au pied du remblai, une dépression avait été entièrement déblayée à l'aide d'une pelleteuse ; elle était maintenant tapissée de plastique blanc et recouverte d'un filet noir. Sous le filet, dans un lit de toile goudronnée, on apercevait un magnifique liquide bleu qui ressemblait à un mélange entre une turquoise inachevée et un ciel d'hiver limpide.

— Du cyanure…

Alfred avait prononcé ce mot lentement.

— … C'était très efficace pour extraire l'or. Mais personne ne s'imaginait réellement qu'il y avait un problème, jusqu'à ce que le cyanure commence à apparaître dans les puits de surveillance de la nappe phréatique. Les ingénieurs chiaient dans leur froc en songeant à ce qui arriverait si quelqu'un découvrait qu'il pénétrait dans l'eau de surface. Ils ont paniqué, ils ont discuté, discuté encore, jusqu'à ce que cette saloperie commence à remonter à la surface.

Je contemplai le filet en contrebas. Un canard garrot était prisonnier, immobile. Je regardai autour de moi, et baissai la voix :

— Mais la compagnie s'est attaquée au problème, dis-je. Ils ont fermé la mine et entrepris les réparations nécessaires. Pas de quoi assassiner quelqu'un.

Alfred s'accroupit.

— Ils n'ont jamais dit à personne que ce machin

s'infiltrait dans l'eau. Et ils ont vidé les réservoirs en secret. Les agences de contrôle étaient au courant, mais elles ne voulaient pas ébruiter l'affaire, pour la bonne raison qu'elles avaient approuvé la qualité des réservoirs. Finalement, ils ont été vidés le jour de Noël. La compagnie savait qu'aucun contrôleur ne viendrait traîner dans les parages. De toute façon, les inspecteurs tenaient à étouffer l'affaire... eux aussi risquaient gros.

Il leva les yeux vers le sommet de la colline, là où avait disparu l'ours.

— Je n'ai jamais eu de certitudes avant le début de toute cette histoire, mais je pensais bien que le problème était plus important. Quand ils ont désarmé les réservoirs, ils se sont engagés à faire venir les pétroliers de la «Global» pour vider le cyanure et le transporter jusqu'à l'usine de traitement à Long Beach. Mais cette saloperie n'est jamais arrivée à destination.

— Pourquoi? demandai-je.

— Réfléchis, Cecil, il existe un tas de façons de transporter des déchets toxiques. Toutes très coûteuses. Ils auraient dû utiliser des procédures d'expédition particulières. Mais les tankers se trouvaient déjà dans les parages. Ils ont rappliqué, ils ont pompé le cyanure pour vider les réservoirs, et ils ont levé l'ancre au coucher du soleil. Ni vu ni connu.

— Mais...

— Les tankers ne pouvaient pas charger du cyanure dans leurs réservoirs par-dessus le pétrole des ballasts. Alors, ils ont déversé le lest ici...

Il décrivit un cercle avec son bras et pointa le doigt vers un bâtiment de pompage situé de l'autre côté de la dépression marécageuse, relié au quai par un tuyau d'une quinzaine de centimètres de diamètre.

— Ils ont tout rebalancé dans le sol, dit-il.

Nous marchâmes jusqu'au petit bâtiment ; Alfred risqua un œil à l'intérieur. La pompe était éteinte ; le tuyau pénétrait dans la terre en formant un coude à angle droit. La bague d'assemblage autour de l'entrée du puits était couverte d'une couche de goudron noir luisant.

— Ils ont injecté le lest dans le puits de surveillance et s'en sont servis comme d'un puits d'injection. Ils étaient obligés de se débarrasser du pétrole, parce que c'est plus cher et plus difficile à balancer que le cyanure dilué. C'était l'endroit rêvé pour planquer le lest, vu que personne n'irait fourrer son nez ici. Le cyanure, ils devaient s'en débarrasser d'une autre manière.

Je secouai la tête, sans quitter des yeux la gueule du puits.

— Où est l'intérêt pour eux ?

— Ils étaient censés traiter le pétrole des ballasts, mais ils avaient pris l'habitude de larguer le lest dans l'océan, tout simplement. Après l'*Exxon Valdez*, ils ne pouvaient plus prendre le risque qu'on nous montre tout ce pétrole sur les plumes d'un joli petit animal, et ils étaient obligés de transporter cette merde dans des usines de traitement. Ce lest est un déchet toxique, foutrement emmerdant à traiter et à transporter. Ça coûte cher. De cette façon, ils balancent le pétrole dans le sol et ils chargent la dilution de cyanure par-dessus le lest restant.

— Qu'ont-ils fait du cyanure ?

— Ils l'ont largué et ils ont déchargé un lest très

dilué dans leur centre de traitement. C'était la solution la plus économique. Avec les déchets, c'est un jeu de dupes. Ils les baladent un peu partout, et petit à petit, ils en balancent la plus grande partie, ensuite, ils traitent quelques centaines de litres histoire de dire qu'ils se conforment aux règlements. Louise Root savait tout cela.

Je le regardai en plissant les yeux et je hochai la tête. Il enchaîna :

— Elle détenait les manifestes des navires indiquant les quantités chargées et déchargées.

Je songeai aux documents que j'avais aperçus dans son sac.

— .... Elle les avait obtenus par l'intermédiaire de Charlie Potts. À vrai dire, ils s'entendaient plutôt bien tous les deux, avant la fête d'anniversaire... Elle avait également des photos, des notes, des instructions écrites, des descriptions concernant la remise en état du puits. Elle les tenait par les couilles; voilà ce qu'il y avait dans ces documents. Je suppose qu'elle en a refilé la plupart à Mathews, mais pas tous, et surtout pas les originaux. Il avait sa petite combine lui aussi. Mais après ce qu'ils lui ont fait là-haut, elle voulait réclamer justice.

— Mathews et Louise Root étaient complices dans cette affaire?

Alfred haussa les épaules.

— Au début, ils jouaient le même jeu, mais je crois que les choses ont changé après l'anniversaire.

En me retournant, je vis notre pilote qui bavardait avec le jeune type du hangar sur les quais. Un vent violent se levait au sud-est, des nuages aussi noirs que des enclumes approchaient. À l'entrée de la baie, la mer commençait à se soulever. Nous nous trouvions à plus de soixante kilomètres au sud de Sitka sur Baranof Island, et j'avais envie de rentrer chez moi avant que le vent ne se déchaîne.

Je demandai à Alfred :

— C'est vraiment dangereux à l'intérieur des réservoirs ?

— A priori, non. Avant de partir, j'ai vu des types en bleu de travail entrer et sortir. Tout a été récuré. Ils ont envoyé des soudeurs pour rafistoler les fonds et des troufions pour enlever à la pelle les saloperies les plus contaminées. Je ne sais pas pourquoi l'accès des réservoirs est toujours interdit

— Tu crois qu'on peut jeter un coup d'œil ?

Il haussa les épaules de nouveau, et se releva. Nous nous dirigeâmes vers l'arrière du plus grand réservoir. Tous les autres étaient ouverts, avec des bandes en plastique jaune barrant l'entrée, mais le volet de celui-ci était fermé à l'aide d'un cadenas. Alfred se tourna vers moi.

— Je suppose que tu veux inspecter celui-ci ?

Je souris.

— À quoi bon chercher là où ils ne cachent rien ?

Il trottina jusqu'à la remise à outils et revint avec des coupe-boulons et deux lampes frontales. Il sectionna le cadenas, dans l'espoir de donner un aspect plus officiel à notre intrusion. Nous entrâmes, en nous dépêchant de refermer le volet derrière nous.

Tout d'abord, l'intérieur du réservoir nous parut d'une noirceur inimaginable, comme si nous étions aveugles. Et quand nous allumâmes nos lampes frontales, la voûte de cet espace clos sembla gigantesque. Le métal était brillant et lisse ; au centre de la caverne on distinguait quelques trous et des empilements de terre. Alors que nous avancions, le métal fin du plancher gondolait sous nos pieds. Au fond d'un des trous se trouvaient des pelles et un rouleau d'épais tissu blanc absorbant. Ils avaient essayé de localiser, puis d'éponger les coulées de déchets contaminés. Non pas dans le but de purifier la terre, mais parce que le sol était instable à l'endroit où s'était infiltré le liquide et ils avaient besoin de fondations plus solides pour construire le réservoir cette fois.

Des rallonges de câbles couraient vers le panneau extérieur, là où se trouvait autrefois le bloc électrogène. Un broyeur électrique avec une pointe au carbure était posé sur le bord aiguisé du plancher en métal. J'examinai le trou de plus près. Des couvertures de tissu absorbant étaient empilées à l'intérieur, et des auréoles de liquide bleu-vert se mélangeaient à la terre. Mais sur une des piles s'étendait une tache rouge.

Alfred sauta au fond du trou avant que je comprenne ce qu'il faisait. Il avait sorti son couteau, et s'était penché au-dessus d'un rouleau qui ressemblait à un vieux tapis. Plié en deux, il s'acharnait sur le rouleau, comme s'il voulait l'éventrer. Ne voyant pas ce qui se passait devant, je descendis avec prudence dans le trou, en regardant où je mettais les pieds afin d'éviter les flaques. Je me penchai au-dessus de son épaule, juste au moment où il déroulait la chose en la secouant... Je vis la chemise de flanelle, noircie et raidie par le sang.

Alfred éteignit brusquement sa lampe frontale et s'assit dans la terre, le souffle haletant, pris de haut-le-cœur dans ses mains plaquées autour de sa bouche et de ses yeux.

Une de mes convictions les plus rassurantes consiste à penser que tout ce que je sais est une illusion passagère. Mon avenir est un rêve fictif, et mon passé un rêve dont je me souviens. L'instant présent est fugitif et ambigu. Mais la découverte du corps de Paul, le pilote, au fond de ce réservoir portait un coup féroce à cette croyance. Elle m'écarquillait les yeux et écartelait cet instant jusqu'à ce qu'il englobe tout le reste.

La gorge était tranchée si profondément que sa tête semblait se balancer indépendamment de son cou, et sa langue n'était plus qu'un moignon de viande déchiquetée. Il n'y avait aucune ambiguïté dans ses yeux, restés ouverts et interrogateurs, comme s'il demandait où j'étais passé pendant tout ce temps et pourquoi j'avais été si long.

TREIZE

Nous traversâmes en bringuebalant les nuages noirs, mais je ne pensais plus à ma propre mort. Doggy saurait quoi faire, me répétais-je, gêné de m'en remettre à lui. Une fois de plus. Mais Doggy possédait ce dont j'avais besoin. Il pourrait refiler cette preuve à une personne compétente. Doggy possédait les relations nécessaires, et le savoir-faire. Il pouvait refiler cette preuve et nous protéger si… s'il savait choisir la bonne personne. Mon estomac tournoya quelque part dans ma poitrine tandis que nous franchissions le cap, à proximité de l'extrémité des montagnes côtières, ballottés par les trous d'air, durant ce vol hésitant et pataud, comme une plume aspirée dans une cheminée.

Enfin, les flotteurs se posèrent sur l'eau; nous fonçâmes sous le pont, avant de couper les gaz pour venir nous immobiliser en douceur devant chez moi. Je fis avancer l'avion jusqu'au pied de la rampe sous la maison, et levai les yeux vers mon hangar à bateaux artisanal, en haut des marches, là où je rangeais tout mon matériel de navigation, les rames brisées, les bidons d'essence et les filtres encrassés. Dans le coin, recroquevillée à côté d'un bloc de polystyrène, j'aperçus Hannah.

— Cecil... quelqu'un vous a vus entrer tous les deux ? demanda-t-elle.

— Bon Dieu.... tous ceux qui regardaient par là. Qu'est-ce qui se passe ?

— Du nouveau ? demanda Alfred Tom en sautant de l'avion et en repoussant les flotteurs. Le pilote inversa le moteur et se dirigea vers son propre appontement.

Hannah sortit alors de sous le plancher de la maison.

— Oui, j'ai du nouveau, déclara-t-elle. Ce sale type répugnant du chantier de forage, celui avec les dents et les bottes bizarres, il est passé ici, il voulait me parler. Il m'a dit que la police souhaitait m'interroger au sujet du meurtre commis là-haut. Il a ajouté que Cecil Younger lui avait fourni des informations établissant un lien entre moi et d'autres meurtres, parmi lesquels l'assassinat de ma maîtresse, Louise Root.

— Alfred, dis-je, peux-tu rassembler assez d'affaires pour t'absenter une semaine ? Et tout apporter ici ? Toi Hannah, va nous chercher des provisions, O.K. ? Explique à Toddy que nous devons partir et qu'il devrait retourner chez la dame des Services Sociaux. Mais ne lui dis pas où nous allons. Je reviens. Il faut que j'aille voir Doggy, rapidement. Soyez prêts à foutre le camp dès mon retour.

Alfred se tenait à l'avant de ma barque, en contrebas. Il regarda sous le pont, en direction de la baie immense et du cap. Les nuages noirs bouillonnaient comme un feu de graisse. Des bourrasques tranchaient les crêtes des vagues, et la houle puissante portait les zébrures blanches du vent. Alfred contempla pendant quelques secondes la surface de l'eau, avant de se retourner vers moi.

— Où on va ?

— On va franchir le cap.

— Franchir le cap ? À bord de ce truc ?

— Va chercher tes affaires. Cette barque convient parfaitement. En cas de besoin, on peut la hisser dans les bois et personne ne nous remarquera. Pas question que je remonte dans un putain d'avion. Va chercher tes affaires. Il faut que j'aille voir Doggy.

J'avais enfilé mon ciré, bien qu'il ne faille qu'une dizaine de minutes pour aller à pied de chez moi à la maison située derrière l'école de police. En trottinant, j'imaginais Doggy et ses petits-enfants assis autour d'un petit déjeuner composé d'œufs et de jus d'orange.

Au domicile de Doggy, les jeunes flics de carrière faisaient crépiter les flashs de leurs appareils photo comme le soir d'une avant-première à Hollywood. Les portes étaient ouvertes sur la fondrière à l'arrière. La pluie gouttait sur le plancher de chêne et s'étendait dans la pièce comme une tache. Doggy était affalé sur les assiettes et des types du SAMU étaient en train de lui installer une perfusion. De l'œuf poché maculait sa veste de marin et du jus d'orange provenant du pichet renversé coulait sur ses genoux, formant une flaque sur le plancher. Il avait le teint cireux ; des morceaux de veste et de chemise trempaient dans le sang dont était éclaboussée la nappe blanche que sa femme et lui avaient achetée lors de leur voyage de noces en Irlande. Il respirait encore.

Son arme de service était posée à côté de sa main. Un gars du labo s'en emparait prudemment à l'aide d'une pince à toast. Doggy avait reçu une balle dans le poumon. Une seule.

Mrs. Doggy tournait le dos à la porte ; ses bras pendaient mollement le long de son corps. Cinq autres femmes se trouvaient dans la pièce, l'une d'elles parlait au téléphone, les quatre autres entouraient l'épouse sanglotante. Deux de ces femmes portaient des coupe-vent de l'école de police, une autre portait un sweat-shirt avec un filet dans les cheveux. Aucune de ces femmes de flic ne pleurait. Celle avec le filet à cheveux s'adressait aux enfants d'une voix calme, apaisante. Pendant qu'une autre entraînait Mrs. Doggy à l'écart de la salle à manger.

Le chef de la police pénétra dans la pièce en courant, avec sa chemise sortie de son pantalon et une radio à la main. En découvrant Doggy, il s'immobilisa. Il poussa un soupir sonore et murmura :

— Non, non, non !

Quand son regard se posa sur moi, il hurla :

— Qu'est-ce qu'il fout ici celui-là ? Foutez-moi ce type dehors. Bouclez-le. Interrogez-le. Mais foutez-le dehors !

Deux jeunes flics sympathiques s'emparèrent de moi pour me conduire vers la sortie, mais je me retournai brutalement et m'approchai de Doggy. On lui avait mis un masque à oxygène sur la bouche et le nez, mais en me penchant tout près de lui, je l'entendis murmurer à travers le sifflement du gaz : « Partez. »

Les deux jeunes flics me saisirent de nouveau et m'emmenèrent auprès de leur supérieur, qui avait oublié la raison de ma présence dans cette maison. Il m'ordonna simplement : « Dégagez... Dégagez ! » Je ne demandais pas mieux.

Je sortis par la porte sur le côté et gagnai à pas vifs un chemin qui longe l'ancien institut de relevés géologiques. Un paquet de racines au pied d'un épicéa rabougri me fit trébucher, je tendis le bras et me retins en prenant appui sur le sol spongieux de la fondrière.

Tout autour d'un trou profond dans la tourbière je remarquai une bordure de terre rouge volcanique, et en me retournant pour reprendre mon équilibre, je découvris l'empreinte très nette d'une botte en cuir lisse, avec un bout très pointu, dérapant sur le bord du trou dans la fondrière, à l'endroit où quelqu'un, quelques minutes plus tôt, avait certainement trébuché comme je venais de le faire.

Je retournai chez moi précipitamment, en courant si vite que je sentais la chaleur monter sous mon ciré. Je hurlai pour appeler Alfred et Hannah, et pendant un instant d'angoisse, je n'obtins aucune réponse, mais ils étaient déjà descendus au bateau, et j'entendis leurs voix monter de sous le plancher de la maison. Je balançai le reste du matériel à bord de la barque et attachai mon couteau à ma ceinture. Je pris le gilet de sauvetage, mais sans l'enfiler, tandis que je descendais la passerelle d'un pas mal assuré.

Hannah et moi nous installâmes à l'arrière, pendant qu'Alfred dégageait la proue en poussant avec son épaule, et la barque s'éloigna en douceur de la rampe. Je m'assurai que les bondes à l'arrière étaient bien fermées pour éviter que l'embarcation ne soit submergée. Je les enlèverais plus tard, afin d'évacuer toute l'eau qui s'engouffrerait à bord durant notre traversée.

Le moteur démarra après la troisième tentative et je pris la direction du chenal, en passant sous le pont. Le vent agitait la barque d'étranges sauts de mouton, tel un jeune cheval qu'on monte dans la froideur du matin. Alfred et Hannah étaient assis face à la poupe ; ils avaient relevé leurs capuches. Nous étions seuls sur l'eau, mais une embarcation plus grosse que la mienne, en fibre de verre jaune, était arrêtée devant le quai de ravitaillement, et une femme blonde, avec un chien noir, remplissait les réservoirs.

J'augmentai les gaz au moment où nous passions sous le pont et j'aperçus deux hommes en haut.

L'un d'eux était Eli Pick ; il portait encore ses bottes boueuses, et pour se protéger de la pluie uniquement sa saharienne en toile légère. Ses cheveux mouillés et raides étaient plaqués sur son crâne anguleux. Il me vit avant que je puisse enfouir mon visage dans ma capuche et il me sourit, en esquissant un geste de la main, puis il sortit son pistolet de sa poche et comprit, sans doute, que ce n'était pas le bon moment. Il se précipita vers l'extrémité du pont.

Le moteur plaintif propulsait notre embarcation sur le sommet des vagues ; nous contournâmes en dérapant la pointe de la première petite île et mîmes le cap au milieu des îles de l'estuaire, en direction des côtes. Un voile blanc de vent s'engouffra dans l'estuaire et nous enveloppa dans un rugissement assourdissant. L'écume me cingla le visage. La barque plongea au creux d'une vague, la proue s'enfonça d'une quinzaine de centimètres et l'eau verte submergea le plat-bord. Penchée sur mes genoux, Hannah se mit à écoper avec une boîte de café dans une main, et dans l'autre une bouteille d'eau de Javel découpée.

Au moment où nous franchissions la pointe de la dernière île, nous nous retrouvâmes en plein sur la trajectoire du mauvais temps. De nouvelles vagues soulevèrent le bateau dans les airs, et je réduisis les gaz pour éviter que l'avant ne s'enfonce dans l'eau. J'envisageais de virer prestement de cap pour conduire la barque sous le vent, lorsque Hannah leva le bras pour désigner un point par-dessus mon épaule.

— Regarde !

Le canot jaune venait d'apparaître à la pointe de la côte. Il avançait à une vitesse effrayante, et je distinguais une silhouette debout devant le gouvernail, au milieu du bateau. Quelqu'un d'autre s'agrippait au garde-fou en se balançant sur ses pieds, tandis que l'embarcation fendait les vagues comme une fusée.

Le bateau jaune était mieux conçu pour affronter le mauvais temps, avec sa longue coque fuselée et un avant surélevé. Je savais qu'il m'était impossible de le distancer jusqu'au cap. Je virai par le travers du vent, et une déferlante s'abattit sur la barque. Nous tanguâmes pendant un instant, et nous prîmes la vague suivante par le côté. Alfred et Hannah écopaient frénétiquement.

Je mis le cap vers une crique étroite entre deux îles. J'espérais qu'ils nous avaient perdus de vue lorsque nous nous enfonçâmes légèrement à l'intérieur du bras de mer, et sans doute était-ce le cas, car une fois à l'abri des îles, où nous dûmes relever l'arbre d'hélice dans les bas-fonds, nous vîmes le bateau jaune affronter les vagues à l'ouest, et puis au nord, s'éloignant de notre position.

Nous attendîmes une heure, alors que la marée montait et que les vagues commençaient d'envahir les bas-fonds. Nous dûmes ensuite mettre le cap vers l'ouest afin de suivre la côte jusqu'aux récifs où nous pourrions camper.

Alors que nous approchions du cap, je vis les ailerons des épaulards fendre les vagues. À toute vitesse. Un mâle énorme possédait un long aileron dentelé qui tranchait les flots comme les ailes d'un moulin à chaque petite plongée bouillonnante. Je les suivis des yeux tandis que nous doublions le cap. La vapeur de leurs jets s'immobilisait un bref instant dans le vent, avant de retomber dans le brouillard à la surface. Je les observais pendant que je virais une dernière fois de bord, en direction de la barrière rocheuse déchiquetée au large, abandonnant l'abri relatif de l'estuaire de Sitka.

Certaines fois, vous vous arrêtez pour réfléchir et vous dire que vous avez peut-être commis une erreur, que vous devriez revoir la question… et il y a des fois où votre erreur vous entraîne vers le fond comme un requin. Je savais que nous commettions plusieurs erreurs en virant trop près des côtes au moment de franchir l'extrémité du cap. Car au lieu de suivre une trajectoire adéquate pour contourner la houle, j'avais choisi un raccourci qui, à ma grande surprise, me conduisit au cœur des déferlantes.

Les flots étaient un kaléidoscope d'écume jaillissant de l'étendue verte qui entourait les pitons de roche noire. Le canot jaune était là lui aussi, s'enfonçant de manière grotesque dans les vagues. Il se soulevait dans plusieurs directions à la fois, absorbé dans son propre sillage, alors qu'il grimpait vers le haut de la lame, avant de surgir au sommet dans un gerbe d'écume de mer, et de replonger hors de vue.

Je réduisis les gaz. Notre embarcation était mal équipée pour ce genre de situation, et nous pourrions déjà nous estimer heureux si nous parvenions à faire demi-tour. J'observai la mer : des crêtes noires, semblables à des montagnes, se déplaçaient à l'horizon. J'en dénombrai trois identiques, plutôt arrondies, mais la quatrième était plus haute d'un tiers et la pointe était sombre, aiguisée, parsemée de mouchetures que le vent arrachait en particules de lumière grésillante.

Cette vague voulait de toute évidence s'effondrer sur elle-même, dans les profondeurs. Elle devenait de plus en plus abrupte à mesure qu'elle avançait; la bouillie d'eau écumante sur le rivage était aspirée, emportant même avec elle les énormes rochers. La voix des vagues ralentit et retint le long fracas de la vague gigantesque qui repoussait toute l'eau disponible au-delà des rochers, au-delà du récif ou aucune autre vague n'avait éclaté. La vague commença à céder sous le poids, pour finalement se déverser en une magnifique spirale verte.

Le pilote du canot jaune accéléra et fonça à pleine vitesse vers l'extrémité de la spirale. L'embarcation se souleva et je crus apercevoir deux personnes debout près des commandes. Le canot rebondissait et tanguait sur l'eau blanche. Il escalada la façade branlante de la vague, et la proue plongea dans la lèvre ourlée de la déferlante. Il demeura à la verticale, et pendant un instant, il donna l'impression qu'il allait poursuivre sa route à l'envers, mais une infime poussée du moteur lui fit franchir l'obstacle, et l'embarcation retomba lourdement sur le dos arrondi de la vague.

Je ne la voyais plus. J'entendais le moteur s'emballer et la coque en fibre de verre cogner sur les bosses des vagues moins hautes, tandis que le canot se frayait un chemin vers les eaux plus profondes, derrière la pointe.

À la lisière de ligne des brisants, des otaries glapissaient, en exécutant des bonds gracieux et frénétiques. Le canot jaune fit volte-face, comme s'il nous avait repérés et souhaitait reculer pour mieux voir ce que nous allions faire maintenant. Le souffle des épaulards se fit plus bruyant au-delà des brisants; les otaries nageaient à toute allure, essayant désespérément d'atteindre le rivage avant les baleines.

— Le salopard, commenta Alfred. Comment ce putain de canot a pu réussir un truc pareil?

— Je n'en sais rien, mais on devrait peut-être leur demander conseil.

Car, tandis que nous restions là immobiles, à admirer l'harmonie quasiment parfaite de la vague et des prouesses du barreur, nous avions dérivé à l'intérieur de ce que les surfeurs nomment «la zone d'impact». Et cette vague qui avait certainement pris naissance à des milliers de kilomètres d'ici entamait sa chute ultime sur les rochers d'Amérique du Nord. En nous emportant avec elle.

Nous prîmes la vague par le travers, et la barque se mit à tanguer comme une balançoire. Des bidons d'essence et des seaux volèrent à travers les airs; je vis les yeux de Hannah écarquillés et figés par la panique. Je vis Alfred plonger dans les profondeurs. L'écume dégringola et envahit mes narines, ma bouche. Je fus pris dans le tourbillon, mes bras et mes jambes s'agitaient en tous sens comme les membres d'une poupée de chiffon. Je ne luttai pas. Je dérivais sous l'eau, là où les sons étaient étouffés de manière apaisante. Je voyais le bouillonnement des vagues par-dessous, et pendant un instant, je me laissai distraire par leur sérénité, jusqu'à ce que je m'aperçoive que j'étais retenu prisonnier par le câble de l'ancre enroulé autour de mon pied. Les poumons en feu, je me débattis pour saisir mon couteau et me libérer. Je jaillis à la surface comme un ballon qui éclate, juste à temps pour subir le choc d'une seconde déferlante qui me projeta sur le crâne un bidon d'essence et me plongea dans des ténèbres passagères.

En revenant à moi, j'aperçus Hannah qui se débattait avec une corde enroulée autour de son torse et d'un bras. Je tentai de me dresser pour voir si quelqu'un d'autre flottait à la surface. Le sang provenant de ma blessure à la tête souillait l'écume. Mais la seule chose que j'apercevais avant la vague suivante c'était la coque luisante de ma barque, ballottée comme un poisson mort par le le courant. Hannah cherchait de l'air, et j'entendis sa voix grinçante au moment où la vague suivante s'abattait sur moi, me projetant contre les rochers.

Je poussai sur mes jambes en prenant appui sur le fond, et tandis qu'une vague nouvelle se formait, et que la mer était aspirée vers les récifs, je nageai vers Hannah, avec un violent mal de tête et l'eau qui me brûlait les sinus et les yeux. En quatre brassées, je la saisis au creux de mon bras, m'emparai de mon couteau à tâtons de nouveau et glissai avec précaution la lame sous la corde. La vague suivante nous heurta et tous les deux nous basculâmes contre la coque de la barque. Je me souviens d'avoir enveloppé la lame, je ne sais comment, en me disant qu'il ne servait à rien de sauver Hannah de la noyade si c'était pour lui trancher la gorge.

Mes pieds frôlèrent les rochers. Je pris un appui précaire pour hisser Hannah sur la grève et l'allongeai sur le sable, le plus haut possible.

Alfred avait disparu. Je contemplai la mer, là où les vagues éclataient et éparpillaient de l'eau blanche. Je ne le voyais pas. Le canot jaune, submergé, flottait à l'envers au milieu des brisants, à proximité de ce qui ressemblait à un être humain muni d'un gilet de sauvetage flottant sur le ventre. J'avançai en pataugeant jusqu'à mi-genou dans l'eau écumeuse du rivage, à la recherche d'Alfred. Un harle passa en rase-mottes au-dessus des vagues; ses battements d'ailes étirant tout son corps, poussant des petits cris aigus pareils à des souffles d'air. Il vira en direction du sud pour disparaître au milieu des nuages bas. En l'observant, sans savoir pourquoi, j'eus l'impression d'avoir perdu pour toujours une partie de ma vie.

M'éloignant de la plage, je m'avançai sous la voûte des arbres. J'ignorais où était Alfred. Je ne savais pas quoi faire pour Hannah. J'étais paralysé. Mon pouce était démis et ma tête saignait. Je savais que j'étais incapable de parler, car mon esprit flottait à la suite de ma mauvaise chute, mais je n'étais pas encore parcouru de frissons incontrôlables.

Dans ma poche de veste, j'avais un vieux briquet en argent et une très ancienne boîte d'allumettes en métal, tellement rouillée que je n'étais même pas certain de réussir à l'ouvrir. Je la tins dans ma paume. À ce stade, le feu ne représentait pas une fin en soi, c'était un processus. Quasiment une abstraction lointaine. Le feu et la nourriture. Je ne savais pas pourquoi je pensais à la nourriture, car c'était comme si mon estomac formait des nœuds. Ce n'était pas la faim que je ressentais.

Je songeai à une fille accoudée au parapet dans Creek Street, vêtue d'une débardeur blanc, ses cheveux flottant autour de son visage comme des étendards dans un défilé. Peut-être l'avais-je vue. Elle regardait les saumons remonter le courant en faisant des bonds. Et je pensais : le besoin, le besoin, le besoin, et j'avais envie de trouver quelque chose à manger, j'avais envie d'allumer un feu.

Plus loin sur le rivage, à l'intérieur du récif, s'ouvrait une étroite crique de sable, mesurant à peine trois mètres de large. Un profond chenal traversait le récif, permettant aux brisants gras et verdâtres d'atteindre le sable. Mon attention fut attirée par un éclair rouge dans l'eau, suivi d'un jet écarlate. Je clignai des yeux, et vis l'otarie barrir et se hisser hors de l'eau. Elle traînait derrière elle ses viscères, amputée du quart inférieur de son torse. Et j'entendis une explosion de souffle au moment où l'orque bondissait sur le sable.

Si j'avais vu apparaître dans mes rêves un ange flamboyant, nul doute qu'il aurait ressemblé à cela, car l'orque me brûla les yeux comme une flamme, mais je ne dormais pas, et il ne s'agissait pas d'un rêve. Là où s'étendaient précédemment du sable grossier et des brisures de coquillages blancs, il y avait maintenant une orque mâle de vingt tonnes. L'eau qui ruisselait sur ses flancs faisait scintiller sa peau blanche et noire. L'aileron de deux mètres pendait mollement sur le côté et battait faiblement, tandis que l'animal se trémoussait sur la grève, martelant le sable avec ses petites nageoires pectorales. Sa respiration jaillissait par bouffées de ses évents; il agitait sa queue sur le sable. Et lorsque arriva la vague suivante, son corps aussi gros qu'un camion bondit à deux reprises, saisit l'otarie mutilée dans sa gueule, et disparut dans la mer.

Pendant quelques instants, il n'y eut plus aucune trace, uniquement les taches de sang qui s'atténuaient et les empreintes diffuses sur le sable. Je clignai des yeux et retins mon souffle. Et soudain, juste derrière les brisants, j'aperçus le poignard d'un aileron qui dessinait une boucle serrée dans l'eau et j'entendis le vent aspirer le souffle de l'animal.

QUATORZE

Hannah respirait toujours, mais je ne parvenais pas à tâter son pouls. Dans les bois, je découvris un épicéa abattu qui possédait encore son écorce, et dont l'extrémité était rongée par la pourriture. Je m'agenouillai et enfonçai le bras à l'intérieur, aussi loin que possible, pour arracher du petit bois. La douleur dans ma main était fulgurante, mais le bois sec était léger et le simple fait de le tenir semblait me soulager. Le bois était blanc, légèrement pourri. Sur les bords étaient incrustées des boules de résine. J'arrachai quelques petites branches au tronc d'un épicéa, debout celui-ci, d'une trentaine de centimètres de diamètre, près de la base. Elles se brisèrent sans peine, et j'en conclus qu'elles étaient sèches. Il n'y avait aucune aiguille sur tout ce que je ramassai, et je fis le tri entre les brindilles qui acceptaient de se plier et celles qui se brisaient avec un craquement sec. Je dénichai un endroit peu humide sous l'épicéa et le déblayai jusqu'à atteindre la matière végétale la plus sèche. Il ne serait pas facile de trouver de la terre sur ce sol de forêt, véritable éponge faite de mousse et de bois en décomposition. Mais je dégageai une petite plate-forme sèche afin d'ériger mon modeste bûcher funéraire. Après quoi j'arpentai la grève à la recherche d'un bout de cèdre. Je commençais à frissonner et je savais qu'il ne me restait plus beaucoup de temps pour les pensées rationnelles, mais je savais également que si je loupais ma tentative pour allumer un vrai feu digne de ce nom, je risquais alors de mourir sous l'effet conjugué de l'hypothermie et du choc.

Péniblement, je continuai d'avancer sous la voûte des épicéas et des ifs qui recouvrait la bordure de la plage et découvris par hasard des rondins luisants empilés par la marée sur les hauteurs du rivage. Je longeai ces bouts de bois en titubant, pour finalement atteindre les rochers et le gravier. J'inspectai le fond des petites mares, là où la mer avait déposé les débris flottants les plus légers, rejetés par le Pacifique.

Parmi les algues énormes, les branches et les chicots, je trouvai un casque de chantier japonais et un étui en plastique servant à transporter des bouteilles de saké. Il y avait également un jerrycan rouillé et deux seaux en plastique dont les fonds étaient percés. Il y avait des ampoules électriques et des flotteurs en plastique pour la pêche, de forme allongée, des bouteilles d'eau de Javel en plastique, des gants en caoutchouc, un morceau de barre d'arcasse brisée, en fibre de verre, provenant d'un petit canot à moteur. Un fût de forme étrange et solidement scellé. Plusieurs tas de filets dérivants en plastique entortillés sur la plage, avec des algues, des plantes et des bouteilles de whisky coincées dans les mailles. Des centaines de copeaux de plastique se mêlaient au gravier, au sable et aux brisures de coquillages. Il y avait trois oiseaux morts : un canard, une mouette et un aigle. Perché sur la ligne de marée haute, comme une balle de golf posée sur un tee, j'avisai un flotteur en verre japonais. De la taille environ d'une balle de baseball. Je m'approchai et le ramassai, en songeant combien j'avais de la chance de faire cette découverte, jusqu'à ce que je voie le petit bidon de carburant en plastique rouge.

Je lâchai le flotteur et celui-ci se brisa sur l'unique rocher saillant, qu'il avait sans doute évité lorsqu'une déferlante l'avait jeté sur le rivage. Le bidon portait la mention « Global » sur le côté, et sans doute provenait-il de la mine. Il restait environ deux centimètres de gas-oil au fond.

Un peu plus loin, dans la pénombre derrière un sapin au tronc évasé, je découvris un magnifique morceau de cèdre rouge demeuré visiblement bien au-dessus de la ligne de marée haute au cours des dernières tempêtes hivernales. Ce morceau provenait d'une poutre éclatée d'environ un mètre de long. Il avait été protégé des pluies diluviennes, et j'aurais parié qu'il était encore sec à l'intérieur.

Je rapportai mon butin à l'emplacement du feu, où Hannah était couchée, immobile. Je commençais à frissonner. Je versai un peu de gas-oil sur les brindilles empilées, m'agenouillai près du petit tas de bois, et pris le briquet dans mes mains tremblantes. Le tenant dans ma main valide, je me servis de l'autre pour l'approcher des brindilles. Mon pouce tordu formait un angle étrange avec ma main. Je parvins enfin à soulever le couvercle. C'était un vieux Zippo que j'avais laissé dans ma veste pour les cas d'urgence, et je n'étais pas certain qu'il fonctionne encore, mais je refusais d'y penser.

Avec mon pouce, j'actionnai la molette ; les étincelles jaillirent, et l'essence s'enflamma; je l'approchai le plus possible des branches imbibées de carburant, en essayant de ne pas trembler. La flamme orange avait la pureté magnifique des «candy corns».[1] Des volutes de fumée noire montèrent vers mon visage. La flamme s'empara des brindilles; j'entendis le premier craquement, je sentis les premières odeurs de bois qui brûle. Le feu se propagea; j'approchai les mains au-dessus des flammes.

J'attirai la tête de Hannah sur mes genoux. Ses cheveux étaient mouillés, mais attachés en arrière, et elle commençait à trembler légèrement. Elle ouvrit les yeux, comme si elle se réveillait tout juste d'un profond sommeil. Sa lèvre était fendue, les bouts de ses doigts saignaient. Elle regarda mon feu avec un air hébété. Puis elle vit mon pouce.

— Oh, putain, Cecil.

Mon pouce offrait un curieux spectacle ainsi retourné vers mon poignet. Ma main était à ce point déformée qu'elle ressemblait davantage à un outil de jardinage brisé. Hannah se redressa pour se rapprocher de moi et du feu; elle prit ma main.

Elle prit ma main dans la sienne et serra tendrement mon pouce. Elle sourit, je tressaillis et fus saisi de tremblements, je retins mon souffle, sans retirer ma main.

Je tremblais lorsque je dis :

— Je nous ai conduits trop près du rivage, je suis désolé.

— Non, tu as fait ce qu'il fallait, chuchota-t-elle.

Elle se pencha et m'embrassa. Ses lèvres étaient

1. Bonbons que l'on mange à Halloween *(N. d. T.)*.

glacées, leur contact avait quelque chose de mystérieusement étrange. Elle darda sa langue dans ma bouche et souffla son haleine chaude au fond de ma gorge. Puis, simultanément, elle me mordit la lèvre et tira sur mon pouce de toutes ses forces.

Ce fut un tel tourbillon de sensations, le baiser glacé, l'engourdissement du sang et du souffle chauds, que je ne sentis même pas le craquement brutal du pouce remboîté de force dans sa cavité articulaire. Hannah rejeta la tête en arrière, me sourit, et me décocha un petit coup de poing affectueux dans l'épaule.

— Que dis-tu de ça?

Elle frissonna et me massa la main, puis elle se rallongea, épuisée. Je remuai mes doigts et mon pouce remis en place. Il était brûlant et glacé de douleur, mais au moins, j'avais retrouvé ma main, et Hannah la massait énergiquement dans la sienne.

À une vingtaine de mètres derrière moi, j'entendis quelqu'un, ou quelque chose, avancer sur les branches de l'épicéa abattu. Je contournai prestement le feu et m'accroupis bêtement, persuadé que le feu constituait une sorte de frontière. Et j'attendis. Je guettais le souffle rauque d'un ours, ou le déclic métallique d'une balle qu'on charge dans la culasse. Alfred Tom pénétra dans la clairière.

— Vous avez survécu, dit-il avec un sourire. J'ai découvert un bunker là-bas de l'autre côté de la pointe. Mais avec le feu, j'ai eu moins de chance. Si on prend celui que vous avez allumé ici pour l'emporter à l'abri, je pense qu'on peut réussir à se sécher.

Il m'aida à ramasser d'autres morceaux de bois à l'intérieur d'un tronc creux et ramassa les prémices du feu à l'aide d'un morceau de bois flotté incurvé. Nous soufflâmes sur les braises qui s'élevèrent brièvement dans les airs. Sans doute était-ce stupide de nous donner tout ce mal pour transporter le feu, mais avec l'hypothermie qui se propageait, il était plus facile de poursuivre une erreur que de prendre une décision.

J'aidai Hannah à marcher, tandis qu'Alfred transportait le feu au-delà de la limite des arbres. Il avançait en tête sur une voie de gibier étroite, pour franchir une dépression marécageuse et contourner le rivage, jusqu'à l'endroit où, à côté d'un petit aulne, se dressait un bunker en béton gris, d'une taille improbable sur cette île de courbes et de courtes lignes droites.

Des centaines de constructions de ce type parsèment les îles au large des côtes de l'Alaska. Elles ont été construites au cours de la Seconde Guerre pour se protéger de l'invasion annoncée des Japonais. Mais la progression avait pris fin aux îles Aléoutiennes, et l'armée avait retiré ses hommes et ses armes, laissant seulement le béton pour monter la garde, recouvert d'algues vertes et mauves.

Pliés en deux, nous franchîmes la porte basse et gravîmes une volée de marches jusqu'à l'endroit où avait été installé autrefois un canon. Au centre de la pièce se trouvaient des rails circulaires. Une ouverture de cent quatre-vingts degrés donnait sur l'ouest et l'orient.

Hannah ôta sa chemise et, vêtue de son caleçon long, elle essora sa veste et son pantalon en fibres synthétiques. Dans un coin étaient empilés des bâches goudronnées et plastifiées et un matelas qui paraissait détrempé. À côté du matelas, les locataires précédents avaient abandonné un tas de bûches. Je déposai notre feu à l'endroit où avait été allumé l'ancien, près du centre de la pièce. Hannah tremblait; sa tête se balançait mollement comme un jouet monté sur ressort.

Nous ajoutâmes du bois sec et les flammes se ranimèrent. À chaque respiration de Hannah, la lumière et la chaleur se propageaient dans la pièce. Son visage et le devant de son maillot s'éclairaient à chaque respiration. Je voyais ses boucles de cheveux se balancer sur ses épaules; quelques gouttelettes de sang et d'eau salée coulaient de son menton.

Tout d'abord, la pièce fut envahie par la fumée. Alfred et moi nous accroupîmes, et à mesure que le feu grossissait, la chaleur repoussait la fumée vers le plafond et l'extérieur. Avec soin, Hannah ajoutait des morceaux de bois de plus en plus gros, en les appuyant délicatement les uns contre les autres. Rapidement, la fumée et des étincelles s'élevèrent en tournoyant vers le plafond, tandis que nous étions assis tous les trois près des flammes, au point de faire roussir les fibres de nos vêtements.

J'observai Hannah... Elle plissait les yeux dans la fumée et la chaleur. Sa mâchoire carrée était crispée pour lutter contre l'envie irrésistible de frissonner. Elle fit basculer ses cheveux vers l'avant, vers la fumée. Ses yeux étaient injectés de sang et gonflés; les rides de son visage trahissaient une certaine tension, pourtant son regard demeurait fixé sur le feu et la chaleur.

Je me raclai la gorge et regardai Alfred Tom droit dans les yeux.

— Si on parlait du type sur le pont?

Alfred haussa les épaules, et tourna le dos au feu.

Hannah prit une inspiration et noua ses bras autour de ses épaules comme une personne absolument seule au monde. Elle se rapprocha, mais resta hors de ma portée.

— Nous allons établir une sorte de campement.

Alfred se leva et glissa la main dans la poche à fermeture éclair de la veste de Hannah pour en sortir un calibre .44 en acier inoxydable. Il éjecta le barillet et le fit tournoyer, en vérifiant qu'il contenait bien cinq balles, puis il le referma d'un coup sec, en plaçant l'alvéole vide sous le chien. Et il me le tendit, crosse en avant.

— Il y a cinq balles. Tu crois que tu peux nous rapporter quelque chose de comestible avec ça ?

Je pris le revolver. Je suis toujours surpris par le poids des armes à feu. Nous n'avions pas besoin de nourriture pour l'instant. Mais j'ignorais combien de temps nous allions rester ici. Nos vivres étaient au fond de l'eau. Certaines pouvaient peut-être être récupérées, et d'autres non. Je sentais peser le revolver dans ma main, et je me demandais si je devais réellement aller chasser.

Chasser, ce n'est pas comme faire des courses, c'est intimement lié au rituel et à la chance. Je ne me sentais pas terriblement en veine. Je ne pouvais même pas prédire mon degré de malchance. Je pris le revolver et le pointai vers le sol, et j'essayai de prendre mon ton le plus assuré.

— Bon, je vais jeter un coup d'œil dans les parages.

— Parfait, dit-il. Moi je vais inspecter le rivage pour voir ce que je peux trouver. Peut-être que certaines de nos provisions se sont échouées.

Je m'empressai de sortir, car je ne voulais pas propager mon angoisse dans le bunker. J'aurais pu rendre le revolver, en disant que je refusais de m'en servir pour tuer quoi que ce soit. Je n'aimais pas beaucoup cette arme, mais j'aimais l'idée de la savoir en ma possession. Je l'emportai avec moi au-dehors et suivis la piste du gibier conduisant vers l'intérieur de l'île.

Le tapis de végétation était épais, et chaque branche que je recourbais semblait amplifier mes mouvements. Les aulnes et les myrtilles, les mûriers et les épicéas rabougris s'accrochaient à mes vêtements humides qui sentaient le fumé. J'essayai tout d'abord d'avancer en silence, posant chaque pied avec soin, pour finalement renoncer. Avec mon odeur, et tout le bruit que j'avais déjà fait, je ne pouvais pas espérer rencontrer une cible qui resterait immobile assez longtemps pour me permettre de pointer dans sa direction ma main tremblante. Marchant à l'aveuglette, face au vent, j'atteignis un vieux bosquet d'épicéas formant une voûte protectrice à plusieurs dizaines de mètres de hauteur. Très peu de lumière pénétrait dans cet endroit, et il était facile de marcher en silence sur le tapis de mousse. La tempête était un sifflement tourbillonnant au-dessus de ma tête, les vagues un grondement étouffé derrière les arbres. J'enjambais le tronc d'un arbre penché, orienté vers le rivage, lorsque la biche apparut derrière la crête de la dépression marécageuse au nord.

Elle s'immobilisa et me regarda fixement ; je me pétrifiai comme si c'était moi la proie. Je respirais à peine. Elle remua le nez. Elle leva la tête, essayant de capter quelque chose dans l'air. Elle s'avança. Un brocard apparut derrière sa mère et pénétra impudemment dans la clairière. La biche fit un pas de plus, j'en fis un moi aussi, pour essayer de me cacher. Elle sentait ma présence, sans avoir de certitude. Soudain, elle bondit vers l'ouest, puis s'immobilisa de nouveau en observant son petit qui grignotait les jeunes pousses d'un buisson de myrtilles. Je m'accroupis dans la fourche de l'arbre. La biche avança lentement dans la clairière et vint frotter sa tête contre le flanc de son petit. À une quinzaine de mètres de là, un mâle dressa la tête; sa lèvre se retroussa légèrement. Sa patte frappa deux fois le tapis de mousse, puis il s'éloigna derrière les arbres.

Le mâle possédait une petite paire de bois fourchus. Sa robe était d'un joli gris aux reflets bruns, avec une tache argentée remontant le long de sa gorge jusqu'aux cercles noirs autour de ses yeux et de sa gueule. Au milieu de son cou, une plaque d'un blanc immaculé dessinait un médaillon. Ses yeux étaient écarquillés et noirs. Son nez d'une sensibilité extrême reniflait l'air, tandis qu'il avançait vers la biche et son brocard. Je levai le revolver et le coinçai contre le tronc de l'arbre. Mes mains tremblèrent lorsque j'armai le chien. En entendant le déclic mécanique, l'animal renâcla et retourna d'un bond au milieu des arbres. Je soufflai entre mes lèvres et émis un petit piaillement enfantin; le mâle avança la tête derrière son arbre, curieux. Il savait qu'il devait fuir. Il était conscient du danger. Mais le rut venait de débuter, et la biche, sa curiosité également, étaient plus fortes que tout.

Je m'efforçai d'immobiliser le cran de mire sur le sommet de son crâne. Deux possibilités : je tirais dans la tête ou je manquais la cible.

Toute ma vie j'ai attendu de connaître l'extase, le pur bonheur d'exister, et jamais je ne l'ai ressentie. Car le moindre de mes instants de bonheur a toujours été teinté de tristesse. Comme une gorgée d'eau des torrents de montage qui a deux goûts – un vivant, l'autre mort – ma vie a toujours été une triste confluence d'émerveillement et de pitié. Je pense que c'est cela qui exaspère Hannah, et c'est une des raisons pour lesquelles elle est partie. Mais un homme coincé au milieu possède un avantage : jamais encore je n'ai été submergé par le chagrin.

La balle pénétra juste sous la mâchoire. Le cerf se cabra, ses pattes griffèrent l'air. Un brouillard de sang souilla l'arbre, et des éclats d'os frappèrent l'écorce irrégulière. L'animal recula de trois pas en titubant, puis s'effondra. Flasque et maladroit, il gisait sur le tapis de mousse, les quatre pattes écartées comme s'il avait glissé sur un parquet ciré. Il exhala par le nez un bêlement; toute sa mâchoire inférieure avait disparu.

Je sautai par-dessus la souche pour me précipiter vers l'endroit où il était couché et, sans réfléchir, je lui tirai une balle en pleine tête. Il cessa de bouger. Chose étonnante, la biche s'était arrêtée à l'orée de la clairière, derrière un arbre épais, reniflant l'air, aspirant, essayant de comprendre la signification de cette scène. Son petit se tenait derrière elle, les yeux écarquillés.

Penché au-dessus du cerf, je posai ma main tremblante sur sa peau. Je lui parlai, ou peut-être m'adressai-je à celui qui était désormais son mandataire. Je m'excusai pour ses souffrances. Je sentais la chaleur monter de son corps et disparaître, comme la fumée dans le bunker abandonné. La biche et le brocard s'enfoncèrent au milieu des ronces du bosquet touffu. J'éjectai les balles du barillet, les glissai dans ma poche, et coinçai le revolver dans ma ceinture. Après quoi je hissai la bête sur mon épaule et retournai au campement.

Hannah qui traversait les brousailles près du bunker s'immobilisa en me voyant. J'avais le dos taché de sang, et le cerf rebondissait mollement à chacun de mes pas. Tout d'abord, elle parut surprise, puis triste, et enfin elle me dit, avec un sourire :

— J'ai entendu les coups de feu.

D'un mouvement de tête, elle désigna l'animal, puis marcha vers le bunker. Il y avait là une branche basse d'aulne. Hannah sortit de sa poche un bout de corde de parachute en nylon. Elle me la tendit. Elle regarda le cerf comme si elle écoutait une chanson lointaine et triste.

— Tu as besoin d'aide ? demanda-t-elle.

— Oui, je crois, ma main me fait encore mal. J'ai un couteau. Tu peux m'aider à soulever la bête ?

Je fis un nœud de chaise à l'extrémité de la corde, puis un deuxième à environ cinq centimètres du premier. Je passai une boucle autour de la tête et du cou de l'animal. Je tendis à Hannah le bout de la corde; elle le lança par-dessus la branche. Puis elle tira sur la corde, pendant que je soulevais le cerf de terre. Lorsque la tête approcha de la branche et que les sabots décollèrent du sol, je glissai l'extrémité de la corde à l'intérieur du nœud de chaise et l'utilisai comme une poulie rudimentaire pour finir de hisser le poids mort. Hannah recula et resta debout près de moi, tandis que je m'agenouillais à la hauteur de l'abdomen de l'animal. Je m'emparai de mon couteau

Gouker et entamai une incision à environ cinq centimètres au-dessus du pénis, en prenant soin de garder le doigt qui guidait le couteau sous la pointe pour l'empêcher de transpercer les viscères. Je remontai sur une douzaine de centimètres. Je m'arrêtai. Une boucle de viscères se mit à pendre, d'un gris brunâtre, parsemées de petites veines bleues. Quand je les touchai, le mouvement péristaltique les fit se recroqueviller, comme un serpent. Je tirai dessus et tous les viscères dégringolèrent sur le tapis de mousse. Après quoi je glissai la main à l'intérieur de la cavité du corps pour en extraire le foie et le cœur. L'air chaud qui montait de la carcasse était chargé du parfum légèrement salé de la vie s'échappant de la viande. Je tendis le bras pour sentir la surface lisse du diaphragme et le trancher, pour continuer à remonter et sortir les poumons en tirant. Dans l'ensemble, il y avait peu de sang. Tout ce qui avait coulé du cou, et ce qui provenait des vaisseaux sanguins superficiels se rassemblait dans la cuvette du bassin.

Alfred nous rejoignit, avec un sourire.

— J'ai découvert des petites branches d'aulne. Ça vous dirait de manger un peu de longe si on réussit à enfiler des morceaux dessus comme des brochettes ? J'ai trouvé des champignons et des algues. Les boîtes de vivres qui se trouvaient sur le bateau ont été fracassées, et il ne restait plus grand-chose à l'intérieur, mais j'ai quand même ramassé quelques chitons au fond des mares. Vous connaissez la meilleure façon de les manger ?

— Tout nous semblera bon quand nous aurons faim. Comment se porte le feu ?

Alfred leva les yeux vers le toit du bunker.

— Impeccable. Je recommence à avoir froid. Je rentre. Tout va bien ? Vous avez besoin d'un coup de main ?

Hannah se tourna vers moi, en s'adressant à lui.

— On va se débrouiller. Tu ferais mieux de rentrer.

Alfred prit la boîte qu'il avait sauvée du naufrage, rentra la tête dans les épaules et disparut à l'intérieur du bunker. Je reportai mon attention sur le cerf, pour découper la peau autour de la première articulation des quatre pattes, puis j'ouvris la gorge et tranchai la peau du cou. Commençant par le cou, je détachai la peau des muscles en tirant de haut en bas. La fine couche de graisse se décolla en faisant des bulles, tandis que la pointe de mon couteau suivait la balafre. Alors que je découpais et arrachais la peau, l'odeur chaude de la graisse monta à mes narines. La peau était souple et chaude dans ma main ; elle formait maintenant un tas à nos pieds.

Hannah étendit la peau sur une bosse plate du tapis de mousse, déposa les intestins, les reins et les poumons au milieu et replia la peau à la manière d'un balluchon. Elle s'essuya les mains sur la mousse, et leva les yeux vers moi.

— Tu as aperçu des traces d'ours ?

— Non, mais je ne suis pas beaucoup éloigné. Nous sommes loin des grandes îles, malgré tout, quelques ours viennent parfois jusqu'ici. Mais je n'ai jamais entendu dire qu'ils restaient très longtemps.

— À ton avis, qu'est-ce qu'il faut faire de tout ça ?

D'un mouvement de tête elle désigna la peau remplie d'entrailles.

— On devrait peut-être aller le déposer à l'écart du camp. Regarde si tu arrives à le soulever. En cas de besoin, on pourra toujours récupérer la peau plus tard. Je suspendrai le cerf après avoir découpé la longe.

Hannah s'empara d'un autre bout de corde en nylon afin de ficeler le balluchon rudimentaire, pour ensuite le traîner de l'autre côté de la colline, loin des abords du bunker. Venant me placer derrière le cerf, je fis courir mon pouce le long de l'épine dorsale, puis j'enfonçai la lame du couteau à angle droit sur toute la longueur, de haut en bas, avant de découper la bande de viande tendre qui se trouve de chaque côté de la colonne. Elle n'était pas grasse du tout ; je tenais les deux bandes de chair dans mes mains. La viande les réchauffait. Je la posai sur ma veste étalée sur la mousse. Après cela, je grimpai dans les plus hautes branches de l'arbre, enroulai l'extrémité de la corde autour de ma main, et défis le nœud. En tirant sur la mâchoire supérieure encore intacte, à l'aide de la corde, je parvins à hisser l'animal dans l'aulne. Puis je redescendis.

Je ramassai la longe et levai les yeux vers l'arbre. Il faisait presque nuit. Le ciel était d'un gris crayeux assombri par les nuages de plus en plus épais. Le cerf se balançait dans l'arbre, la tête et les oreilles renversées. J'apercevais la silhouette des pattes écartelées, et la langue qui pendait bizarrement à l'extérieur de la gorge, là où la mâchoire inférieure avait été pulvérisée.

Je retournai à l'intérieur du bunker, où Alfred était assis en tailleur près du feu. Il avait devant lui un seau propre, et il me tendit une baguette d'aulne en échange de la longe de cerf. Il la déposa dans le seau, et je lui tendis mon couteau. Alfred découpa des cubes de viande qu'il piqua sur les baguettes aiguisées. Nous préparâmes trois brochettes contenant chacune une livre de viande, et nous les tînmes au-dessus des flammes qui s'élevaient à près d'un mètre. Une bulle de lumière orange et de chaleur faisait vaciller le bunker en béton humide. La lumière voletait sur les murs moisis, éclairant des graffiti datant de fêtes anciennes. Sur le mur orienté au nord, une femme nue, rudimentaire, écartait les cuisses; sur le mur opposé, un dessin minutieux, gravé à l'aide d'un clou, représentait un voilier dont le vent gonflait le spinnaker.

La viande grésillait et l'odeur envahissait l'humidité. En mangeant le premier morceau de chair cuite je me brûlai la langue, mais je le mâchai jusqu'au bout. Je bus un peu d'eau dans une tasse en plastique récupérée sur la plage. Je mâchai un morceau d'algue. Hannah prit un petit morceau de graisse qu'elle déposa au fond d'un casque en aluminium qu'elle avait trouvé, ajouta de petits morceaux de champignons émincés et le déposa sur le feu. Les champignons dégagèrent de la vapeur et se transformèrent en caoutchouc au fond du casque; nous plongeâmes la main à l'intérieur pour piocher des morceaux avec les doigts. Nous mâchions sans rien dire. Le feu, le ressac, le vent dans les arbres donnaient forme au silence. Finalement, Alfred se racla la gorge.

— Je l'aimais beaucoup, Cecil. Tu sais… Louise.

— Ouais. Nanny me l'a dit.

Il mastiquait sa viande en contemplant le feu.

— C'est toi qui as tué Potts? demandai-je.

Il s'interrompit. Hannah faisait non de la tête, en le regardant fixement, sans rien dire. Alfred secoua la tête de droite à gauche, laissant cette interruption se muer en un long silence que nous ruminâmes comme la viande.

Un cri strident le brisa. Hannah avait plaqué sa main sur sa bouche, et l'on apercevait le blanc de ses yeux. Elle regardait par-dessus mon épaule, en saisissant le bras d'Alfred.

Je me retournai vers les ténèbres derrière moi, là où se trouvait Steven Mathews, affalé dans l'encadrement de la porte, tenant dans ses bras le corps d'un homme qui portait des bottes en peau de serpent. Mathews saignait de la tête ; sa combinaison insubmersible était trempée et maculée de boue. On aurait dit qu'il s'était enterré pour avoir chaud.

— J'ai senti la fumée. Et la nourriture. (Sa voix était rauque.) Je ne pouvais plus rester seul dehors, dit-il, et il bascula vers l'avant sur le sol en ciment, avec un floc humide répugnant.

QUINZE

Eli Pick était indéniablement mort. Il avait une plaie profonde à la tempe. Sa peau était froide, et blanche comme la craie. Il portait encore son gilet de sauvetage. Je supposais que c'était le corps que j'avais vu flotter près du canot jaune renversé. Je l'allongeai dans un coin du bunker, loin de nos regards, et le recouvris à l'aide d'une bâche noire goudronnée, abandonnée par un chasseur ayant campé ici autrefois. Avant de lui couvrir le visage, je l'observai, en quête d'indices permettant de savoir qui il était. Si c'était un tueur à gages, il paraissait grotesque maintenant avec son teint cireux, ses muscles flasques et ses yeux vides. Ses dents continuaient d'étirer les commissures de ses lèvres en un sourire satisfait. Et il ressemblait à un mannequin de cire dans une foire itinérante.

Mathews gisait inconscient sur le sol. Alfred et Hannah lui ôtèrent sa combinaison insubmersible et s'efforcèrent de le sécher de leur mieux. Il tremblait, les extrémités de ses doigts étaient à vif, sans doute avait-il dû s'accrocher aux rochers pour s'arracher aux brisants. Hannah donnait l'impression de le toucher avec réticence. Après qu'ils l'eurent installé dans une position plus confortable, Mathews se mit à battre des paupières. Alfred prépara un thé amer avec des racines et des champignons qu'il avait ramassés. Mathews crachota tout d'abord en buvant une première gorgée, mais bientôt il put s'exprimer.

— Je... je.... croyais que... je ne tiendrais pas le coup.

— C'était moins une, dit Hannah, et elle approcha des lèvres de l'homme un pot en verre contenant du thé. Mais je crois que ça va aller.

Le regard de Mathews se fixa sur la scène et l'étincelle du souvenir s'alluma dans ses yeux. Il fit un effort pour se redresser. Ayant réussi à s'asseoir, il chancela et retomba sur le côté, en rampant pour s'éloigner au maximum d'Alfred.

Ce dernier se leva et se dirigea vers le coin obscur du bunker pour chercher un morceau de bois. Quand il revint pour déposer la bûche de sapin dans le feu, Mathews s'éloigna de lui, et ses yeux voltigeaient entre Alfred et Hannah.

— Ce sont eux qui m'ont obligé à faire ça, vous savez. C'est leur cupidité et leur arrogance. J'ai besoin de ces dossiers. Voilà ce qu'ils veulent. Si je les avais, tout serait terminé. Je pourrais poursuivre mon travail. Nous pourrions tous reprendre une existence normale.

Hannah se rapprocha et le questionna par-dessus les flammes.

— Pourquoi avez-vous besoin de ces dossiers ?

Il détourna la tête, s'adressant à l'obscurité.

— Je me suis servi des informations que Louise

m'a envoyées de la mine, je m'en suis servi comme d'un moyen de pression pour financer mes projets.

— Des projets...

Alfred donna un coup dans le feu, propulsant des étincelles vers le dôme de béton.

— Oui, mon travail. Mais quand... quand cette saloperie s'est produite à la mine, Louise a voulu ébruiter l'affaire. Immédiatement. Elle réclamait... comment dire... ce qui lui était dû. Je comprenais ses raisons, mais je ne pouvais pas la laisser faire. Je ne pouvais pas la laisser sacrifier nos objectifs pour... une histoire personnelle. Cela risquait de ralentir notre élan.

— Et vous seriez dans une sacrée merde pour avoir fait chanter la compagnie, suggérai-je.

Il ne releva même pas.

— Elle s'est rendue au siège de la compagnie avant que je puisse l'en empêcher. Et aussitôt, j'ai vu débarquer Pick avec un message. (En disant cela, il désigna le corps allongé dans le coin, sous la bâche.) Je conserverais mon statut de « consultant rémunéré » au sein de la compagnie, à la condition que je puisse leur assurer que jamais Louise ne révèlerait aucune des informations qu'elle avait rassemblées. Je devais récupérer tous les documents et la convaincre de garder le silence.

— Vous n'aviez pas d'autre choix ?

Hannah avait craché ces mots.

Mathews la gratifia d'un petit sourire condescendant, comme un professeur face à un élève lent. Il se redressa sur un coude.

— Rien n'est jamais aussi simple qu'on le souhaiterait. Quand Pick et moi avons convenu de retrouver

Louise à Ketchikan, je pensais encore que Louise et moi étions en position de force. J'étais certain de pouvoir manipuler la compagnie. Après tout, nous détenions les documents concernant leurs manigances avec les déchets toxiques, sans oublier le viol. J'avais des atouts dans mes manches.

— Des atouts, marmonna Hannah.

D'une main tremblante il porta le bocal à ses lèvres. Les bûches dans le feu basculèrent, et un grésillement d'étincelles s'éleva avec la fumée. Les yeux d'Alfred, fixés sur Mathews à travers les flammes, étaient glaciaux.

Mathews s'essuya le visage.

— Vous savez, Mr. Younger, nous vivons dans une culture qui déteste la mort. Ce qui s'est passé cet après-midi a tout changé pour moi. À bien des égards cette horreur a servi de catalyseur. C'est uniquement à cause de tous nos efforts pour repousser la mort à bout de bras que nous subissons la mentalité des entreprises. Nous les laissons couper les arbres et empoisonner la terre pour avoir en échange des objets et des distractions qui nous rendent hermétiques à la réalité de la nature… dont la mort fait partie !

— Bonté Divine ! soupira Hannah, et elle détourna la tête, exaspérée.

— Oui… exactement. (Il sourit comme si lui seul avait compris la plaisanterie.) Dieu exprime son amour à travers des systèmes. Il maintient l'équilibre et protège les cycles. On peut sacrifier les individus. Leur mort fertilise le sol pour ceux qui leur succèdent.

— Louise Root a servi d'engrais alors ?

Hannah s'était levée. Elle brandissait le revolver ; le chien était armé.

Tout vibrait, les flammes faisaient trembloter les ombres, et la main de Hannah tremblait autour de la crosse noire du revolver argenté.

— Je n'ai pas peur de mourir, Mrs. Elder. Voilà le magnifique cadeau que j'ai reçu aujourd'hui. Ceux qui dominent la mort sont plus proches de la vérité, de la réalité.

Les larmes ruisselaient sur les joues de Hannah.

— Fermez-la, espèce de connard prétentieux...

Mathews observa les bouts ensanglantés de ses doigts, avec un mépris nerveux pour le revolver.

— J'ai essayé de la raisonner. Nous nous sommes disputés et... elle s'est mise à pleurer, la pauvre enfant. Vous savez, j'avais pour elle une véritable affection, mais elle était trop obnubilée par ses histoires personnelles. Elle avait perdu de vue le bien-fondé du travail que nous avions entrepris.

— Le bien-fondé ?

— Nous devions utiliser les moyens de « Global Exploration » pour rétablir l'équilibre. Nous prendrions leur argent pour l'investir dans mon institut. Pour l'enseignement. Les échanges créatifs.

Hannah respirait de plus en plus vite. Une détermination farouche plissa son regard. Elle était au-delà de la fureur lorsqu'elle murmura :

— Vous n'êtes pas en train de solliciter une bourse, espèce de pauvre salopard. Je veux savoir ce qui lui est arrivé ; je ne veux pas entendre un sermon !

Mathews se renversa sur son coude. Il observa le feu, puis leva les yeux pour affronter le regard de Hannah, et sa voix prit un ton différent, comme s'il s'adressait au revolver lui-même.

— Pick est allé lui parler, mais voyant qu'elle refusait de lui donner quoi que ce soit, il est reparti. Il a déclaré que la compagnie ne voulait plus entendre parler de moi. Ils remettraient tout entre les mains de leurs avocats. Une fois de plus, j'ai tenté de la raisonner. Elle a quitté l'hôtel. Je l'ai suivie. Elle a voulu prendre un taxi pour se rendre à l'aéroport, mais le taxi avait un pneu crevé. Elle pleurait. Un poivrot s'est approché. Un clochard. Il a essayé de prendre sa défense, je ne sais pas pourquoi. Je lui ai payé une bouteille de whisky, mais il ne voulait toujours pas nous foutre la paix. Louise marchait, sans but aurait-on dit. Et soudain, elle a déclaré qu'elle allait à pied jusqu'à la station de radio. Elle allait tout raconter aux journalistes. Je l'ai suppliée de discuter d'abord avec moi, en tête à tête, juste un instant.

... Nous avons trouvé le moyen de descendre au bord de l'eau. J'essayais de semer le clodo, mais il nous suivait, en me gueulant des obscénités. Nous avons marché jusqu'à ce que je ne l'entende plus, et nous nous sommes retrouvés sous la jetée. Il faisait sombre, on était tranquilles.

Le chien de l'arme que Hannah tenait dans sa main était relevé. Hannah tremblait violemment, mais ses yeux ne quittaient pas Mathews une seule seconde. Je me rapprochai d'elle à pas feutrés. Mathews poursuivit :

— ... Louise a craqué à ce moment-là ; elle m'a traité d'hypocrite et de menteur. Je pensais que nous étions seuls. Je me souviens de l'avoir giflée. C'est comme ça que j'ai glissé sur les pierres, et je suis tombé. En levant la tête, j'ai découvert le poivrot penché au-dessus de moi avec un couteau. Je me suis relevé, lentement, et je lui ai balancé un coup de poing, un seul. Il est tombé. Ce n'était pas un exploit, sincèrement. Il tenait à peine debout et les pierres étaient glissantes. Après que je l'eus frappé, Louise l'a pris dans ses bras en pleurant. Je commençais à voir rouge, car elle se souciait davantage de ce clodo que de ma situation désastreuse. Elle pleurait, et le serrait dans ses bras ; je lui ai demandé de se ressaisir, il s'était simplement cogné la tête, ce n'était qu'une égratignure, quelques gouttes de sang. Je lui ai dit qu'elle avait bien d'autres sujets de préoccupations qu'un poivrot. Et alors, elle m'a attaqué, en me frappant et en me giflant. Je suis retombé sur les rochers. J'ai saisi le couteau et j'ai bondi pour me protéger.

Hannah tomba à genoux et enfonça le canon du revolver dans une des narines de Mathews. Sa voix était hystérique :

— Je l'ai vue, salopard ! Ce n'était pas un accident. Ne me dites pas ça ou j'appuie sur la détente !

Mathews abaissa le canon de l'arme, prudemment, comme s'il était brûlant. Sa voix ressemblait à un murmure, qui enfla à mesure qu'il parlait.

— De toute évidence, je n'ai plus rien à perdre. J'ai décidé de vous dire la vérité. Il faut que vous me croyiez. Tout a commencé de manière accidentelle. Je l'ai frappée, elle avait une légère entaille. Un peu de sang a éclaboussé les pierres. Je ne peux pas vous demander de comprendre, mais… c'était une sensation complètement nouvelle pour moi. Je me retrouvais coincé, pris entre la compagnie et cette fille. Mon travail était au point mort. Mes livres étaient morts et inanimés. Je vivais dans ma tête depuis si longtemps, et soudain, je provoquais quelque chose. Le sang. Je sentais son goût sur ma main, et cet instant se cristallisa. Je savais que j'étais au bord d'une découverte capitale. Voilà quel était le sens de tout cela, de tout mon travail, de ma créativité... tout conduisait vers cet instant, d'une manière ou d'une autre. C'était une extase créative que je n'ai jamais ressentie. Elle s'est jetée sur moi de nouveau. Je l'ai tirée en arrière par les cheveux, et il y a eu cette grande giclée salée de sang. Je me souviens du sifflement et des oiseaux. C'était gras et épais comme du pétrole, et chaud.

Hannah ne pressa pas la détente. Je lui pris le revolver. Elle resta immobile, les poings serrés, le souffle rauque. Puis elle fondit en larmes.

Mathews se redressa et fixa son regard sur elle.

— J'espère que vous n'essayez pas de rejeter la faute sur moi. Vous croyez-vous supérieure à moi? Qui donc a tué Potts?

— On devrait poser la question à votre ami qui fait la sieste, répondit Hannah.

D'un mouvement de tête, elle désigna Pick.

— Pick était un sale rat. Le garçon de courses de la compagnie. Il ne cessait de me harceler pour récupérer les documents. Il n'y a que ça qui l'intéressait. Mais je le soupçonne d'avoir tué le pilote. Ce jour-là dans l'avion, quand vous avez disparu de manière si soudaine, il voulait vous parler, Mr. Younger. Il pensait que c'était *vous* qui aviez les documents.

... C'était un accident en réalité. Pick se rendait chez moi dans la crique, et le pilote – Paul, c'est bien ça, hein? –, Paul s'est souvenu de l'avoir déjà vu quand nous étions allés à Ketchikan. Et il s'est souvenu d'avoir déposé Louise dans la crique quelques semaines plus tôt. Paul était un gars très curieux, il a vite fait un tas de rapprochements avec les voyages de

Mr. Pick. Alors Pick a tué Paul, en copiant la manière dont j'avais tué Louise.

Mathews regarda une flammèche se poser sur sa veste.

— Je devrais me sentir flatté, évidemment. Il copiait mon travail, comme tant d'autres l'ont fait. Mais en ce qui concerne Mr. Potts ? Eli Pick m'a dit que vous étiez tous les deux suspectés de ce meurtre.

Mathews souriait.

Alfred se leva à côté de Hannah et posa sa main sur son épaule.

— Nous ne sommes pas obligés de vous dire quoi que ce soit.

— C'est juste.

Je vins me placer entre eux, en tournant le dos au feu. Je déposai le revolver près d'Alfred et me penchai vers Mathews, en le dévisageant : une peau blanche et lisse, tuméfiée et éraflée par les bernaches. Ses yeux étaient d'un blanc immaculé autour des iris marron, presque noirs. Ses cheveux pendaient en mèches qui se balançaient à chaque frémissement convulsif, mais ses yeux restaient immobiles, et rieurs.

— Qu'est-ce qu'on fait maintenant ? demandai-je.

Son sourire me glaça.

— Maintenant ? dit-il. Maintenant, il n'y a plus rien. J'ai fait tout ce que je pouvais, c'est terminé. J'ai préparé le terrain.

Le revolver atterrit sur ses genoux. Hannah le foudroyait du regard.

— Faites-nous cette faveur, allez faire ça dehors. Et essayez de raccourcir le baratin.

— Les esprits étroits ont essayé de m'intimider

toute ma vie. Contrairement à vous, je n'ai pas peur d'agir et de mourir pour les choses auxquelles je crois. Sur cette terre, on peut tout rationaliser; seule la mort demeure implacable. Nous devrions la fêter. Nous devrions faire rouler nos mises à mort sur nos langues comme des baies. Les serrer dans nos bras comme de vieux amis.

Quelque chose dans les paroles de Mathews me fit tiquer. Ces phrases grandiloquentes me semblaient familières, mais hors de leur contexte.

— Vous n'avez pas trouvé ça tout seul, hein ? Quelqu'un d'autre a déjà dit ça avant vous. Mais je ne me souviens plus qui.

Alfred Tom plongea son regard dans le feu.

— Mandelstam… un poète russe. C'est de lui. (Il regarda Mathews droit dans les yeux.) Il parlait de Staline.

L'accusation de plagiat embarrassait davantage Mathews que le meurtre. Il se tut brusquement. Il contempla le revolver posé sur ses genoux. C'était l'heure du « Assez parlé, il faut agir ! ».

Il se leva et s'épousseta avec toute la dignité dont il était encore capable.

— Inutile de vous inquiéter. Je ne me servirai pas de cette arme. Pour un tas de raisons, je n'utiliserai pas une arme à feu. (Il se dirigea vers la sortie et lança par-dessus son épaule :) Je nagerai au-delà des brisants pour être avec les baleines.

Et il franchit le seuil.

Le feu crépita; nous restâmes là à regarder les flammes. Au bout d'un moment, je repris la parole.

— Vous croyez qu'on devrait essayer de l'empêcher de faire ça ?

Assise devant le feu, Hannah répondit simplement :
— Il l'a tuée.
Alfred prit un morceau de viande sur la brochette. Il mâcha et déglutit.
— Vous pensez qu'il va vraiment se suicider ? demandai-je.
Alfred Tom hocha la tête en regardant le feu. Il s'essuya la bouche et dit, sans se retourner :
— Peut-être qu'après le dîner, j'irai jeter un coup d'œil.

SEIZE

Évidemment, Mathews ne se suicida pas.

Après le dîner, nous descendîmes sur la plage et le trouvâmes recroquevillé en position fœtale, nu, à la limite des brisants. Deux tiers d'entre nous étaient partisans de l'abandonner sur place pour qu'il serve d'engrais à la zone intertidale, mais je le pris dans mes bras et le ramenai jusqu'au bunker, où il ne cessa de trembloter, sans dire un mot.

Nous dormîmes les uns contre les autres, près du feu. Au matin, le mauvais temps s'était calmé. Les nuages étaient bas, un léger vent soufflait du nord-est. La mer était une couverture de vaguelettes ondulantes. Debout à la pointe de l'île, nous agitâmes nos vestes lorsque le bateau de l'oncle d'Alfred s'approcha du rivage. J'avais le sentiment qu'il ne nous avait pas simplement retrouvés par hasard, mais qu'il nous cherchait. Il parvint à rejoindre le rivage à bord d'un petit canot pneumatique, et lorsqu'il prit pied sur la plage, Alfred s'avança vers lui et les deux hommes échangèrent quelques paroles rapides, à voix basse.

L'embarcation était un ancien bateau de plaisance

construit pour naviguer sur un lac, mais aménagé pour la pêche à la traîne. Il était en outre équipé d'un vieux moteur hors-bord silencieux. À l'intérieur, chaque centimètre carré était recouvert d'humeur visqueuse de poisson séchée; tout son matériel de pêche était rangé dans des boîtes de café et des seaux éparpillés d'un bout à l'autre du bateau. Nous balançâmes l'homme aux bottes en peau de serpent dans la cale à poissons, en laissant pendre ses pieds à l'extérieur. Nous accrochâmes la carcasse du cerf au gréement, à l'abri. Mathews resta allongé, muet et tremblant, sur la couchette à l'avant. Honteux, j'imagine, mais c'était difficile à dire.

Durant la traversée, Hannah demeura près de moi un instant, à l'arrière du bateau. Elle se tourna, face au vent, si bien que ses cheveux caressèrent mon visage.

Derrière la petite timonerie, la main de l'oncle d'Alfred sortit par le hublot et laissa tomber le revolver par-dessus bord.

Je ne posai plus aucune question concernant Potts ou Louise Root. Désormais, ce n'était plus que de la curiosité, et la curiosité peut vous chambouler l'esprit. Personne ne parviendrait jamais à rassembler toutes les pièces.

En arrivant au port, Mathews gravit la passerelle, sans dire un mot, et se dirigea vers une cabine téléphonique. Sans doute avait-il décidé, au lieu de se suicider, d'appeler un avocat.

Alfred et son oncle déclarèrent qu'ils allaient nettoyer le bateau et s'occuper du cerf. Ils attendraient que les flics arrivent pour récupérer Pick.

Curieux malgré tout, je regardai Alfred dire au

revoir à Hannah avec une poignée de main chaleureuse.

Il me regarda droit dans les yeux.

— J'en ai parlé à mon oncle, et il a jeté l'arme. Il a dit qu'il n'en voulait pas sur son bateau.

L'oncle se tenait à ses côtés, son pantalon enfoncé dans ses bottes, et sa chemise sortie de sa salopette. Il hocha simplement la tête. Je répondis de la même façon.

— O.K. À plus tard.

Ce furent les seuls mots d'Alfred, puis le bateau s'éloigna du quai, laissant derrière lui un petit sillage qui allait en s'élargissant, tandis qu'ils se dirigeaient vers leur point de mouillage.

J'attendis près de la cabine téléphonique. Mathews avait refermé ses mains autour du combiné, et il secouait la tête avec véhémence. Je crus comprendre qu'il marchandait le montant des honoraires. Il raccrocha violemment et passa devant moi comme si j'étais invisible, pour remonter la rue à grands pas, toujours vêtu de sa combinaison insubmersible trempée. Il s'arrêta tout à coup en apercevant, debout au coin de la rue, un policier de Sitka qui agitait son index dans sa direction pour lui faire signe d'approcher. À côté du policier se tenaient la femme blonde et son chien noir. Mathews baissa la tête, et avança lentement.

J'utilisai le même téléphone pour appeler la police au sujet de Pick, et du cadavre sous le réservoir. Je leur parlai également de la tentative de meurtre de Doggy et de l'empreinte de pied, en expliquant, sans trop de détails, la situation. Je leur appris que Pick s'était noyé au large du cap, et son corps se trouvait maintenant dans la cale du bateau de l'oncle d'Alfred. Un peu abasourdis, ils acceptèrent malgré tout d'aller jeter un œil. Et ils me demandèrent de passer rédiger ma déposition.

J'appelai ensuite l'hôpital pour réclamer des nouvelles de Doggy. Apprenant qu'il allait bien, je laissai simplement un message disant que l'explosion s'était produite, mais qu'il était inutile de ramasser les morceaux. La première chose qu'il devrait faire, lorsqu'il aurait repris des forces, c'était de libérer Phil Dominic de prison. L'infirmière nota le message sans faire de commentaire, mais au ton de sa voix, j'étais certain que la nouvelle parviendrait aux oreilles de tous les journalistes de Sitka à peine aurais-je raccroché.

L'après-midi était déjà bien avancé quand je descendis Katlian Street et découvris Toddy debout devant chez nous. Il me fit un signe, et instinctivement, je levai la main pour lui répondre comme un gamin qui rentre chez lui en revenant de colonie de vacances. Toddy se balançait d'un pied sur l'autre, et quand j'arrivai devant lui, il posa sa main sur mon épaule.

— Bonjour, Cecil. Tu vas bien ?

— Oui, ça va.

J'aurais voulu l'étreindre brièvement et de manière virile, avec force tapes dans le dos, mais au lieu de cela, je le tins serré contre moi et nous nous balançâmes de droite à gauche au milieu de la rue.

— Cecil, je me suis arrangé avec les gens des Services Sociaux, et ils disent qu'on peut trouver un statut probatoire pour mon hébergement permanent du moment que tu peux... te conformer aux règles et me procurer un environnement stable.

Il faisait étalage de son savoir, avec un grand sourire.

— La stabilité, tout est là, Todd.

J'entrai chez moi, pris une douche, pansai ma tête et mon pouce. J'enfilai des vêtements propres et m'empressai de redescendre pour rejoindre Todd qui n'avait pas bougé. Ensemble, nous montâmes jusque chez Jake pour sortir Nelson du congélateur.

Le congélateur de Jake était tombé en panne, et nous étions revenus au bon moment, car Jake venait juste de transporter les derniers morceaux de viande dans le congélateur d'un copain, et maintenant, il se demandait que faire de Nelson. Il était embêté parce qu'il avait un sac poubelle entièrement rempli de miettes de pain moisies qu'il allait devoir jeter, alors je l'en débarrassai pour le calmer. Todd paraissait terrorisé lorsque je ressortis de la maison avec les sacs plastique gelés. Il ne me dit pas un mot tandis que je descendais l'escalier; il ne m'interrogea pas au sujet des sacs.

Nous commencions à gravir le chemin lorsque Dickie Stein et Hannah s'arrêtèrent à notre hauteur, à bord du break rouillé de Dickie. Ce dernier avait coincé une boîte de bière ouverte entre ses cuisses. Il sortit la tête par la vitre.

— Jake n'arrêtait pas de flipper en se demandant quand tu allais récupérer ce truc.

— Ça y est, c'est fait. On ferait mieux de s'en occuper, je crois.

Il balança son pouce par-dessus son épaule et demanda :

— Qu'est-ce que t'as l'intention de faire ?

— J'en sais rien. Mais tu peux t'attendre à voir

débarquer du boulot, je crois. Mathews a besoin d'un avocat. Selon moi, ça pourrait te rapporter une jolie somme, et peut-être même quelques gros titres dans les journaux.

Il réfléchit un instant, se demandant s'il devait faire demi-tour pour se rendre à son bureau.

Finalement, il déclara :

— Mieux vaut nous occuper de Nelson comme prévu. J'ai une glacière, un couteau et d'autres trucs dans le coffre.

Todd et moi voulûmes monter à l'arrière, mais Hannah bondit hors de la voiture pour faire signe à Todd de s'asseoir à l'avant. Elle s'installa à côté de moi. Le break gravit la rue dans un bruit de ferraille. Todd sortit la tête au-dehors, dans le vent. Il regardait droit devant, en remontant sans cesse ses lunettes sur son nez.

Hannah pencha la tête vers moi, pour que je puisse entendre ce qu'elle me disait. Elle glissa sa main dans la mienne.

— Je me suis conduite comme une emmerdeuse, pas vrai, Cecil ?

Elle baissa les yeux sur ma paume où la blessure au couteau de quatre centimètres commençait à former une croûte. Elle leva ma main et parla au creux de ma paume.

— Tu n'es pas un type facile, tu sais. Je ne regrette rien. Je suis heureuse d'avoir vécu avec toi. (Elle sourit.) Mais maintenant, j'ai envie de contrôler ma vie.

Je massai son pouce avec le bout de mon index. Elle leva de nouveau les yeux vers moi, et ajouta :

— Tu veux bien que je t'appelle un jour pour qu'on en parle ?

J'aurais voulu lui dire que je ne pouvais pas parler d'une vie totalement contrôlée. J'ignorais qui contrôlait la vie. La seule chose dont j'avais envie, c'était de retourner à l'hôtel à Craig, d'ouvrir une ardoise, et de manger, de rire, de faire l'amour, jusqu'à ce qu'on soit complètement pleins et vides de toutes les choses qu'il faut contrôler.

Mais en la regardant, je sentais dans mon ventre un poids qui me disait que cela ne se produirait jamais. Alors, je répondis :

— O.K., on en parlera.

Elle s'écarta de moi sur le siège, mais laissa sa main posée sur ma cuisse. Elle regardait par la vitre, et le vent projetait ses cheveux dans ma bouche. Elle se pencha pour masser Todd dans la nuque. Tous les deux regardaient par leur vitre.

Nous quittâmes la route à la hauteur d'un virage serré et d'un dégagement, là où un chemin en pente conduisait à une plage de gravier. Arrivés sur la grève, je sortis le sac de miettes de pain et le déposai sur une souche. Dickie descendit de la colline en transportant la glacière. Je retournai ensuite vers le break pour récupérer le sac qui renfermait Nelson. Toddy regardait le paquet.

— Dis, Cecil, tu crois qu'il n'aimait pas être dressé ? Tu crois que c'est pour ça qu'il s'est enfui ?

Les larmes laissaient des traînées sur ses joues. Je passai mon bras autour de ses épaules.

— Non, vieux. Nelson était trop intelligent pour se laisser embêter par tes leçons de dressage. Il ne s'est pas enfui. Il est allé quelque part d'où il n'a pas pu revenir.

Hannah resta près de moi tandis que je déchirais le sac pour observer le corps en partie décongelé du labrador noir. Posé sur le cadavre de Nelson, il y avait un paquet enveloppé de sacs de congélation. Hannah s'en saisit. Il s'agissait des lettres et des documents qu'elle avait récupérés dans le sac à dos de Louise Root.

Elle dit :

— Je savais que tu n'ouvrirais pas ce sac avant d'avoir le courage de supporter ce spectacle. Et je savais que personne d'autre ne le ferait. Je les ai glissés là le jour même où ils t'ont arrêté, juste après.

Elle glissa les documents dans la poche intérieur de son anorak.

— Je vais les remettre à Doggy.

Toddy alluma un feu sur la plage, et moi, j'entrepris de dépecer le chien. Nous déposâmes la peau et le crâne sur les rochers, pour les regarder. Toddy n'afficha aucune tristesse devant le corps. Il ne pleura pas lorsque j'étalai la peau ; en revanche, il m'observa avec un vif intérêt lorsque je commençai à débiter les quartiers, puis les côtes, détachant le maximum de viande sur les os. Pendant ce temps, Dickie alimentait le feu afin qu'il soit suffisamment chaud pour brûler les os. Hannah alla chercher la glacière. Elle sortit une bière pour Dickie, hésita, puis tourna la tête vers moi.

— Il reste de la bière au frais si tu veux, dit-elle, puis s'empressa de me tourner le dos.

— Si j'en ai envie, j'irai en chercher une.

Je me retournai et lui tendis le sac de miettes de pain. Hannah se dirigea vers le bord de l'eau, avec une bière et le sac qui se balançait dans sa main. Elle jeta des poignées de miettes dans la mer, puis sur la plage.

Les mouettes arrivèrent, et les corbeaux arrivèrent, rafales de plumes noires et blanches. Un héron venant du nord décrivit dans le ciel de grands cercles lents, avant de se poser à une dizaine de mètres de nous. Puis vinrent les aigles, et nous jetâmes des lanières de viande sur les rochers et dans l'eau. Certains morceaux s'enfonçaient dans la mer, d'autres étaient happés en l'air par les mouettes ou les aigles. Des corneilles sautillaient aux abords, s'emparant subrepticement des morceaux de nourriture. Elles affrontaient les oiseaux plus gros. Le ciel n'était qu'une bousculade de plumes et de sons qui s'enfonçaient dans la mêlée de cris stridents, de piaillements et de criaillements hachés. Des oiseaux de toutes tailles fendaient l'air, balayant de leurs ailes l'atmosphère surchargée, pour essayer d'atteindre la viande.

Toddy avait mis ses lunettes, et il hochait la tête, empli d'un bonheur hébété. Il se réjouissait de voir les oiseaux, d'entendre les bruits. Il se balança de droite à gauche, en murmurant :

— Vas-y, Nelson, attrape un oiseau. Attrape un oiseau.

Ils tournoyaient au-dessus de lui, et derrière lui, engloutissant les morceaux de chair. Nelson était dans les airs et dans les cris. Nelson était dans la mer et dans les plumes minuscules qui voletaient jusqu'à nous, semblables à nos vies telles que nous en rêvions : impitoyables et si douces.

DU MÊME AUTEUR

Aux Éditions Gallimard

Dans la collection Série Noire

HISTOIRE DE LA FEMME QUI ÉPOUSA UN OURS BRUN, nº 2372.

SÉRIE NOIRE

Dernières parutions :

2291. — LA GRENOUILLE AUX PATTES D'OR . . . . *Jonathan Fast*
2292. — UN PASSÉ PAS SI SIMPLE . . . . *Robert B. Parker*
2293. — LE BOUCHER DE CHICAGO . . . . *Robert Bloch*
2294. — CONFIDENCES SUR L'ESCALIER . . . . . . *Pascale Fonteneau*
2295. — FAUSSE BALLE. . . . . *Paul Benjamin*
2296. — VALDEZ EST ARRIVÉ ! . . . . *Elmore Leonard*
2297. — NEC. . . . . *Daniel Picouly*
2298. — ARIZONA KISS . . . . *Ray Ring*
2299. — LES RUES DE FEU . . . . *Thomas H. Cook*
2300. — TOUT FOUT LE CAMP . . . . *Bill Pronzini*
2301. — UN DÉMON AU PARADIS . . . . *Marvin Albert*
2302. — COMME DE LA PESTE . . . . *Pierre Léon*
2303. — UN TROP PLEIN DE CIEL . . . . *Robert Sims Reid*
2304. — LA REINE D'AMÉRIQUE . . . . *Russell H. Greenan*
2305. — LE MAL DU DOUBLE-BANG . . . . *Laurent Fétis*
2306. — AU COCHON AVEUGLE . . . . *Jon A. Jackson*
2307. — PORTRAIT DE FAMILLE . . . . *James Colbert*
2308. — CAVALE . . . . *Eva David*
2309. — SUR LA LIGNE BLANCHE . . . . *José-Louis Bocquet*
2310. — UNE DANSE AUX ABATTOIRS . . . . *Lawrence Block*
2311. — LE SYNDROME DU VOLCAN. . . . . *Gérard Lecas*
2312. — IMPLANTS D'ENFER . . . . *Tony Kenrick*
2313. — LES ORPAILLEURS. . . . . *Thierry Jonquet*
2314. — VICKI . . . . *Steve Fisher*
2315. — UNE POIRE POUR LA SOIF . . . . *James Ross*
2316. — LA PORTE DE DERRIÈRE . . . . *Marc Villard*
2317. — GAME OVER . . . . *Freddie Lafargue*
2318. — FOLIES DOUCES . . . . *Richard Matas*
2319. — VOMITO NEGRO . . . . *Jean-Gérard Imbar*
2320. — LES HABITS D'OMBRE . . . . *Cesare Battisti*
2321. — CUPIDE. . . . . *Robert Sims Reid*
2322. — LE COUP DU GITAN . . . . *Gustave Harford*
2323. — SWEETWATER RANCH. . . . . *Geoffrey Norman*
2324. — UNE PAIRE DE DEUX . . . . *Robert B. Parker*
2325. — ÉTATS DE LAME . . . . *Pascale Fonteneau*
2326. — LA SIRÈNE ROUGE . . . . *Maurice G. Dantec*
2327. — DU SABLE DANS LA BOUCHE . . . . *Hervé Le Corre*
2328. — CHIEN-FROID . . . . *Laurent Fétis*
2329. — LA PROIE DE L'ARAIGNÉE . . . . *Robert Bloch*
2330. — SANGLANTES CONFIDENCES . . . . *John Gregory Dunne*
2331. — IL Y A DES JOURS COMME ÇA . . . . *Jack Ritchie*

2332. — L'ENFANT DE CŒUR. . . . . *Olivier Thiébaut*
2333. — MANUEL DES PERDANTS . . . . *Juan Sasturain*
2334. — LE VENT DES FOUS . . . . *Franck Pavloff*
2335. — PAS DE KADDISH POUR SYLBERSTEIN . . . *Konop*
2336. — TRUANDS AND CO. . . . . *Donald Goines*
2337. — LE CHIEN QUI CHANTE . . . . *James McClure*
2338. — UNE VALSE AU TEXAS . . . . *Max Crawford*
2339. — LE JEU DU PETIT POUCET. . . . . *Jacques Mondoloni*
2340. — CORVETTE DE NUIT . . . . *Marc Villard*
2341. — LES CHAPACANS. . . . . *Michèle Courbou*
2342. — L'ANGE ET LE RÉSERVOIR DE LIQUIDE À FREINS . . . . *Alix de Saint-André*
2343. — QUITTER KAT . . . . *Karen Kijewski*
2344. — MEURTRES POUR DE VRAI . . . . *Marc Gerald*
2345. — TIR À VUE . . . . *Serge Quadruppani*
2346. — LES LARMES DU CHEF . . . . *Daniel Picouly*
2347. — RETOUR DE BÂTON . . . . *A. B. Guthrie*
2348. — DERNIÈRE STATION AVANT JÉRUSALEM . . . . *Alain Demouzon*
2349. — POINT MORT. . . . . *José-Louis Bocquet*
2350. — LES GUERRIERS DE L'ENFER . . . . *Robert Stone*
2351. — MOURIR APRÈS LA GUERRE . . . . *Max Allan Collins*
2352. — LA GRANDE MAGOUILLE DE 1944. . . . . . *Andrew Bergman*
2353. — LE PENSEUR DE VALLORBE. . . . . *Eliane K. Arav*
2354. — LE PENDU D'HOLLYWOOD . . . . *Andrew Bergman*
2355. — ŒDIPE-ROI . . . .
2356. — TRÈS PRIVÉ . . . . *Alexandre Valletti*
2357. — COUP DE CHAUD . . . . *Philip Lee Williams*
2358. — LE PONT DE MOSCOU . . . . *Pierre Léon*
2359. — LA FOIRE AUX SERPENTS. . . . . *Harry Crews*
2360. — PROTHÈSE . . . . *Andreu Martin*
2361. — LA DANSE DE L'OURS . . . . *James Crumley*
2362. — VENDEURS DE MORT . . . . *Donald Goines*
2363. — J'ÉPOUSERAI PLUTÔT LA MORT . . . . . . *Frédéric Castaing*
2364. — LA VIE DE MA MÈRE! . . . . *Thierry Jonquet*
2365. — GANGRAINE . . . . *Elizabeth Stromme*
2366. — HAMMETT . . . . *Joe Gores*
2367. — PARCOURS FLÉCHÉ . . . . *Jean-Pierre Bastid*
2368. — CIRQUE À PICCADILLY . . . . *Don Winslow*
2369. — L'OMBRE ROUGE. . . . . *Cesare Battisti*
2370. — TOTAL KHÉOPS . . . . *Jean-Claude Izzo*
2371. — LA FACE CACHÉE DE LA LUNE. . . . . . . *Georgui Vaïner et Leonid Slovine*
2372. — HISTOIRE DE LA FEMME QUI AVAIT ÉPOUSÉ UN OURS BRUN . . . . *John Straley*
2373. — PÉRICLÈS LE NOIR . . . . *Peppe Ferrandino*

2374. — LES FILS PERDUS DE SYLVIE DERIJKE . . . *Pascale Fonteneau*
2375. — INNOCENT X . . . . *Laurent Fétis*
2376. — JE M'APPELLE REVIENS . . . . *Alexandre Dumal*
2377. — RN 86 . . . . *Jean-Bernard Pouy*
2378. — LE MIROIR AUX ALLUMÉS . . . . *Jacques Humbert*
2379. — LES RACINES DU MAL . . . . *Maurice G. Dantec*
2380. — LE COCHON QUI FUME . . . . *James McClure*
2381. — LA PELOUZE . . . . *M. A. Pellerin*
2382. — UNE PETITE DOUCEUR MEURTRIÈRE . . . *Nadine Monfils*
2383. — LE PAYS DE DIEU . . . . *Ray Ring*
2384. — J'AI CONNU FERNANDO MOSQUITO . . . . *Rique Queijão*
2385. — M'SIEUR . . . . *Alain Gagnol*
2386. — PIQUÉ SUR LA ROUGE . . . . *Gregorio Manzur*
2387. — COMME VOUS ET MOI . . . . *Seymour Shubin*
2388. — MARILYN LA DINGUE . . . . *Jerome Charyn*
2389. — ZYEUX-BLEUS . . . . *Jerome Charyn*
2390. — KERMESSE À MANHATTAN . . . . *Jerome Charyn*
2391. — 1275 ÂMES . . . . *Jim Thompson*
2392. — N'Y METTEZ PAS LE DOIGT . . . . *Christopher Wilkins*
2393. — LES TROTTOIRS DE BELGRANO . . . . *Pierre-Alain Mesplède*
2394. — COMMENT JE ME SUIS NOYÉ . . . . *Serge Quadruppani*
2395. — SURF CITY . . . . *Kem Nunn*
2396. — LE CHANTEUR DE GOSPEL . . . . *Harry Crews*
2397. — MÉMOIRE EN CAGE . . . . *Thierry Jonquet*
2398. — MA CHÈRE BÉA . . . . *Jean-Paul Nozière*
2399. — DAME QUI PIQUE . . . . *Craig Smith*
2400. — FREE . . . . *Todd Komarnicki*
2401. — NADINE MOUQUE . . . . *Hervé Prudon*
2402. — LE SANG DU DRAGON . . . . *Christian Gernigon*
2403. — LE VOLEUR QUI AIMAIT MONDRIAN . . . . *Lawrence Block*
2404. — DU SABLE DANS LES GODASSES . . . . . . *Juan Sasturain*
2405. — CITÉS DE LA PEUR . . . . *Collectif*
2406. — BÉNÉDICTION . . . . *Robert Sims Reid*
2407. — LA FENÊTRE OBSCURE . . . . *James Durham*
2408. — GROOTKA . . . . *Jon A. Jackson*
2409. — LE TRUC . . . . *Mat Messager*
2410. — LES MORTES . . . . *Jorge Ibargüengoitia*
2411. — LA REVANCHE DE LA COLLINE . . . . *Hervé Prudon*
2412. — LA NUIT DE ST.- PAULI . . . . *Frank Göhre*
2413. — AGENCE BLACK BAFOUSSA . . . . *Achille F. Ngoye*
2414. — KARMANN BLUES . . . . *José-Louis Bocquet*
2415. — LOUBARD ET PÉCUCHET . . . . *Michel Lebrun*
2416. — LE MIROIR DE BOUDDHA . . . . *Don Winslow*
2417. — LE TANGO DU MAL-AIMÉ . . . . *Sergio Sinay*
2418. — VINYLE RONDELLE NE FAIT PAS LE PRINTEMPS . . . . *Hervé Prudon*

2419. — L'EFFET TEQUILA . . . . *Rolo Diez*
2420. — TRAHISON FRATERNELLE . . . . *James Colbert*
2421. — LE MANGEUR D'ORCHIDÉES . . . . *Marc Laidlaw*
2422. — CHOURMO . . . . *Jean-Claude Izzo*
2423. — HOMICIDE À BON MARCHÉ . . . . *Alain Wagneur*
2424. — KATAPULT . . . . *Karen Kijewski*
2425. — LE FLIC À LA CHENILLE . . . . *James McClure*
2426. — ÇA VA ? ÇA VA. . . . . *Frédéric Castaing*
2427. — LA CAVALE DE KENYATTA . . . . *Donald Goines*
2428. — LOTERIE EN NOIR ET BLANC . . . . *Max Allan Collins*
2429. — LE PRODUIT D'ORIGINE . . . . *A. B. Guthrie Jr.*
2430. — BLOCUS SOLUS . . . . *Bertrand Delcour*
2431. — NOTRE-DAME DES NÈGRES . . . . *Jean-Pierre Bastid*
2432. — BUENA ONDA . . . . *Cesare Battisti*
2433. — DIVORCE, JACK ! . . . . *Colin Bateman*
2434. — LA BOURDE . . . . *Marc Alfred Pellerin*
2435. — TIURAÏ . . . . *Patrick Pécherot*
2436. — JÉSUS AUX ENFERS . . . . *Andreu Martin*
2437. — LA RELIGION DES RATÉS . . . . *Nick Tosches*
2438. — LE PROGRAMME E. D. D. I. . . . . *Serge Preuss*
2439. — LES EFFARÉS . . . . *Hervé Le Corre*
2440. — RÊVES PÈLERINS . . . . *Ray Ring*
2441. — PHALANGE ARMÉE . . . . *Carlo Lucarelli*
2442. — LES TREIZE MORTS D'ALBERT AYLER . . . *Collectif*
2443. — VOUS PRENDREZ BIEN UNE BIÈRE? . . . . *Joseph Bialot*
2444. — LES LUMIÈRES DE FRIGO . . . . *Alain Gagnol*
2445. — AMIGO . . . . *Lars Becker*
2446. — NEVERMORE . . . . *William Hjortsberg*
2447. — SUEURS CHAUDES . . . . *Sylvie Granotier*
2448. — LES CURIEUX S'EN MORDENT LES DOIGTS . . . . *John Straley*
2449. — LA CRÊTE DES FOUS . . . . *Jamie Harrison*
2450. — CET AMOUR QUI TUE . . . . *Ronald Levitsky*

Cet ouvrage a été composé
par Infoprint.
Reproduit et achevé d'imprimer sur Roto-Page
par l'Imprimerie Floch à Mayenne
le 28 janvier 1997.
Dépôt légal : janvier 1997.
Numéro d'imprimeur : 40904.

ISBN 2-07-049439-X / Imprimé en France.

68200